秋·情窦丨老葛

DUKU

读库

2105

主编　张立宪

新 星 出 版 社　NEW STAR PRESS

DUKU
读库
责任编辑　杨　雪
装帧设计　艾　莉
图片编辑　黎　亮
美术编辑　耿　冰

特约审校：吴晨光｜马国兴｜李英子｜黄英｜刘亚｜潘艳

目录

蝴蝶之家

符晓莉 口述 | **叶小果** 整理

国内首个儿童舒缓护理中心：一群孤残重绝症孩子的生死与爱。

一

我最早知道蝴蝶之家，是2012年6月。

在那之前，我在陕西长大，新疆工作，从事了八年英语教学以及管理工作。也曾想和我先生去贵州支教，但人家不允许一对没结婚的准夫妇去同一所学校，而我们也不可能为这个事情就盲目结婚，所以放弃了去贵州的支教计划。2010年，我先生有个机会到长沙工作，我们一起过去，不久在这里结了婚，然后我去了一所私立大学做校长。当时我的打算就是：回到人生正轨，工作挣钱，买房子买车，过普通人的正常生活。

结果做了一年半以后，我跟股东们在一些理念上不太契合，他们更追求盈利，而我更专注于教育科研。我对自己开玩笑说，我是不是不太适合挣钱。的确，每个月叠加的那种经济压力太大了，我就离开了学校，准备休息一下。

我先生是英国人，他在一个外国人群里认识了英国人古英俊（Alan Gould），了解到他们夫妇在长沙创办了中国第一家儿童临终关怀中心，名字叫“蝴蝶之家”。听说他们需要搬家，我先生对我说，反正你闲着没事，去给他们帮忙搬家呗。

搬家地点在长沙市第一社会福利院。我以前在学校里组织学生给福利院的孩子捐钱捐物，印象中福利院的孩子没有什么特别的状况。当时我对蝴蝶之家什么都不知道，迷迷茫茫的，想着先去看看，反正只是一次搬家而已。去了那里，我第一次见到金林（Lynda Gould）老师和古英俊，发现那里的情况没有想象中那么好。

我妈妈是儿科护士，我算是在医院里长大的，对生病的儿童已经有些认知和印象，但蝴蝶之家给我的整个感觉非常诧异。诧异之一是，没有想到福利院里面还有一群身体这么不好的孩子，有些孩子插着呼吸机，有些孩子躺着不能动，我以前见过残疾的孩子，但没有想到这里的孩子残疾得那么厉害。诧异之二是，金老师和她先生完全不会汉语，他们和一群湖南的老阿姨在沟通，我完全听不懂阿姨们的话，更加不知道金老师和她们怎么交流，这样子她们还能一起生活和工作吗？诧异之三是，我以前听说外国的机构标准都挺高的，设施也挺好，可眼前的环境和设施很简陋，办公地点在一个旧楼上。我记得很清楚，一个志愿者在洗衣机上搭了个木板，晚上就在那儿睡觉。诧异之四是，家长们怎么这么心狠，孩子都病得这么重了，还能把孩子给抛弃啊。

所有这些见闻和感受，让我很忐忑，心里各种不解，不知道这是个什么样的机构，到底在做什么。我跟那个主任聊了一会儿，得知蝴蝶之家只有一个正式的中方员工，其实就是她。

她说自己来到蝴蝶之家以后瘦了二十斤。我随口说，哎呀，我做了一年半校长都没有瘦下来，要是有什么事情能让我瘦点也行啊。然后她说，无论怎么样，自己明天就不做了，还说“你来做吧”。

太意外了。我只不过是临时打算来做个志愿者帮忙搬家。因为那个楼要装修，需要搬到另一座很简陋的楼里面去，等到装修完，还得再搬回去。

当时，我不知道自己是不是适合到蝴蝶之家工作，但是心里懵懵懂懂地想着怎么帮帮这些孩子。她说：“没关系，你做着试试吧。”

在另外一个房间，我跟金老师聊了起来。她向我介绍，她1950年出生在英国南部的德文郡，八岁那年，看了由好莱坞女星英格丽·褒曼主演的《六福客栈》（*The Inn of the Sixth Happiness*）。电影讲述二十世纪初，一位英国女佣来到中国山西阳城县扶贫济困，抗战爆发后，她带着一百多名孤儿翻山越岭，徒步转往西安的安全地带“儿童之家”的真实故事。

女主人公救治孤残儿童的爱心和大无畏的精神感动了她。她说：“从那时起我就决定，某一天，我也要到中国去做同样的事情。”

她二十岁时成为一名护士，开始对疼痛缓解感兴趣，逐渐成为这方面的专家，并对成人临终关怀和儿童临终关怀非常关注。之后的三十五年里，她服务于英国公立医疗系统（NHS）下的皇家德文郡和埃克塞特医院（Royal Devon and Exeter Hospital）第一线。她曾担任护士主管和护理部领导，每天要统筹一千张病床的护理。此外，她还参与了很多“家庭病房”的临终护理。

1994年，她和先生第一次来中国从事志愿者工作，拜访了几个地方的福利院，看到重病孩子们缺乏足够的护理，令她感到震惊。自那以后，他们每年都来中国待上三周，去福利院学习如何跟当地政府打交道，理解福利院体制在中国是如何运行的，顺便掌握一点语言技巧，习惯中国的饮食。

在甘肃省兰州市一家孤儿院，她做过儿童看护工作。1996年，她在河南省焦作市一家孤儿院见到一个患有脑瘤的三岁男孩，用药品帮助他缓解了症状。在做义工期间，她注意到重症儿童的生命质量堪忧，而国内并没有专业的儿童临终关怀服务，她决定把英国的儿童临终关怀护理服务引进到中国。

2005年，她申请提前退休，然后做的第一件事是在英国注册成立了名为“中国孩子”的慈善基金会。第二年，夫妇俩带着在英国存下的积蓄和退休金来到中国，专门为自己取了中文名“古英俊”和“金林”，开始寻找合适的合作机构，期待能为重症儿童提供相关的舒缓护理服务。

那时，临终关怀的观念在国内并不深入人心，而且他们作为外籍人士，要与地方取得合作更加艰难，所以总是遭到拒绝。2009年6月，他们辗转来到长沙，在广济桥附近租房住下。一位长期关注中国孤儿的外国朋友帮他们和长沙市第一社会福利院以及民政部门取得了联系。经过考察、协商、回国筹款、装修场地等一系列工作，2010年4月8日，“蝴蝶之家”儿童临终关怀中心，以长沙市第一社会福利院下设机构的名义，在长沙市第一社会福利院幸福楼内成立。

金老师告诉我，蝴蝶之家的筹备阶段，长沙的冬天比英国略微暖和，为节省不必要的开支，他们夫妇亲自采购用品，粉刷墙面。

她解释道，自己在创建蝴蝶之家的时候想了很多名字，最后选了一个在中英文化中都有着美好寓意的名字，“蝴蝶是临终关怀很好的标志，蝴蝶象征着蜕变，是从卵到毛毛虫、最终成为美丽的蝴蝶的蜕变，代表着美、光明以及拼搏，就像由死亡转向了一个不同的生活。无论什么样生命形式的变化，终究是幸福和令人慰藉的”。

在长沙市第一社会福利院的支持下，蝴蝶之家成立后，正式开展儿童舒缓及临终关怀的护理服务，接受从福利院转送过来的孤残儿童——孩子都在十六岁以下，病情严重，预期寿命在六个月以内。

福利院的孩子会先被送到本地医院做全面的身体检查，医院通过医疗评估之后，发现有危重病及需要特别护理的孩子，就会送到蝴蝶之家进行护理。而福利院为蝴蝶之家提供护理场地及每个孩子每个月八百元的补助。蝴蝶之家第一批接收了六名重症孤残儿童，孩子们的医疗费主要靠金老师夫妇的退休金和一些基金会与爱心企业资助。

“我希望孩子们在生命的尽头，能够在蝴蝶之家得到温暖和关爱，有尊严地离开人世。”那天，金老师对我说，“我们不能忽视‘爱’在临终关怀中的力量。我见过有些孩子得到最好的护理以及丰裕的食物后好转甚至康复，但如果没有人用心去爱他们，孩子很难从阴影中走出来。他们有权利在生命的每个过程受到关爱和照顾。”

二

了解了金老师的经历以及创建蝴蝶之家的过程，我觉得他们真的特别不容易。看着简陋的设施，我体会到背后凝聚了他们多么大的心血。她跟先生把英国的大房子卖了，换成一个小房子，远涉重洋，举家搬迁到中国创办蝴蝶之家。这让我深受感动。

第二天，我继续帮忙搬家，但别的志愿者都没有再出现。就这样，我开始了在蝴蝶之家的工作。原来的那个主任，真的第二天就走了。本来，金老师说她要留几天跟我交接工作，她都没有来得及交接，只是说所有资料都在电脑里。

我面对的蝴蝶之家，相当于一个旧工程重启的状态，我并没什么信心，不知道能够陪伴他们走多久。但我认为，金老师老两口都能做得下来，我们一起努力一下吧，尽自己的力量帮助他们，能帮多久就多久。

跟我以前做的教育行业的事情相比，这一次就像白手起家。当时我有挺大的一个落差，工资不高，完全不懂这个行业。做老师那么多年，我一直坚持自己得有一桶水才能教别人半桶水的心理，工作都属于有备而来的状态，但是做这个工作，完全没有任何准备。甚至我以前都没有见过去世的人，家里的老人和亲戚去世，包括最疼爱我的爷爷去世，还有我很爱的姨娘去世，家里人都不让我见最后一面。许多中国人的家庭都是这样的，认为那种场合对孩子不太好，就是过度呵护孩子嘛。最爱的几个亲人去世，我都没有见过，何况是陌生人，而且是孩子。当时，我自己也还没有孩子。所有这些都是我之前没有预料到的。

意想不到的是，刚去没多久，我第一次见到一个孩子去世，反而非常平静。那个孩子走得没有一点痛苦，像是在慢慢睡去。然后由外籍护士为孩子清洗身体，本地的阿姨还是很怵那种情况，都觉得晦气。

外籍护士一个人没有办法清洗，需要旁人帮助，但是她用英文没法跟阿姨们沟通，而且也不好意思。其实有的阿姨心里知道——就算你不用语言，我也知道你要让我干吗，但就是不愿意过去伸手。

因为我会外语，所以那个护士就叫我说，Naomi，你过来，帮我把孩子抱一下。那种语气好像是让我做一件很正常不过的事情，我没来得及反应，过去把孩子抱起来，看到有些褐色的液体从孩子的耳朵、鼻子、嘴边流出来。

我这样做的时候，孩子的身体还是软软的。我抱着她的时候，觉得是个很平静的小生命。当护士为孩子清洗，我帮忙托着她的身体，最后帮她穿好衣服。

从那个房间出来的时候，我站在走廊上，突然回想了一下，自己跟自己对话说，哎，这个不对呀。电影、电视上的情节跟这个不一样，小说里描写的恐惧、惊悚或者不安，其实不存在呀。我的内心竟然是这么平静。这是多么神奇的事情。

刚开始就是这样迷迷茫茫，懵懵懂懂，我不太清楚要怎么做或者做什么。去电脑里搜索和发现，挨个去学原来的主任学过的东西。她真是一个仔细认真严谨的人，之前一个人做账目，做采购，做人事管理，安排给孩子们治病，非常不容易。她做了大量很细致的工作，从她留下来的工作资料中我收获了很多，也意识到自己的能力没有她强。还有，跟金老师的相处和沟通中，我们也有一些理念上的不一致，让我不确定自己到底能够坚持多久。

我先生是独子，他的父母在英国，还有亲人在西班牙，在中国的传统节日比如春节，他都跟我的家人们在一起，所以每年夏天，我都要陪他回去看望他的父母。到八月份，我们回了一趟英国，一直待到十月份。

在英国期间，我跟金老师保持着沟通，其实心里有些犹豫，是否要回归蝴蝶之家。到十一月份，我还是没有拗过金老师。我们又见面，她希望我回去，在人员变动上给了我更多自主权。

很有趣的是，我一回去就当了主任，还担任法人代表，被赋予最高的权力。实际上，在办公室我是唯一的领导，也是唯一的正式员工，还有一个临时的财务，平时不用坐班，另外有七八个护理员阿姨。

金老师在护理方面很专业，无论医学理论还是儿科临床护理都很擅长。我自己在用人和搭建班子方面也算有些经验，但是仍面临很大的挑战。她给我的第一个任务是换掉临时的财务。那些护理员阿姨，有的是退休人员，整体只有小学以及初中文化，我不是很懂她们的语言。以前我在学校做管理工作，面对的都是知识分子，大家的话语体系是相似的，但是和护理员阿姨们相处，我一开始不能进入她们的话语体系，不知道怎么样去跟她们进行良好的沟通。我不是那种从上而下的指挥型领导，更喜欢平等的沟通和合作。最初，她们不适应我，我也不适应她们，彼此磨合得很艰难。

不过，我请的会计是个很厉害的本地小姑娘，给了我很多支持。她用一些锐利的言语把那些阿姨们“刹”住了。经过慢慢地磨合和学习，我逐渐把行政团队建立起来，并且护理员阿姨们的队伍不断扩大。

说到团队搭建，不管是护士还是阿姨，我们的每个工作岗位都有明确的职责守则，而且非常严格，完全符合英国同类机构的标准。不是我自夸，蝴蝶之家不是浪得虚名，我们有非常多的机构准则，而且非常细致。很多人说，你们的洁净标准都要超过医院的标准，更别提福利院的标准。很多医院、福利院还有上级部门来访时说，你们不像一个草根机构，你们做得太高大上。

在服务内容和形式上，我们以一比三的护理员与儿童的照护比例标准，保证为重症儿童提供“身、心、灵”各层面的需求。我很认同金老师说的，这些孩子和正常孩子一样有着对生命的热爱，和对美好生活的憧憬。不一样的是他们可能不会长大，还得随时和死神做抗争。

每个护理员阿姨在入职前，会接受两天培训。每隔半年，全部阿姨都要再受一次“集训”。训练材料中关于喂牛奶的姿势一项就有三行。甚至有一项培训是阿姨们要蒙着眼睛相互喂食，以体验被喂养的感觉。

因为每个孩子都有病症，我们每天要分时段给他们量体温，按病情喂药并登记。比如，护士每天早上负责配药、给药，护理员的工作准则中，准确到几点做什么，每天要做哪些事情，每一项完成后要画钩。食物量根据孩子年龄、病情来定，吃什么、牛奶量、喂食量，每天需要仔细分配。为孩子喂药、喂饭必须准时，不能等孩子哭了饿了才喂，奶粉和水必须按一比三十的比例调配，做饭的阿姨有专门的食谱，洗衣服的阿姨也有固定的工作安排，清洁阿姨有固定的工作流程。不同区域用什么样的洗洁精，哪儿能用消毒液，哪些地方不能用，都是有严格标准和规定的。

就算抱孩子的简单动作，金老师规定：要双眼直视，用手抚摸、按摩，并且有语言交流，一定要给孩子最大的舒适感和亲近感。每个孩子有自己的药品篮，还有自己的药品夹，就像病历一样，每天的输入输出表，记录吃喝和排泄情况，还有发烧的表格，按摩的次数表，几点到几点按摩，呕吐的次数表，抽搐的次数表，都需要填写。当孩子被送往医院，这些如辞典一般厚重的日常生活记录，就会成为重要的病历资料。

有的孩子有特殊饮食，就需要单独填表，最后有个总表，就是当天的全部状况，要求阿姨记录。然后护士检查，护理主管再检查，行政人员核查。在我们看来，这些孩子像任何一个同龄人一样充满对世界的好奇，他们在看、在听、在触摸、在感受这个世界。有人问为什么要这样严格，金老师说："因为我们关心生命的质量，胜于关心生命的长度。孩子们没法活太久，每一天对他们来说都很重要。"

蝴蝶之家早期的时候，有些来访者说，你们这儿太讲究啦。比如擦手有擦手纸，孩子们那里是抽纸，纸的用量都是不一样的。这么听起来就知道，我们的管理运作方式非常规范化，标准非常高。其实这都是源于细化的规章制度和守则，大家严格来执行，才能最大化地保证把孩子照顾好。

最初，我也觉得规章制度特别多，很复杂。我最早的工作任务之一就是把英国的相关规章制度翻译成中文，结果发现自己不仅沉迷于翻译，也同时制定了很多的规章制度。就是在管理的过程中，我发现工作越细化，越能把员工的工作职责要求到位，大家都按照规章制度走，不牵扯领导对谁有意见之类的，反而做事越容易。

我印象很深的是，金老师刚开始带领我去检查时，她总会摸门框上面是否有灰尘。我跟在金老师后面说，门框上有灰尘，有什么关系呢？她说有灰尘就是不干净。那些清洁阿姨都说金老师就像严苛的婆婆一样，其他人就是一群听话的媳妇，如果做不好就要被说。后来，我被金老师训练，也变成了"严苛的婆婆"。

三

现代临终关怀服务起源于五十多年前，1967年，西西里·桑德斯在伦敦创办圣克里斯托弗宁养院，开创了临终关怀服务的先河。1987年，国内成立第一家临终关怀机构，然而过了好多年，临终关怀服务在中国并没有遍地开花。而且这样的服务多是针对成年人尤其是老人，很少有人意识到，进入生命最后阶段的孩子也需要专业的临终关怀服务。

蝴蝶之家最初的很多援助支持来源于国外的机构，这并不是因为创始人是外国人，才有很多国外机构捐款，而是因为这种服务的理念，国外的认知更深。中国人基本上都不了解什么是临终关怀，不知道我们在做什么，所以无法给予我们更多的支持。

2013年，我们迎来一个契机，在南京某国际学校工作的一位加拿大女士了解到蝴蝶之家的故事，就联系我们合作。她周围有很多外资企业和国际学校，期待在南京本地建立蝴蝶之家。金老师也期望蝴蝶之家能够制造出“蝴蝶效应”，以照顾更多的孩子。

那位加拿大女士知道我们是在社会福利院内设立，就也想和南京的福利院合作。我们全力支持她，一起找到南京市社会儿童福利院，经过协调，当年十一月，中国第二家“蝴蝶之家”——蝴蝶之家儿童安护中心在南京成立。这个名字是我起的，由于我们当时的全称是“蝴蝶之家儿童临终关怀中心”，南京的福利院院长很担心，说这样的名字很不适合推广，我就建议叫安护中心，还请了香港的团队进行团建和培训。两年以后，捐赠方世茂集团全面接管，把机构更名为“南京世茂彩虹重症儿童安护中心”，我们就没有再介入。

这个过程中有两个插曲。一是2013年底，金老师的先生患了眼疾，需要回英国去治疗。当时我们一起共事才一年多，他们就要走了，我问那我该怎么做，我还有很多知识都不知道，人还没有招齐。金老师给我留下一句话说，实在不行的话就关了吧，把孩子们送回福利院。她说话很直爽，还补充了一句：

“毕竟是你们中国人的孩子。”

我一听这话，感情特别矛盾。她其实没有别的意思，但我觉得外国人都能照顾好这些孩子，我一个中国人，肩膀上更有义不容辞的责任，一定要把这个事情继续下去。虽然自己也不确定，但我必须硬着头皮往下做。后来，金老师她们还时常回到中国来看望蝴蝶之家的孩子们。

另一个插曲是2014年，我们收到一笔最大的捐赠五十万元，捐赠仪式上，我作为金老师的翻译站在旁边，她用英语说：“我很高兴终于有中国的企业来帮助中国的慈善机构了。”这句话我完全没办法直接翻译。她说的时候是无心的，但我的民族自豪感突然来了，觉得不太舒服，就改变了她的话翻译：“非常感谢我们终于有这么大笔来自企业的捐赠。”

不管如何，我已经看到蝴蝶之家慢慢进入发展的上升期，而在与孩子相处的日子里，我也能清晰地感受到自己在孩子影响下的成长。

蝴蝶之家内部设有二十个床位。孩子们患有脑瘫、脑积水、败血症、器官衰竭、脑室周围白质软化、癫痫、重度营养不良、重度贫血、眼盲、极度早产等不同重度的复杂性疾病。原本可以在蓝天下嬉闹奔跑的他们，插着鼻胃管，横七竖八地躺在床上扭动着身体，与死亡和病痛抗争。与他们相处的我，越是见证着病痛与死亡，越会被生命的坚强震撼。

一位叫子子的孩子，来到蝴蝶之家时吓到了所有人：他的背部呈倒U形，完全没办法进食。护士们看着他的样子，又心疼又可怜。子子患有严重的脑瘫，大家都觉得他大概连一个月都撑不下去。护士们给他插上鼻胃管，一点点地喂流质食物，希望能给长期身体抽搐、扭曲变形的他补充一点营养。在精心的呵护下，子子不仅活着度过一个月，半年后，他那倒U形的身体也直立起来；一岁的时候，可以坐上轮椅移动，甚至可以咿咿呀呀学说话。“娭毑”（āi jiě，湖南方言，对年老妇女的尊称），是子子对这个世界说的第一个词。

有个叫弘弘的孩子病情危急，在最危险的一天，他连着五次进到蝴蝶之家的特别护理室。第五次抢救时，弘弘嘴唇乌青，医生打开他的口腔，发现舌根已经向后萎缩。医生表示，要随时做好告别的准备。我们差点要放弃了，只是在等一个答案，就是弘弘自己还想不想继续坚持下去。其实，他想活下去，我们能感受得到，他的眼睛一直看着我们，流出的泪水不是在眼睛里打转的，而是大滴大滴掉出来的，好像在说“救救我”。后面的三个月里，弘弘又多次陷入危险，但最终都坚持了下来。后来他的状态特别好，变胖了，活泼了，还是和以前一样爱笑。

悠悠来到蝴蝶之家时还不到一岁，患有脑积水，因为脑部状况复杂，除了定期复查之外，他常常因为突发情况入院。因为突发呕吐、抽搐，悠悠进过两次ICU。他的左边身体发育不太协调，但右侧身体活动能力很好。他喜欢跟人互动玩耍，喜欢抢其他孩子的玩具，拿到自己右手边，再放到嘴里咬。有一次，悠悠嘴唇发白，血压极速升高，突发抽搐和休克。工作人员在医护室进行紧急处理后，推着轮椅，带着氧气袋，快速将他转移到附近的脑科医院急救。经过几小时的抢救，虚弱的悠悠脱离了生命危险。

军海刚来的时候，三天没吃一口饭，连喝水都需要两三个人帮助。从吃饭上厕所开始，护士和护理员阿姨把每个动作拆解开来训练他。比如教他“舀”这个动作，“舀”被拆分成两个动作，先拿勺子“插”下去，再“提”起来。一开始需要人抓着他的手腕帮他，后来抓他的手臂，只是再碰他一下，最后就完全不碰，让他自己完成这个动作。“舀”这个动作他花一个多月学会了。很长一段时间里，军海走路踉跄不稳，后来他的身上逐渐发生了很大变化，除脑损伤引起的一系列障碍以及自闭症之外，他的智力水平在提高，懂得了更多表达和沟通，情绪管理也好了很多。他喜欢身体接触，如果有熟悉的人在身边，他会主动张开双臂说抱抱。拥抱的时候，他甚至会直接搂住护理员阿姨的脖子，将双腿盘到人家腰上。轻轻拍他的时候，他也会轻轻拍对方；没人拍他的时候，他会背着手，自己拍自己。军海特别喜欢洗澡，有时没看住，他上完厕所，就自己爬到浴盆里，拍打着底部残留的清水玩。随着年龄增长和身体状况的恢复，他已不太适合继续留在没有玩伴的环境里，工作人员曾为军海报过收养手续，但因后续仍需要进行矫正和治疗，需要接受更加专业的教育和康复训练，收养就成了一件比较有难度的事。在孩子们当中，他逐渐成了“大哥哥”，也是蝴蝶之家为数不多可以自由行走的孩子。

慷慷来到蝴蝶之家时也不到一岁，有的阿姨小声嘀咕：“这孩子长得真像电视上的外星人。”因为严重的脑积水，他的脑袋长成了一个倒三角形，脑门就像用保鲜膜裹着的一个水袋，可以清楚地看到里边的积液从左边晃到右边，使他头部的重量超过了整个躯体的重量，双眼向上翻着，布满血丝，眼球被压迫到只剩下眼白，对外界几乎都失去了反应。我抱起他，明显感到脑袋比身体要重很多，带他去医院治疗，医生判定他活不过半年。每次去医院治疗，需要两个阿姨一起陪着，一个抱着他的头，一个抱住他的身体。经过一段时间的观察和护理，我们顶着巨大的经济压力，将慷慷送到上海儿童医学中心进行脑脊液分流手术，让他的头部体积不再继续异常增长，脑压得到有效控制，可以自由翻身。因颅压伤害到了视觉神经，慷慷的视力不好，但他的听力比其他孩子敏锐，能通过声音分辨出不同的护理人员。他喜欢独自躺在床上或安全椅上，耳边播放不同类型的音乐，最早爱听儿歌，然后到流行音乐、纯音乐，后来到了小说甚至评书……听厌了，觉得烦了，他便会哭闹，护理员阿姨换了新的播放器放到耳边，他会瞬间安静下来。每次看到他听着音乐晃动身体的样子，我们都笑得合不拢嘴。他好像有个自己的小世界，在那里面，他和正常的小朋友一样幸福健康地生活。

秋秋是一位先天性视力障碍的孩子，原本医生认为他患有眼癌，眼球发育不良，眼睛周围有很多增生组织和脓块。突然有一天，我们发现他的四肢功能逐渐退化，肌肉发育不良，无法行走。原来他患的是脑蛋白质萎缩，这是一种无法逆转的基因性疾病，以前大家都夸赞他是最可爱的宝宝，丧失了四肢功能和感官功能，他无法再对护士们的抚摸做出回应。护士们非常心疼，我们得知上海有一家专门帮助盲童行走和学习的机构，把秋秋送去生活，他的情况逐渐变好，能够行走奔跑，能够大笑，但过了一段时间，他突然开始产生痉挛，无法进食，并且无法治疗，只好回到蝴蝶之家。过了一年、两年……直至如今，在护士们的呵护下，秋秋仍然在蝴蝶之家坚强生活着。

小宝贝Ronan在一个寒冷的下午来到蝴蝶之家，快五个月大的他看起来好像只有几周大，只能穿零到三个月大的婴儿衣服，身体上布满了医疗注射后的针孔，看得出来他在医院里住过一段时间。我们给他做全身检查时，他小心翼翼地注视着我们，因为营养不良和严重脱水而显得精疲力竭，小眼睛里透露出一种让人怜惜的神情。他根本没有力气用奶瓶吃饱小肚子，我们为他插了一个鼻胃管，这样能帮助他更快增加体重，适应口部的吮吸。后来护士试着用奶瓶给他喂食，他很容易学会了吸奶嘴，眼睛直直地盯着奶瓶。慢慢的，他身上留下的针孔痕迹消失了。护理员阿姨每次去逗他笑的时候，碰到他的脸，他就咯咯地笑个不停。我们发现他不仅脸颊怕痒，肚子也非常怕痒。他来到蝴蝶之家的第一个星期就胖了近一斤，很快可以在活动区域躺着，和我们互动，也喜欢和其他孩子待在一起。随着慢慢长大，他变得强壮了，更开心了，更可爱了。

对于蝴蝶之家里面被判定生命所剩无多的孩子们，我们知道他们前面的路不一定很长，重要的是他活着的每一天，我们都能陪伴着他向前走。无论孩子们的生命周期有多长，最重要的是他活着的每一天都有意义，都能享受到活着的美好。尽管他们的身体疾病总让人非常揪心，但他们和所有人一样，拥有快乐、被关怀、被宠爱的权利。

和孩子们相处久了，在我们眼里，有时会忘了他们有什么不一样。因为不幸，他们有着不同于大部分“正常人”的身体形态和生命周期，他们就需要更多的专业照料。同时，他们也像任何一个同龄孩子一样充满对世界的好奇，他们在看、在听、在触摸、在感受这个世界。我们每天跟他们在一起，每天跟他们接触，在我们的印象中，都觉得他们已经是正常的孩子了。

他们一次次用活下去的渴望，让我对生命心生敬畏。那么小的孩子，那么弱小的生命，他们都那么努力地想要多活一天，我们有什么过不去的坎儿，有什么资格不去努力呢？可以说，我们都在向死而生，死是背景，是孩子们来到蝴蝶之家的原因，是他们或将面对的命运，而生不仅仅是生命的长度，还有它的质量和意义。

“每一个孩子的生命都是有价值的，不管生命是长是短或是否为社会做出贡献；每一个孩子都应该被爱、被关怀，以及在爱和尊严中离开。”这句贴在金老师办公桌前的话，是蝴蝶之家的价值观。我们也经常说，其实每个孩子都是值得被爱的，只是人们不了解他，认为传统意义上的嘴角往上扬就叫笑，不一定。可能他给一点反应，就是表示开心。有的时候他可能没有回应，但不代表他听不到，不代表不开心。对我们来说，他们的笑可能是各种各样的表情，或者哪怕是指头动一动。

还有一个孩子，他身体别的地方不能动，只有屁股会动。他屁股蹭一蹭，就表示很开心。有时我故意逗他说不许动，但他还是屁股蹭一蹭，就是想给出一种回应。或许他不能像我们正常意义上的在脸部做出一个表情，可是他那样的反应，在我们的眼里，跟正常人没有什么太大区别，都是特别可爱的，都是值得爱的。只不过，他被爱的那一个点，需要用心和爱去发现。对于残疾或者脑瘫的孩子来说，他们知道的可能没有健康的孩子那么多，但是他们有另外一种可爱，他们有不同的回应方式。

从正常人的角度，习惯了说大眼睛高鼻梁才是美的标准，或者说孩子爱笑就可爱，而且肉嘟嘟的就可爱。其实衡量可爱的标准可能很多，这些孩子和别人互动的方式也有很多，如果大家都能用不同的角度去感受，发现他们的不同，认同他们的不同，就能看到他们的可爱之处，那么每个孩子都值得被爱。如果不能认同别人的不同，可能别人也无法认同你的不同。我觉得，与其说是我在帮他们，其实他们也真的教会了我很多。

有一位护理员阿姨说过："曾经我想过要离开这里，可每次想走的时候，又会忍不住想留下来陪陪孩子们。我想通过自己对他们的关爱，创造奇迹。每个奇迹，每个孩子的欢声笑语，都让我打消想走的念头，继续和孩子们在一起。"

不得不说，有时候爱心真能创造奇迹，爱真的是很神奇的力量。由于我们的精心照顾，很多孩子都打破了医学魔咒，顽强地生活着。蝴蝶之家见证过太多奇迹，也正是这些生命奇迹，让我们每次在犹豫徘徊时，得以找到坚持下去的动力。

四

如果来访者进入蝴蝶之家，我们会要求他们洗手消毒三分钟，在衣服外面套上消毒过的双面围裙。然后推开幸福楼二楼的玻璃门，耳畔就会回响着轻柔的音乐声，映入眼帘的会是一面“蝴蝶墙”，纸蝴蝶上面贴着每一位在蝴蝶之家生活过的孩子们的照片，还有寓意美好的名字。

蝴蝶墙上有手绘的彩虹，蝴蝶们分布在不同区域：彩虹上面的孩子是已经离开的孩子；彩虹上落着的孩子是已经被收养的孩子；彩虹下的孩子是恢复良好转回福利院、还没有被收养的孩子；下方的大蘑菇上落着的蝴蝶们，是正在被照顾的孩子。这样的分区和设计，就是不想让人觉得太感伤，但是又有纪念的仪式，让大家知道，每个在蝴蝶之家生活过的孩子都是我们最珍爱的宝贝。

蝴蝶之家的面积不太大，但布置温馨，由专业护理室、功能活动室、面谈室以及孩子游戏区、保育室、恒温箱房组成，配备全套专业的医疗设备及常用器材。刚开始，蝴蝶之家的护士都是外籍的，后来才有中国护士的加入，所以一些用品上会保留着英文标签。

走进孩子们的房间，颜色有温馨的粉红和清新的浅绿，里面放着各种不同的玩具，柔软的沙发、干净的地垫，都是供他们玩耍的地方。每个房间排列着九张小床、几把安全座椅和两张沙发。每个孩子都有一张属于自己的小床。房间四壁张贴着颜色各异的蝴蝶剪贴画。

儿童活动室也是一个色彩斑斓的世界，像个儿童乐园。一大块由各种颜色的布拼接的布幔，不规则地挂在天花板上，好像一块倒置的充气气垫。各色方格垫子铺成的地板上面摆放着泡泡池、小火车滑梯、秋千……四面的墙壁贴满了儿童画作。这里本来是我们的杂物间，但古先生发现，孩子们没有活动的场地，就自己动手改造起来。在这里，他们可以暂时抛开病痛，释放作为孩子的天性。

活动室外面的走廊上方，一缕缕蓝色的碎布垂下来，还有纸板做的蓝色“热带鱼”，那是古先生布置的一处小景，叫作“海底世界”。

还有晾衣房、配餐室和盥洗室，为了尽可能大地利用空间，每个房间被隔成十平方米大小，这是金老师和古先生亲自设计改造的。配餐间里，孩子们的饮食和使用药物，都被详细地标注。盥洗室中，每个孩子的印着卡通图案的小毛巾和沐浴用品，被一整排悬挂，每条毛巾旁边都贴着它的主人的照片。盥洗室的操作台被改造成两个并排的微缩版浴缸，每个都只有约一米长。孩子们每天会被抱上去，接受冲洗和按摩。盥洗室门外的壁橱上，几十个小药箱整齐地垒着，是每个孩子专属的药箱，上面标注每天服用的药物和次数，药品的服用方式，比如需要捣碎或者雾化。

另外，蝴蝶之家配备有专门的感官康复室，护士会对不同的孩子进行感官康复训练，让他们渐渐获得安全感。甚至有些孩子就是在护理阿姨的怀抱中离开的。

蝴蝶之家还有一间特别护理室，备有三张床，专门照顾病情特别严重的儿童和新生儿。

这里的孩子，中文名字都姓“龙”，隐藏着“龙的传人”的含义。在蝴蝶之家，孩子们是最重要的，我们愿意把最好的东西给他们。他们使用的椅子都是从国外进口，量身定制，就是为了带给孩子最好的体验。相比起来，我们的办公室反而显得有些破旧。因为他们已经被家庭抛弃了，我们怎么舍得不给他们最好的呢？

我们的标准，是一切都按尽可能令人舒服的方式去布置，给孩子们打造一个舒适的家。对于每个孩子来讲，蝴蝶之家就是他们的“家”。营造温馨、适宜儿童的环境之外，照护是关键，每个孩子至少有四个团队的护理员，分为两班，二十四小时不间断专职照顾。一名护理最多只能照顾三个孩子，保证每个孩子都受到足够关注。这样的形式，用的是妈妈照顾孩子的标准。

很多孩子刚到蝴蝶之家的时候，眼睛没有光彩，浑身紧绷，再加上病痛的折磨，很瘦的脸上多是惊恐、绝望，甚至没有求生欲望。几乎每一个孩子来到蝴蝶之家最初的一段时间，由专业的护士对孩子的情况做初步诊断，制定出初步的护理计划，然后在护理员的怀抱里度过，哪怕是通宵达旦。等他们在蝴蝶之家待一段时间后，眼睛变得发亮，偶尔会露出小小的微笑。只有这种真诚耐心的发自内心的爱护，才会让他们重新找回安全感。

在蝴蝶之家，最常听到的就是大家赞美每个孩子，发现每个孩子身上的不同闪光点：你的头发好漂亮，你长得好漂亮或者真帅啊，你的皮肤好光滑啊，你笑起来真好看……诸如此类。就这样，被遗弃的孩子们能够重新被尊重和肯定。

这里的一切，都是爱的展现。

蝴蝶之家的孩子虽然身患重病，但他们总有自己的幸福时刻。生日，对他们来说是最闪耀的日子，在那一天，孩子们、大人们都围绕着小寿星，一起唱生日歌、切蛋糕、送给他生日祝福和生日礼物。生日流程也许比较简单，然而没有父母陪伴的他们在那一刻也能感受到家庭的温暖。

有时我们会到福利院外面去为他们办生日会，也挺有意思。对于孩子们来说，每一次出行都非常不容易，出行前一周，护士和护理员阿姨们就得开始给每个孩子准备好轮椅、背带，还有当天的衣服、帽子以及奶粉、纸尿裤等等。从普通人的角度讲，带着孩子去逛超市，去“海底世界”游玩，都是再普通不过的，可是我们带孩子们去“海底世界”的时候，就会引来很多的围观和指点。我觉得这是因为大众对这个群体的理解或者了解太少了。为什么他们不能去呢？就因为他是肢体残疾吗？他们没有传染病，也不会给公众带来任何的麻烦，可能有些人认为对公众视觉产生了冲击，比如有些孩子患病导致脑袋比较大。如果大家对他们足够了解的话，就不会觉得他们有什么不同之处。只要身体条件可以，他们应该像其他人一样去各个地方。因而，我们会想办法带孩子去各种地方，让他们感受不同的生活，看一看真正的生活是什么样的，感受每一天生活的美好，给他们一个活下去的希望，要不然，活着的动力从哪里来？

毕竟，孩子不像成人有很多的牵挂，有更多想要活下去的动力。孩子的要求不多，如果我们能够尽可能给他提供更好的照顾和更多的关爱，为什么不呢？对于孩子来说，今天让他吃个棒棒糖舔一下，可能就惦记着这事儿，明天是不是还能舔一口呢？我们曾经准备带着脑瘫的孩子去肯德基玩，结果那天下雨去不了，他就显得不开心。孩子的生命很短暂，他们了解的也不多，所以他们的牵挂也比较少，如何让他们过好每一天，甚至过好每一刻，这就够了，这就是他们能够感受的幸福，也是我们付出的意

“蝴蝶之家”的大门。蝴蝶之家位于长沙市第一社会福利院幸福楼二层，进入大门的访客，要先洗手消毒，穿上印有彩色图案的双面围裙。

孩子们的房间。2010 年 4 月 8 日，来自英国的金林及其丈夫古英俊在长沙创建中国第一个儿童临终关怀中心——“蝴蝶之家”，正式开展儿童舒缓及临终关怀的护理服务，接受从福利院转送过来的孤残重症儿童：孩子都在十六岁以下，病情严重，预期寿命在六个月以内。

孩子们的盥洗室。蝴蝶之家的面积不太大，但布置温馨，由专业护理室、功能活动室、面谈室以及孩子游戏区、保育室、恒温箱房组成，配备全套专业的医疗设备及常用器材，还有一间特别护理室，备有三张床，专门照顾病情特别严重的儿童和新生儿。

蝴蝶之家现任负责人符晓莉用拥抱安抚十岁的自闭症男孩。她是儿童舒缓护理服务进入中国的第一见证人，也是国内从事儿童舒缓护理最久的人之一。

在蝴蝶之家创始人金林的观念里，舒缓护理并不单指对孩子进行临终关怀的过程，它是一项“三全”的护理服务，即“全人”，对孩子身体，心理全方位的照顾；“全程”，孩子从确诊、护理到临终的全程陪伴；“全员”，对孩子家人和护理实施人的抚慰。

金林女士和孩子在一起。就算抱孩子的简单动作，她也提出要求：要双眼直视，用手抚摸、按摩，并且有语言交流。她认为，儿童临终关怀最重要的是爱心。

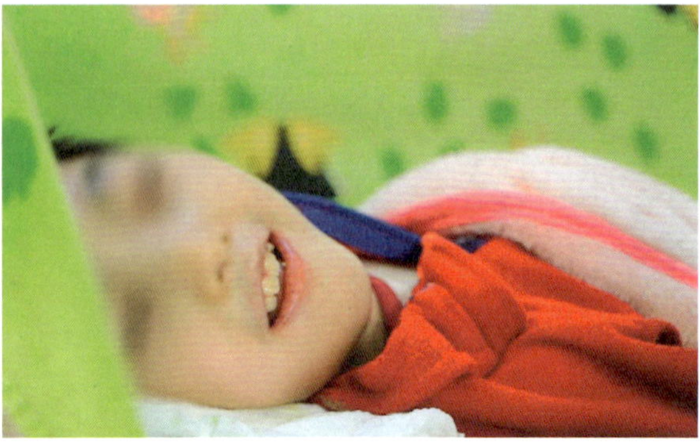

很多孩子刚到蝴蝶之家的时候，眼睛没有光彩，浑身紧绷，再加上病痛的折磨，很瘦的脸上多是惊恐、绝望，甚至是没有求生欲望的。当他们在蝴蝶之家被精心护理一段时间后，眼睛变得发亮，不时会露出小小的微笑。重新找回安全感的孩子，在睡梦中也带着笑意。

一个孩子对着护理员阿姨开心地大笑。蝴蝶之家的孩子大都患有不同程度的脑损伤，他们无法和其他小朋友一样自由行动玩耍，不能直接通过语言去表达所需。他们的身体大都羸弱，生命力也不稳定，有的孩子的体征还在持续下滑。但在这里，他们每天受到精心照料，按时吃饭、喝药、换尿片、洗澡……有着规律的生活和睡眠。

蝴蝶之家的护理人员发自内心地觉得孩子们可爱，不把他们当病人，也不觉得他们是特殊的，他们和每个孩子都一样。一位护理员阿姨向孩子表示：“我会永远地爱你。”

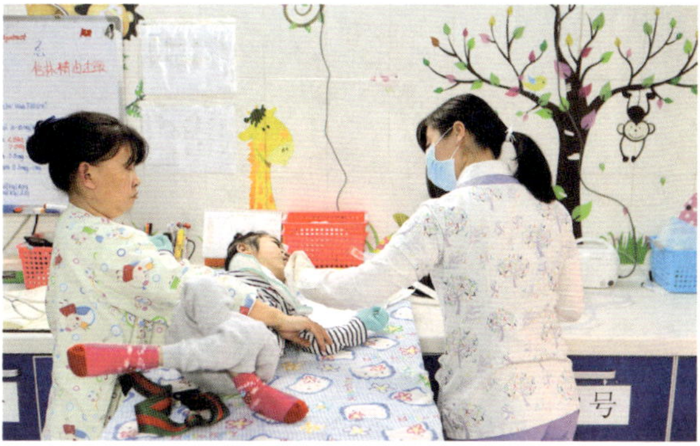

蝴蝶之家的专职护士，保证随时监控孩子的身体体征。

护理员阿姨在给孩子喂饭。她们每天要跟护士报告孩子的状况，哪怕被蚊子咬了一个包、一声咳嗽，脸上或身上有划痕。正常情况下一天量四次体温，如果发烧就半个小时量一次。吃了什么要记下，哪怕吃一片饼干、一个水果。大便是什么颜色也要记下来。

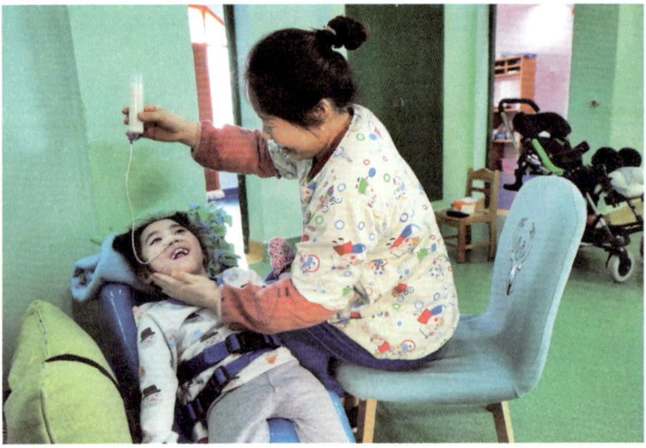

护理阿姨通过鼻饲的方式给孩子喂牛奶。

在蝴蝶之家，四个班组的护理阿姨轮流二十四小时值班，保证每一个孩子只见到四个固定的面孔。同时，一个护理员照顾三个孩子，保证每个孩子都受到足够关注。

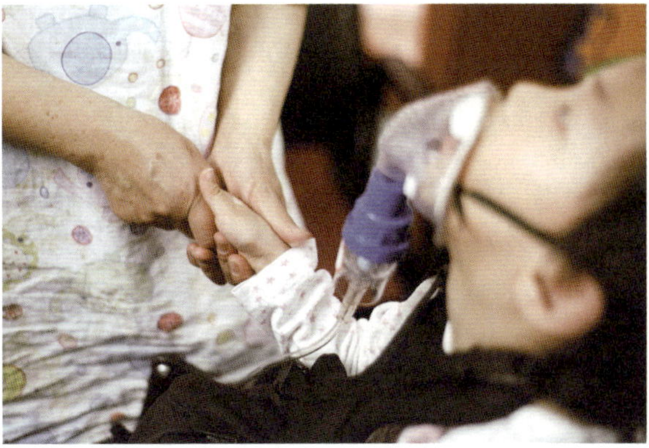

在感官治疗室，护士会对不同的孩子进行感官康复训练，特教老师在游戏治疗室辅导孩子做游戏活动。对孩子们进行肢体抚摸在蝴蝶之家的护理过程中很重要。

在儿童活动室地垫上翻身及四肢拉伸的孩子们。

在蝴蝶之家，最常听到的就是大家赞美每个孩子，发现每个孩子身上的不同闪光点。被遗弃的孩子们能够重新被尊重和肯定。

因为病情，这个小姑娘的生物钟日夜颠倒，在药物的帮助下，她的生物时差被调整了过来，护士看着孩子白天神采奕奕的小样子，欣慰地轻拭泪水。

护理员阿姨正在陪伴孩子。她们说：“不只是我们在照顾他们，他们也在教我们成长。”

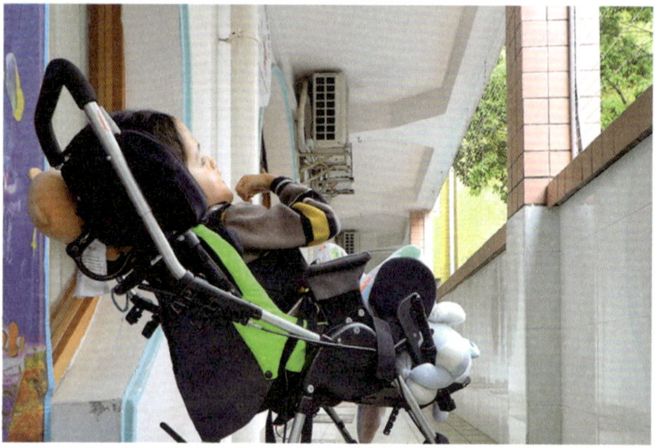

慷慷来到蝴蝶之家时不到一岁，因为严重的脑积水，他的脑袋长成了一个倒三角形，医生判定他活不过半年。经过坚持治疗和护理，他的头部体积没有继续异常增长，脑压得到有效控制，可以自由翻身。他喜欢独自躺在床上或安全椅上，耳边播放不同类型的音乐。

孩子去世以后，蝴蝶之家都会做一场追思会。在追思会上，孩子生前的照片被悬挂在周围，照料过孩子的护理员阿姨们围坐一起。每个人点亮一根蜡烛，烛光一点点汇聚。然后大家倾诉关于孩子生前的一些回忆。

2017年，蝴蝶之家创始人金林荣获英国皇室“员佐”勋章，同年7月7日，安妮公主到访蝴蝶之家，并参与当年的第三届中国儿童舒缓护理（临终关怀）国际研讨会。访问过后，安妮公主致信蝴蝶之家，表示“正是你们，让这些孩子的生命从此变得不同”。

2017年7月，蝴蝶之家与湖南省儿童医院召开合作协议会，通过示范、合作、倡导及培训的方式，促进国内的儿童舒缓护理及临终关怀服务的推广。

蝴蝶之家的“蝴蝶墙”。墙上有手绘的彩虹，蝴蝶们分布在不同区域。蝴蝶上面贴着每一位在蝴蝶之家生活过的孩子的照片。这里的孩子，中文名字都姓“龙”，寓意“龙的传人”。

2018 年 7 月 14 日，蝴蝶之家为当月的小寿星举办生日聚会。这是小蝴蝶们的第一次外出生日趴，在大家的共同努力下顺利举办。

从 2015 年开始，蝴蝶之家连续在长沙、上海和北京举办每年一届的中国儿童舒缓护理（临终关怀）国际研讨会，与各地医院医生交流，进行国内现况分析和探讨，同时在 2015 年推动了国内儿童舒缓疗护医疗协作组的成立。

2021 年 5 月，蝴蝶之家的护理人员和志愿者为小寿星们庆祝生日。

义。大家可能只是从表象上看，不解地说，哎哟，还弄了这么多花样。那说明我们做得还不够，我们还应该为孩子们做得更多。

五

正如蝴蝶墙上的命运分布，蝴蝶之家的每个孩子最终将走上不同的路。对于活下来的孩子，再好的护理和照顾，也不及一个真正爱他们的家庭。

每年，蝴蝶之家都有孩子成功被全球各地的人收养。孩子被收养前，福利院会刊登广告，并在报纸上贴出孩子的照片，寻找他们的亲生父母，看他们是否想要把孩子领回家，如果没有，就进入领养程序。不过，父母回应的情况很少。当孩子被收养时，蝴蝶之家会给他准备一个纪念册，一个小行李箱，放上他喜欢的玩具，负责照顾他的阿姨也会给他写一封信。

蝴蝶之家接收的第一个孩子小颜，自2009年12月26日出生后，就被遗弃在福利院门口。被送到蝴蝶之家的时候，小颜右眼中长着两颗花生米大小的肉瘤，几乎遮住了大半个眼球。她患有戈氏综合征，又名小儿眼、耳、脊椎发育异常综合征，是一种五官发育畸形的先天性缺陷。去医院治疗时，医生表示，孩子的情况非常危险，小小的肉瘤就像两颗大炸弹，随时会爆裂，危及生命。可能是感受过孤单的恐惧，小颜非常依赖护理员阿姨。她喜欢有人陪伴，一个人玩玩具的时候，也时刻注意身边，害怕护理员们离开。发现自己落单了，她就会“嘤嘤”地哼，然后伸手要抱。看到护理员抱别的孩子，她还会吃醋。这么可爱的生命，我们对她更加关爱，不断在国内外的医疗机构中找寻，希望能为小颜进行治疗。幸运的是，最终澳大利亚一家医院给她做了手术，一对荷兰的夫妻愿意收养小颜。虽然孩子可能还是会带病生存，但她完全可以进入一个家庭，像正常的孩子一样生活。

两岁多的女孩纱纱被美国夫妇领养，她是蝴蝶之家唯一可以讲话、行走并能正常沟通的孩子。她出生时患有先天肛门闭锁，进行过三次造瘘手术帮助排泄，逐渐痊愈康复，但需要进行长期的排便训练来适应人造肛门。除此之外，纱纱有斜颈，刚来蝴蝶之家时非常严重，护理员阿姨每天给她按摩，然后得到了纠正。她的智力算是正常的，她认识蝴蝶之家的每个工作人员，并能叫出名字。有人跟她打招呼，她便会歪着脑袋，挤出一个怯生生却又不失礼貌的标准微笑。她甚至记得所有办公室员工的英文名，会主动跟大家说Hello、Byebye。纱纱拥有独立的行为能力和强烈的沟通意识，让她成为蝴蝶之家的小太阳。她常常在房间里串门玩耍，遇到同房间的孩子不舒服、哭闹的时候，就会模仿护理员阿姨们的做法，小心翼翼地跑过去，将手放在他们的脸颊上，轻轻抚摸。

领养纱纱的那对美国夫妻，之前在蝴蝶之家领养过一对男孩，那对男孩同样患有先天肛门闭锁，因此他们知道怎样更好地护理纱纱。后来那两个男孩长大了，能够上学，会玩各种运动，生活丰富得令人难以想象。和纱纱分别的那天早上，我们给她扎了漂亮的辫子，喂她吃鸡蛋，她把蛋黄含在嘴里，迟迟不愿吞咽，似乎感觉到自己即将离开，变得没有安全感，精神很紧张，嘴里一直念叨着“回家”，还大声喊“妈妈，妈妈”。护理员阿姨们和她告别后尽快进屋，不忍让她经历太久纠结的过程，尽量不让她有过多的依赖，这样她就会更快接受新生活。

虽然纱纱离开了蝴蝶之家，但我们相信她的未来充满无限可能。

恩恩患有复杂的先天性心脏病，发育迟缓，而且体重非常轻，呼吸道疾病反复发作。福利院工作人员曾带他到处就诊，医院都不收他，被告知难以治愈。他被送到蝴蝶之家后，我们仍旧没放弃，为他寻找生机。他曾经是我特别爱的一个孩子，非常聪明，最后，苏州的一家医院愿意尝试为他做手术。当时送去手术的有两个孩子，另一个孩子情况好一点，恩恩情况比较差。我们没有想到的是，恩恩的求生意志非常强烈，在手术台上挺过几个难关，康复状况比另一个孩子好很多。另一个孩子没有回来，他却活过来了。我们怀疑他可能活不了很久，天天把他像小猫一样养着，他看起来很娇气，娇滴滴的。他的病情反复了很多次，嘴唇经常发紫，不能洗冷水。每次我靠近他，他就说“晓莉阿姨抱”。如果我有事要走开，没有抱的话，等我回来要抱他时，他就转头不要抱了。经过一段时间恢复，恩恩基本痊愈，身体发育逐渐恢复，体重增加了，性格越来越活泼。他真是一个坚强的孩子，后来被一个美国家庭收养。那个家庭的爸爸妈妈特别爱他，收养的时候，在长沙住了一周以后把他带过来，见到我们就哭。那个爸爸说他做了各种的猜想，认为孩子毕竟是孤儿，害怕可能不适应，没想到恩恩很快叫他Daddy，所以他们非常感谢蝴蝶之家对孩子的照顾，决定继续用原来的中英文名字来纪念蝴蝶之家。

恩恩在纽约开始了新的人生，接受教育，享受亲情，爸爸妈妈送他去中文学校，希望他记住自己是中国人。我的办公室里保留了一张恩恩的照片：他有一头顺滑乌黑的头发，眼睛又大又亮，笑的时候隐隐能看到酒窝，仿佛不曾经历过坎坷。

沫沫是个命运多舛的孩子，出生时体重不到两斤，加上脑部损伤，被父母遗弃。在我们的精心照料下，她幸运地活了下来。九个月后，她被长沙一户家庭收养，却因为家庭变故，在两岁半时又被送回福利院。她患有严重的自闭症，五十项自闭症指标里，有四十七项属于中度及中度以上，而且因为长期缺乏运动，她连最矮的台阶都上不了。之后的一年多时间里，志愿者和护理员们坚持陪她散步，做康复训练，每周带她去医院接受专业治疗。终于有一天，沫沫迈过了三四厘米的台阶。两年后，她的病情明显好转，五十项自闭症指标里只有三项属于中度及中度以上。她开始露出笑脸，愿意和小朋友接触，五岁的时候，她能流利地背诵近六十首唐诗和完整的《三字经》。后来，她也被爱心家庭收养，开始了全新的生活。

当孩子被收养走的时候，我们总会有些难过。明明知道是好事，这是最好的结果，但我们曾经有多疼爱他们，对他们的这种离开就有多舍不得。有些孩子被收养之后还会跟我们有一些联系，一些国外的家庭到圣诞节的时候会给我们寄礼物和孩子的照片，还有提供捐助。然而有些时候，不知道照顾了那么久的孩子，以后还有没有机会再见了……

六

到蝴蝶之家的前几年，我在自我学习、寻找答案的过程中，总存在着一个很大的迷惑。当时我们机构的中文名称叫临终关怀护理中心，英文名称叫palliative care。从英文的意思理解，palliative是舒缓的、缓和的意思。如果是临终关怀的话，应该叫end-of-life care。

作为一个非医学专业背景的人，我还去查找和学习了国内关于安宁疗护、安乐死、缓和医疗等有关的知识。实际上国内并没有太多的相关资料，我最初就是通过维基百科去查，金老师所谓的临终关怀护理到底是什么？我们正在做的服务是什么？因为我逐渐意识到，蝴蝶之家做的并不算是临终关怀的服务，而且我们的有些孩子也不是临终的孩子，那怎么解释我们这样的服务呢？而且，我们在工作的过程中也遭遇到很多的捐助人质疑，说这样的名字让他们的感受非常不好。

我跟金老师讨论过，她说中国人不懂什么是palliative care，所以就要用end-of-life care刺他们一下，让他们觉醒，不然人们可能意识不到还有这样一群孩子。

我半信半疑，抱着疑惑，继续寻找答案。我发现在我国的台湾、香港地区，把这样的服务叫缓和医疗或者舒缓医疗，但十年前在内地，还几乎没有人这样讲，我就慢慢地查找和学习，越来越确定我们的服务就是舒缓护理或者缓和医疗的方式。

其实，这个也不能叫医疗，因为我们没有从医学上进行疗愈，而是以护理的形式给孩子们进行关怀和照顾。我们面临的真正的医疗需求，是交给医院去做的，所以也不能叫医疗，更多的偏向于护理，那么我觉得可以算是护理服务的范畴，而不能是严格意义上的医疗服务。虽然蝴蝶之家也会做一些医疗的工作，但“疗”和“护”是分开的，可能在护的过程中有疗的效果，但疗并不是护理的最终目标。

我自己接纳这样一个名称，接纳这群人，都花了这么久，那如何让外行的普通人更快地了解呢？肯定不能用临终关怀的说法。虽然金老师说要用临终关怀的说法去刺激中国人，让更多人了解，但我觉得这不是一个捷径，甚至可能是一个误导。我去跟一些专家学者讨论，最后发现包括临终关怀服务在内的“舒缓护理”这个词语是最合适的，更符合palliative的意思。

在舒缓护理的概念之中，拉丁语词语“Palliate”最早出现，可被追溯至十四世纪晚期。1990年，世界卫生组织（WHO）首次引出舒缓护理的概念，并在2004年扩充了其内涵，将儿童舒缓护理描述为“对儿童的身体、思维和精神的积极全面护理，以及向家庭提供支持的手段”。

按照这样的理解，我劝了金老师很久，通过各种举证去说服她。终于在2016年，我们把中文名字“临终护理中心”换成了“舒缓护理中心”。

关于金老师创办蝴蝶之家的初衷，她的梦想很大，说怎么能做到让中国家庭零抛弃，所以我们要在更多的福利院里面做这样的服务。最早的时候，因为我还不懂这方面的知识，觉得金老师说的都对，她真的非常专业，我只是一个追随者，被她影响着，跟在她后面支持她。后来我渐渐觉得有些不对。比如南京曾经一度因为设立“婴儿安全岛”，不少外地父母“慕名而来”遗弃孩子，被抛弃的孩子一下子增多，让福利院不堪重负，引发社会热议。初衷是给那些被父母遗弃的小生命“生的机会”，没想到，婴儿安全岛反倒成了少数父母逃避责任的好出口。这让我反思，如果福利院的服务做得这么好，家庭不就理所当然地抛弃更多吗？不是变向鼓励家庭抛弃孩子吗？

除了更改蝴蝶之家的中文名称，我还意识到，国内很多医院的医生护士都不了解儿童舒缓护理服务。大概在2015年，我得到一个信息，大部分的儿童医院在治疗的过程中可能给孩子用止痛药，但是一些晚期儿童患者出了医院以后都没有止痛药，这些孩子怎么样去面对医生说的“好吃好喝，过剩下的生活”呢？这个是很可怕的。

据我们所知，在一些病症的后期，孩子是很痛的，试想大人都会感到很痛，那么孩子的痛是不比大人少的，因为都是重病。这是个很现实的难以面对的问题。背后的原因，是由于一些政策的规定，医院不能够开止痛药。这是一个亟待解决的思想观念问题，不光是医生护士会忽视，大部分普通人也觉得孩子生病就应该忍着痛，化疗应该忍着痛，打针应该忍着痛，吃药治病就应该忍着痛。虽然大家普遍这样认为，但是这不对嘛。

还有很多类似这些有关儿童舒缓护理的观念问题。究竟怎么样才能扭转普通人和专业人士的思想观念？我们就在想，为什么不把大家都凝聚到一起，与其单打独斗，为什么不形成一个网络体系一起来学习呢？经过讨论，我们希望做一个全国的论坛会议。

从2015年开始，我们连续在长沙、上海和北京举办每年一届的中国儿童舒缓护理（临终关怀）国际研讨会，与各地医院医生交流，进行国内现状分析和探讨，同时在2015年推动了国内儿童舒缓疗护医疗协作组的成立。我们参照英国的一些经验，听起来很国际化。最重要的是想和更多的医生专业人士研讨，让他们都了解一下这方面的知识。如果他们都不了解这些知识的话，受助的家庭更无法了解。如果医生都不知道这些止痛的需求，家庭又如何知道孩子需要止痛呢？他们应该从哪儿取得止痛的药物资源和护理支持呢？

我们做第一届儿童舒缓护理研讨会的想法很单纯，先对儿童福利院、儿童医院的人“洗脑”。没有想到的是，长沙、北京、杭州、苏州、上海的好多家医院都来参加，讨论怎样能够共同推动这个事情。当时做得比较简单，但是大家反响都很好，湖南省儿童医院的麻醉师们都表示愿意参加第二届。他们说不知道自己除了手术麻醉之外还可以做别的工作。听到很多医生、护士的积极反馈，我们觉得这个事情值得继续做下去。

就在2015年底，我参加央视《社区英雄》公益节目的拍摄，赢得了三十万元公益基金的奖励。我的第一个念头是三十万挺多的，可以办个课堂培训一批护士，但是真正想做的时候，发现这笔钱根本不够，那怎么办呢？干脆拍摄一个视频吧，把国内正在做儿童舒缓护理这方面服务的机构都拍到里面。

这个点子，我跟金老师是非常契合的，我们从来没有想到做自己的宣传，希望做这个片子让大家来了解儿童舒缓护理是什么。我们和一家儿医中心合作的时候，也提出过拍摄视频的创意，结果他们说，我们领导讲话要占多少分钟，那我们出多少钱。牵扯到这个问题，我觉得想法就不单纯了，变成了一个机构的宣传和推广，背离了我们的初衷。那倒不如我们出钱，我们来决定需要哪部分内容，需要谁出镜。

基本上，我们是从医生护士的角度、社工的角度和家庭的角度拍摄，在故事的讲法方面掌握主动权，希望把儿童舒缓护理这个事情讲出来，不要专门讲哪个机构，不想去做成商业型的片子，只想让更多人去了解儿童舒缓护理这样的事情就好了。

拍摄的过程中有很多的花絮，我带着摄制组，包括一个导演和三个摄影师，跑了北京、上海、长沙、南京、香港五个地方，每个地方都要拍一天多。那个导演曾经在中央电视台采访过我，最后被我成功“洗脑”成儿童舒缓护理的志愿者了。他在拍摄前没有见过儿童舒缓护理到底是怎么回事，全凭着我的讲述和我的意向进行拍摄和素材整理。我们一起商量，包括剪辑，这样呈现一个片子也是很不容易的。

我们拍摄的别的机构都是服务于家庭，孩子不愿意出镜，我们也尊重和理解，所以整个片子里出镜的所有孩子都是我们的，还有我们的阿姨，金老师作为国外专家的身份出镜，社工也是很重要的角色。最终的片子虽然不是很完美，但是基本上达到了我们期待的目标，就是从一个普通人的视角出发，能够让大家理解什么是儿童舒缓护理服务。看过那个视频的很多人说，里面拍了其他机构的“广告”，但没有蝴蝶之家自己的，没有关系，这个跟我们的想法是一致的，没有必要宣传自己。

我们拍摄的这部国内首部中英文儿童舒缓护理的公益短片，次年获得2017中国公益节创新奖。这个片子也是国际上第一部中英双语的儿童舒缓护理宣传片，国际儿童舒缓护理组织ICPCN还把片子作为中文宣传片收在官网上进行推广。

此外，我们也尝试做更多的呈现，比如动画片、绘本、戏剧表演，目的还是希望这些重绝症残疾孩子能够被给予更多的关注。这方面我注意到，国外的儿童节目里经常能看到坐着轮椅的孩子、白化病的孩子、唐氏综合征的孩子。最初看的时候我很不理解，包括我第一次去英国经常见到残疾的孩子，我先生开玩笑说，你不会觉得我们英国五分之一都是残疾人口吧？后来我才意识到，他们的整个社会对残疾人那种包容融合的状态非常好，比如说残疾的孩子自己能到社区买东西，大家完全不会看第二眼，或者说他们在沙滩上游玩，完全不惧别人的眼光，而且周围也没有人对他们有异样的眼光。可见他们不光是从硬件设施上对这群人提供方便，而且在理念倡导方面也有特别多的关注，大家才对这群人有了平视或重视。

ICPCN将每年十月份的第二个周五定为世界儿童临终关怀日，也就是“帽子日”，在全世界范围内传播儿童舒缓护理的理念，关注重症青少年儿童。近几年，我们每年都会举办“帽子日”公益活动，虽然耗神耗力，但是很有趣，我们在这一天联合一些学校和其他机构，号召大家都戴上帽子，通过这个活动，鼓励更多的人了解儿童舒缓护理服务，支持有重症孩子的家庭。

七

在所有的死亡面前，孩子的死亡最难直视。死亡，也是蝴蝶之家回避不开的话题。

随着医疗技术的进步，很多疾病不再是不治之症，但医学仍然有极限，疾病会带来躯体痛苦和精神折磨，是无法避免的事实。一个孩子，还未来得及经历丰富的人生，没有对死亡进行成熟的认知，甚至无法去表达自己的需求和感受，连长大的机会都没有。

玛莎患有严重的肝病，在六个月大时，肝脏已硬化，腹腔内都是积水。她是在福利院门口被发现的，从皮肤和头发的干净程度来看，她被遗弃没多久。可能是父母得知女儿得了不治之症，万不得已才把她留在这里的。经过诊断后，她被带到了蝴蝶之家。之后几天，护士每天都为玛莎把腹腔内的肝腹水引流出来，并让护理员每时每刻都把她抱在怀里，给她唱歌、念儿歌。玛莎因为疼痛而不吃不喝，我们就想办法在牛奶中加入一点点果汁，试图引起她的兴趣。六个月大的孩子，本该开始感知这个世界，对家里的物品、声音、气味都会变得好奇，他们的安全感也来源于家人每天的拥抱、抚摸、喂食、嬉戏和微笑，但生命对于玛莎却是一种负担，充满了痛苦和失望。一周后，她的内脏开始出血，眼神开始涣散。最后的日子还是来临了。在金老师的怀抱中，玛莎的哭声渐渐微弱下来，心脏停止了跳动，直到身体逐渐变得冰冷，一旁的护工们也泣不成声。

婕婕是个严重脑瘫的孩子，但特别聪明，对别人没有太多的反应，但她开心的时候，脸部肌肉会抽搐起来，我们就能知道她很开心。最初她身上满是褥疮，没什么头发，眼睛是浑浊的，很没神，几乎不动。我们都在她眼前晃动手指，看她是不是盲童，视力怎么样，发现她是那种典型的被抛弃的孩子，已经很久没有被关爱，已经不习惯和别人交流。后面我们给她读故事，她慢慢地认识我们，了解我们，眼睛明亮了起来，会随着我们转动，喜欢观察四周，头发也茂密起来，惹得阿姨们忍不住总想变着花样给她梳不同的发型，然后穿上漂亮的衣服，推着小推车带她前往楼下呼吸新鲜空气。听故事时，她也会笑了，但是一笑她就会抽搐，而且她总有很多的痰。过生日的时候，她喜欢舔棒棒糖，眼睛会笑成小月牙儿那样。每次看到她的状况，我都感慨挺不容易的。

我特别喜欢婕婕，人嘛，都有私心，每隔一两年，会有几个孩子特别招人爱，虽然他们都有这样那样的问题。那天早晨刚起床，护士在群里面给我发信息，说婕婕这个孩子走了，离开得很平静，我就咯噔了一下，只是感叹，唉，还挺好的，她没有受到痛苦。而且我也觉得自己挺坚强的，没有掉眼泪。然后我刷牙洗脸，准备去上班。到了办公室，要是在以前，我把办公室的窗户一打开，就能看到婕婕坐在对面房间的窗户旁，冲我笑，我们就会打个招呼。前一天，她坐在窗台旁，我问她在做什么，她看着我，但没法说出来。那天我说今天不能打开窗户，因为婕婕不在了。突然对面的窗户打开了，一个护理员阿姨跟我说："符主任，婕婕走了。"腾地一下，我就没绷住，眼泪流下来了。

最早的时候，每次有孩子离开，我要尽量地绷住，因为我都哭了，那阿姨们怎么办？所以无论怎么样都得忍过去，把他们安顿好。并且我还得边开玩笑边对阿姨们说，你看你还有两个孩子要照顾呢，你不能分心了。就这样每次安慰完她们，我自个回到办公室去偷偷抹一把眼泪，接着该干吗就干吗。

关于这方面，我们有个小诀窍，每个孩子有一个英文名和一个中文名，我们一般说孩子中文名的时候，就容易绷不住。每个孩子在我们心里就好像是个小阁楼一样，门上的钥匙就是他的中文名字。跟他们玩的时候，大家会习惯叫他们的中文名。我们在办公室里一般用英文名聊孩子的情况会方便一些。相对而言，我们说他的英文名就会好点，可以切换到工作模式，比如聊他吃什么药，他最近什么样的体重，怎么样给他找医院治病，给他买什么轮椅。

往常我下班的时候总喜欢去孩子房间溜一圈，看一下他们怎么样，然后再回家。有一次，我去孩子房间的时候，看到一个孩子不行了，虽然我从来没有医疗经验，我妈妈也没有传授过，但进去以后，我看那个孩子的样子，凭着第六感就知道他不行了。我马上出去找护士，果真护士过来说那孩子不行了。每次面临一个小生命离开的过程，那个事实在教给我，生命就是再自然不过的过程，死亡是必然要去面临的事情。当然话是这么说的，我总不能确定下一次遇到同样的事情自己会怎么样。

可可是个重度脑积水的孩子，头显得非常大，身体却枯瘦如柴，比例很不协调。他被送去医院，医生也没有办法。因为病情实在严重，可可回到蝴蝶之家接受舒缓护理，这也意味着他的生命已经走到最后一站。随着脑中积水不断增多，导致颅内高压，整个头部会非常疼痛。可可每天都很痛苦，有时候会用手拍打自己的头，不断呻吟。护士给他用药镇痛，他还是会痛得发出“啊、啊”的声音，表达着自己正遭受疾病的折磨。他的哭声很响亮，整层楼都能听得见，我们能做的，就是将可可抱着，抚摸安慰，希望能缓解他的痛苦。在最后的一段日子，可可很难受，我们为他加油，夸他是个好孩子。最终，可可是在护理员阿姨的怀里离开的，身体从温温的软糯到渐渐冰冷。

临终时，孩子的身体一般会有一些变化征象，比如变瘦、食欲变差、频发痉挛，甚至出血，但也有许多变故毫无征兆，一些患有心脏病、脑瘫等先天性疾病的孩子们上一秒可能还活蹦乱跳，下一秒就会进入到临终状态，我们的神经高度紧张，随时要准备接受最坏的可能。

生命的长度可能不会再延长，但我们可以尽量不留遗憾，去拓展他生命的宽度。如果孩子注定要离去，我们应该以一种不留遗憾的方式在他身边，陪他走完最后一程。

我记得金老师讲过一个四岁孩子的故事。被送到蝴蝶之家时，孩子已经病危，每天都哭着找妈妈，拒绝所有人的拥抱，也不愿与人亲近。几天后，那个孩子去世了。所以我就想，如果那时有阿姨能像妈妈一样给孩子安慰，一切会不会变得不一样？

这个反思被我们放进了蝴蝶之家对护理员阿姨的培

训里——这份工作不仅仅是护理，阿姨们也不仅仅是护理阿姨，对于这些临终的孤儿来说，她们更像妈妈，一个拥抱，一次发自内心的关怀，对她们面前的孩子，都可能有足以支撑生命的意义。

有的孩子离开前，被安排在特别护理室这个安静独立的房间，护理员阿姨或是护士会一直怀抱着孩子，呼唤他们的名字鼓励他们活下去，给孩子唱歌，放音乐，有时什么都不做，只是轻轻摸着孩子的手或者抱着他，直到他们慢慢地停止呼吸。

当孩子真正离去，在殡仪馆工作人员到来之前，护理员阿姨会把孩子的身体清洗干净，给他们穿上干净漂亮的衣服，尿布上不留尿渍，裹上那种有蝴蝶图案的布单，把每天陪伴孩子的玩偶放在他们身边，告诉他们“你是最乖的宝宝”，让每个孩子都有尊严地离去。

有的孩子终究有一天是要离开的，对孩子来说，离开可能是一种身体上的解脱，但活着的人其实很难去释怀孩子的离开。最早的时候，我们有员工因为爱的孩子离开而受不了，不想再去面对更多的不舍，所以不得不离开蝴蝶之家。对于蝴蝶之家的工作人员来说，学会告别，是重要而艰难的一课。

为了缅怀孩子，也是为了安慰我们自己，孩子去世以后，我们都会做一场追思会。在追思会上，孩子生前的照片被悬挂在周围，照料过孩子的护理员阿姨会和我们围坐一起。参加的人员，我们采取自愿，一般都是护理过孩子的阿姨，还有对孩子有感情的员工。很多阿姨对孩子的不舍是无处安放的，我们考虑到怎么样调解她们的情绪，疏导她们的哀伤。比如针对信宗教的阿姨，就采用宗教的一些仪式，可是这样对不信教的人起不到慰藉的作用。再比如放气球，在气球上写上孩子的名字，然后气球给放走，表达我们对孩子的哀思，可是发现这样不环保，而且有时气球在楼上挂住了，本来出发点挺好的，结果弄得啼笑皆非，不那么完美。后来，我们一直采用最简单的方式，就是大家点着蜡烛，在音乐声中诉说对孩子的记忆。

我们每个人点亮一根蜡烛，烛光一点点汇聚，然后大家倾诉关于孩子生前的一些回忆，有好的也有不好的，阿姨们通常讲着讲着就哭起来。每个人都把自己想说的话倾诉出来，对孩子的不舍和遗憾，只能在这样的一个场域里面由我们这一群人倾诉，共同分享，也许有哭，也许有笑，重要的是在那个时间大家都能产生共鸣。每个人轮流讲完以后，其他人可以再补充，最后表达对孩子的祝福，跟孩子好好告别。

其实“好好告别”并不是一件容易的事。刚开始阿姨们都不知道怎么表达对孩子的回忆，但祝福的时候突然就来很多话，说“我希望他好好的长大，在天堂里找个女朋友”。有的阿姨会编一个故事，说你和谁谁谁，俩人爱一起玩，现在你俩在一起了，希望她是你的女朋友。

这样的追思，我们不会有刻意的要求，随性就好，让大家倾诉和抒发出来就好。因为让含蓄的东方人把自己的情感发泄出来很不容易，倒不如用这种最简单最朴素的方式，让她们无论是祝福，无论是诉说回忆，只要有这样的一个突破口就好。

追思会中的情绪不仅仅限于哀伤，有人开起玩笑，有人自言自语，“你怎么也不告诉我一声就走了”。有的时候我能绷住感情，有的时候也绷不住。有的护理员阿姨说：“他哭起来整层楼都能听见，有时候我也会听得心烦意乱，总是希望他不要哭。现在他去了另一个世界，我却好想念他的哭声，好想再听听他的哭声。”有人看到挂在房间里的照片说：“看你的小眼睛亮晶晶的，你当初多淘气，老吐到我身上。”这样边埋怨边哭，也是非常感人的瞬间。

“希望孩子在天国没有遗弃和悲伤，一路走好！”祝福之后，吹灭蜡烛，追思会的仪式就结束了。然后，孩子的照片会从蝴蝶之家照片墙上移到象征着逝去的区域。我们感觉这样的效果还不错，比较环保，又能寄托哀思，大部分的阿姨的感受都很好，起码是暂时放下了心里的哀痛。

孩子去世时，我们也会接触到他的家人。一位知道孩子即将离开世界的妈妈找到蝴蝶之家，她提出了两个请求：一是让孩子没有痛苦地离开，二是捐献孩子的器官，延续另一个孩子的生命。在失去孩子的痛苦中，她用对孩子的爱继续去爱这个世界。还有的家庭捐助了原本为孩子筹集的治病费用，他们的孩子没能等到用那笔钱延续生命，就离开了世界，那么他们把钱捐出来，支持其他还有可能活下去的孩子。我对他们肃然起敬。

八

我曾经有很多梦想，想过当记者，想去环游世界，也想过当律师，上大学的时候做过主持人和广播员，我梦想去经历形形色色的生活，想经历和感悟一些不同的人生，想去见识更多精彩的世界。回过头来思索这些梦想，可能因为自己喜欢学习，也希望在不同的阶段成就不同的自己。

当英语老师的时候我很努力，学生英语成绩都挺好，全校能拿英语奥赛高分的都是我的学生，但是流动红旗、卫生评比那些，我的班级就不行。我老说学生们都是我自己的孩子，从另外一个角度可以说明我做一行爱一行，是一个对自己选择的事情负责到底的人。

自从加入蝴蝶之家，我每天从早上工作到晚上，别的同事交接班以后，自己才会下班。甚至到2015年7月我生孩子前一天，也是像“严苛的婆婆”那样盯着他们把孩子们照顾好。

那时，这个工作带给我最大的阴影就是担心自己的孩子有先天性的问题。当得知怀孕后，我瞒了先生四个月才告诉他，我周围的人和我爸妈也是四个月以后才知道。我担心自己是高龄产妇，或者有什么意外，我也见过很多先天残疾的孩子，不希望让别人承受很多的压力。那年圣诞节我告诉我先生，说这是你的圣诞节礼物。他当时说我这么久了才告诉他，这种人的思想真强大。

生孩子前一天，我下班后回家，预计当天晚上会发作，让我先生早点休息，然后给金老师发信息，说明天早会不参加了，我可能要生孩子了。第二天早上七八点，我和先生一起去医院。因为他是外国人，什么都搞不清，我只好自己到楼上去检查。医生说你都开到六指了，还在外面晃啥，还不去生产？

下楼后，我带着先生到住院部，下午两点把孩子生了，三天后我们就回家了。那段时间，我们接进来一个孩子，患有非常严重的脑积水，至少需要一二十万元治疗费用。突然哪来那么多钱，我们必须尽快给孩子筹钱。很操心这件事，我都没有跟我妈说自己已经生完孩子。我害怕我妈来了以后让我在家坐月子，不让我出门。

只有一个阿姨给我做饭，我先生给孩子换尿布，我就投入筹款活动。我先生安排了他的一群外国朋友在步行街附近宣传，穿上奇装异服，给蝴蝶之家筹钱，我抱着孩子在旁边做志愿者。当时我想，不仅没坐月子，还抱着刚出生几天的孩子在外面晃，这事要让我妈知道了，那还了得？

比较幸运的是，几天就筹了几万，后来在网上陆陆续续筹款，没过多久就把钱筹够了，顺利安排孩子去做手术治疗。我根本没有时间坐月子，一个月以后，才让我妈来长沙，我告诉她，我请了月嫂让她别担心。她知道以后，说怎么还有这种不靠谱的人？我朋友也说，只有我这么心大的人能做出来这样的事。

这种事听起来挺奇葩的，其实还行，一切都在我的掌握之中。生孩子之前，我学了有关的课程，书上讲每一天应该做什么，我都认真地看。但是，这样的行为别人不能模仿，毕竟还是太危险，但也说明我还不算娇气。而且我很幸运，孩子很健康。

“Keep calm and carry on”，我一直很喜欢英国前首相丘吉尔的这句话，意思是保持镇定，无论事情的结果怎么样，继续努力。我也很信奉“Problem is challenge，Challenge is chance”，问题就是挑战，挑战就是机会。这两句话对我自己特别受用，鼓励着我不断往前走，哪怕遇到困难，保持镇定，负责到底。

我很荣幸遇到了很多愿意和我一起往前努力的人，别人形容这个事情是事业，我觉得更是我的志业。虽然我不会玩游戏，但是我知道就像一路升级打怪，希望和有共同梦想的人们尽自己的力量，推动这个志业做得更落地。

2017年7月7日，我们举办了第三届中国儿童临终舒缓护理国际论坛研讨会。当天，热衷慈善和公益的英国王室成员安妮公主访问蝴蝶之家并出席了研讨会。安妮公主的来访，虽然在我们的意料之中，因为我们知道英国皇家很重视慈善，但当她真正到来时，他们所做的细致安排以及她留给我的印象还是让我很意外。

皇室先遣团提前和我们沟通各种细节，问我们需要什么协助，希望促成哪些事情等等。下午两点十五分，安妮公主的礼车稳稳地停在预定位置，她下车后随和地与大家寒暄，表现得很自然风趣。她身材高挑，身穿橘色套裙，态度非常谦和真诚，戴着手套和我们握手。走进蝴蝶之家时，我在前面带路，她的走路速度非常快，进入房间后，里面坐着的人们忘记起立，我当时很紧张，想提醒大家起立，她拍了拍我的肩膀，表示让我不要那么紧张。虽然这只是一个很小的动作，但是我感觉到她非常照顾每个人的情绪，而且那种手势语言让大家明白，别把她当作很重要的人看待。她很温和地点点头，跟大家打着招呼就坐下来了，没有一点架子。

安妮公主跟我们说，你们很不容易。她摘下手套，进入孩子们的房间，看望孩子们，显得非常有爱心。看到病情严重的孤残儿童在蝴蝶之家得到了专业的护理与妥善的照料，她动情地说："我很荣幸来到湖南，很高兴看到这里有如此多政策和措施支持重症儿童和他们的家庭。"她还在探访者登记本上签署了自己的名字，为孩子们加油，鼓励孩子们拾起生命的希望。

走出蝴蝶之家时，安妮公主在门口专门跟我们握手说：“不好意思，打扰到你们的生活了。”我感觉她真的很谦虚低调，也很贴心。后来我们还知道，安妮公主是个非常节约的人，她那天穿的那套裙子十年前就穿过。

安妮公主的来访，促成了我们和湖南省儿童医院、湘雅医院签署“儿童临终舒缓护理”合作协议，双方通过示范、合作、倡导及培训的方式，促进国内的儿童舒缓护理及临终关怀服务的推广，并实现了中国大陆地区首家中英共建儿童舒缓护理门诊在湖南省儿童医院开诊。

距离那次访问过去七十四天后，回到英国的安妮公主给我们寄来了一封感谢信。她表示很开心能有机会来到印象深刻的蝴蝶之家，“正是你们让这些孩子的生命从此变得不同”，还再次感谢我们的热情接待，希望我们“在今后的工作中取得更多的成功”。

回想起来，直是难以置信，我们仅有几个人的小团队，只用了三个月时间筹备，居然组织了整整一天的大型论坛会议和接待英国皇室的来访。

安妮公主的访问是蝴蝶之家的一件大事。我很荣幸，参与和见证了整个过程，也让我感到蝴蝶之家有了新的契机继续往前走，也鞭策我需要学习的更多了，需要做的也更多了。

九

一年又一年，孩子们来了又去，蝴蝶墙上的照片越来越多。到现在（2020年10月7日）为止，我们护理过的孤残重绝症孩子总共二百一十四名，得到临终关怀的孩子有一百一十四名，三十八名孩子被家庭收养，其中最小的刚出生，最大的十七岁。蝴蝶之家收住的孩子，存活率达46.7%。我们当初那个小小的团队已经发展到四十三个人，其中行政人员六名，护理员阿姨三十多名，有十名阿姨已经在蝴蝶之家工作十年，算是非常难得的。

蝴蝶之家的发展虽然慢了点，但最重要的是我们前进的每一步都很稳。近几年，我们在上海儿童医学中心专家们协助下，完成了从英国引进的儿童舒缓护理的部分医疗培训资料的中文翻译工作，以及国际儿童舒缓护理组织的免费线上课程的教学资料翻译工作。我们和湖南省儿童医院合作开设“舒缓护理”门诊及建立“蝴蝶展翼”护埋培训基地。为了给医疗专业领域注入专业的护理知识，以及为有需要的家庭带去专业的医疗支持，我们推出了“蝴蝶展翼”儿童舒缓护理服务护理培训及工作坊。此外，我们开展了“蝴蝶振翅”儿童舒缓护理生命关怀教育，为社团、学校及社区普及生命教育。

据世界卫生组织估算，在中国大约有四百五十万的孩子需要舒缓护理，一百五十万个孩子需要临终关怀。一般来说，当孩子诊断出一个不能治愈的疾病，他们从那一刻开始，需要的就是舒缓护理服务。到生命最后的六个月，孩子需要的可能就是临终关怀。

在亚洲，日本率先将舒缓护理纳入了医保，而中国台湾地区的舒缓治疗水平在亚洲排名第一。目前在内地，虽然儿童舒缓护理和临终关怀存在认知、专业人员及资金投入等问题，但与前几年相比，对儿童舒缓护理和临终关怀服务的推动、认识已经进步了很多，不过仍然任重道远。

真正实现儿童舒缓护理和临终关怀的理想模式，应该是全方位、全员化、全程化的“三全”服务。其中“全员”不只是局限在孤残重绝症的孩子，还要关怀孩子身处的家庭；“全程”则应该是孩子的病情被发现时，就马上介入服务，能够治愈的孩子获得舒缓护理服务后，继续进行治疗，不能够治愈的就获得临终关怀服务，在生命最后一程，获得平静和尊严。

记得那次获得《社区英雄》的奖励后，我一边接到大家给我恭喜的电话，一边接到家庭的求助电话，让我一边高兴一边流泪。这种求助电话，我接到过很多。有一年过年的时候，我爸妈在做年夜饭，我在房间里悄悄地接求助电话。很多时候接到的求助电话，都会拐弯抹角，说他有个朋友或者兄弟家里有个孩子。当他们越讲越仔细，我就知道那一定不是别人家的孩子。他们都会问，你们那里收孩子吗？我说不能收，只能收福利院的孤儿。他们一般就接着说，那么孩子变成孤儿，你们收吗？

这样的话，让我怎么回答呢？所以我每次只能回避，尽量鼓励他们说，你们很勇敢，没有抛弃自己的孩子，都很伟大。

有时我觉得，蝴蝶之家已经有一些小小的成绩，但是接到那么多的家庭求助，我却帮不到他们，就会感到非常心痛。

至于我们和湖南省儿童医院合作开设的“舒缓护理”门诊，求助家庭的孩子得到咨询和诊断以后，只能送到ICU。因为空间有限，那里只能支持四五个家庭。孩子在ICU时，父母是不允许进去的，我们每次进去提供舒缓护理，孩子一定是身上被插了针管。在ICU里抢救，亲人都不在身边，并不能真正实现我们理想中的舒缓护理服务，还是有很多的遗憾。

全国肿瘤登记中心有数据显示，中国每年新增三到四万名儿童肿瘤患者。由于发病突然，症状急重，治疗痛苦，花费高昂还难痊愈，儿童血液肿瘤类疾病非常凶险。并且有一个现实是，治愈率、好转率、病死率是评价国内医院临床服务的重要质量指标，然而三甲医院床位紧张，儿童医院更是如此，那么宝贵的医疗资源，首选用于治病救人。当被医院告知无法继续治疗时，孩子的父母只能把孩子带回家。在生命临终阶段，孩子的身心痛苦、父母的痛苦，再没人能给出专业医疗和心理支持。就在生命临终的时候，这些孩子的病痛和心理问题，以及家长的心理问题，会更加严重。

在拍摄儿童舒缓护理宣传片的时候，我们找到了一个深圳患儿的母亲，她接受过香港癌病基金会的指导服务。帮我联系到她的，是我们第一届论坛会议的护理专家，也是在香港癌病基金会做儿童舒缓护理的资深护士林国嫦（英文名Molin）女士。林国嫦从事临终关怀二十多年，多年前在香港的儿童癌病基金会首创香港儿童舒缓服务。

采访那个母亲，让我的感受很深，她家的孩子在一岁多时去世了，然后她先生因为孩子生病就离开了她。谈及往事的时候，她仍然非常难过。当时林国嫦的团队给了她很多支持。她说："当时我自己跟妈妈在照顾孩子，大陆没有儿童舒缓护理的服务。先生离开后，我举目无亲，要独自去面对离开孩子的现实，真的很艰难。"这番话，让我至今都很难忘。

因为她的孩子在香港出生，可以自由来往香港，所以求助香港癌病基金会。她感觉到不再是孤单地一个人在走，最后孩子离开了，她和林国嫦还保持着联系。

后来我们邀请林国嫦加入蝴蝶之家，担任服务发展总监，我就知道了这种指导叫哀伤辅导。其实我们说的舒缓护理，不仅仅只是对孩子进行身体疼痛的舒缓，而且包括对孩子心灵的支持，还有对家庭的支持。所以我们说，舒缓护理最大的支持就是希望的支持。

患有疾病但不可治愈的孩子，在生命最后阶段，往往身心痛苦。有的在ICU各种冷冰冰的设备包围中离世，有的被劝离医院，再无人提供专业医疗支持，父母无助地看着孩子陷入病痛，直至离去。但是有一个专业团队一直在陪伴和支持着，孩子能玩的也玩了，能吃的也吃了，一起欢笑着度过，即使有一天孩子离开了，家长也多少有些心安，不会负疚地活着，父母可能不会因此而分开，就算分开了，还能很心安地面对彼此。

这种专业的哀伤辅导，是非常有必要的。当孩子活着的时候，给孩子被爱的希望，被支持的希望，让他获得更好的生活状态。当孩子有一天离开以后，我认为最难的就是活着的人，毕竟孩子离开了就解脱了，但是活着的人没有办法很心安地面对这种离开。对于最终无法被治愈的孩子，舒缓治疗中的哀伤辅导可以让他在生命的最后时间少些痛苦，更有尊严地离开，也能让家属对孩子的离去更少些哀伤。

我们带着孩子们到外面举办生日会或者游玩时，有人会说你们为这些孩子搞这个搞那个，至于吗？其实说句不好听的话，许多人给去世的人送花圈，撒些食物，其实去世的人能拿到吗？肯定拿不到，不就是为了活着的人心安吗？同样，我们带孩子出去、支持这些家庭，这些孩子们能感受很多吗？至少父母心安，我带孩子出来过呀，很多事情，我们为什么要等着孩子走了以后再做呢？为什么不在孩子活的时候就做呢？所以我们能做的一切，不都是为了换一个活着的人心安吗？这不就是一个希望吗？我把孩子照顾好了，他有一天走的时候，活着的人心里不觉得亏欠，其实说白了，就这么简单。

我最早去英国的时候，看到轮椅上那些孩子脸上画着彩绘，插着鼻胃管，还打水仗，觉得多危险呐，孩子能看到自己的脸绘吗？后来我明白了，没关系呀，就是让他们开心，喜欢打水仗就打，别怕弄湿衣服，只要他开心就好。他可能做不了很多事儿，但把他推出去看看绿树，看看红花，可能就会开心，图个乐子呀，所有的这些不仅是让他开心，你帮着他你也开心，他父母亲也开心，然后他走的时候大家都心安。

我听到过很多父母在孩子离开之后常常问为什么——为什么孩子有病？为什么我会生这样的孩子？为什么这件事发生在我的家庭？其实父母也需要寻找孩子生命的意义。

很早之前，金老师曾经当志愿者帮助过一些家庭，开展儿童舒缓护理和临终关怀服务，有的家庭后来说，外国人把孩子的魂吸走了。在我看来，儿童舒缓护理和临终关怀是一个希望的服务，因为有这样一个希望，受助的父母亲才有动力活下去，有动力互相面对对方，面对余下的生活。这个服务，和老人的舒缓护理和临终关怀不一样，大家更容易接受老人生老病死，但对于儿童，父母更难面对，更加自责内疚，总觉得不舍，放不下。

我们在“舒缓护理”门诊开展咨询和服务时，遇到的很可怜的情况是，很多父母不知道怎么样去面对自己的哀伤，只能选择压抑和沉默，时间长了，人都变麻木了，这样对他们自己和家庭很不利。其实很多这样的家庭没有被人看到，有的时候父母比那些孩子更可怜，尤其是如果家庭里只有一个孩子，真的是毁灭性的打击。如果有我们这样的专业服务提前介入的话，会给家长一个希望和支持，让他们知道孩子生病、死亡也有意义，让他们能够接纳现实。他们就会倾诉会哭泣，会更积极地面对后面的生活。

按照协议，蝴蝶之家只能接受福利院的孩子。我有一个新的梦想，希望可以走出蝴蝶之家这个大本营，不仅仅服务福利院里的孤残重绝症儿童，还可以为更多家庭提供专业的居家儿童舒缓护理和临终关怀服务支持。

我已经做了很多的调研，准备第一步先做社区护理站，培训出高素质的护理人员，逐步复制到全国，让更多人了解儿童舒缓护理服务，同时服务社区内有需求的家庭。第二步是搭建国内的儿童舒缓护理平台体系，联合其他的专业服务机构，大家把各自的力量凝聚起来，互相学习，资源共享，可以少走很多弯路，可能发展得更快一些，推动儿童舒缓护理领域的进步。毕竟话说回来，这是“我们中国人自己的事儿”，虽然目标可能很遥远，但是脚步不能停，值得我们不断努力。

以前的我喜欢徒步、骑自行车、爬山、打羽毛球、游泳、跳舞、看书、看电影、画画等等，如今这些兴趣爱好都变成了带孩子和工作、学习。我不仅参加了深圳公益学院的培训，也经常走访一些别的机构，还抽空学习一些课程，而且越学越觉得不够，越应该多学点。我相信什么时候开始努力都不晚，很欣赏那种活到老学到老的人，很钦佩心灵鸡汤里的那种网红老奶奶——八九十岁了还不断学习，我也期待自己能够成为那样的人。

新冠疫情暴发到现在，蝴蝶之家没有一个孩子离开，孩子们好几次都发生了危险情况，比如吐血、面色发紫、呼吸急促等，眼看着不行了，但经过抢救，孩子们又活下来了。儿童舒缓护理服务，无论做多久，我们依旧逃避不了自己还是一个凡夫俗子的愿望，也是一个单纯的小贪念，就是希望孩子们活得久活得好，我们就觉得很安心。

疫情最严峻的时候，三分之一的捐助人停捐，访客无法入内，护理主管在香港无法回来，金老师已经七十多岁，需要退出理事会，她表示，“实在不行就关了吧”。当时我的压力比较大，变瘦了一些，不过还算是健康的状态。后来，状况慢慢好转。我能够坚持下来，正是从蝴蝶之家的孩子们身上得到的勇气和信念。

儿童舒缓护理进入中国，发展到现在，我是第一见证人。我作为一个普通的中国人，自从进入蝴蝶之家，慢慢认知儿童舒缓护理，不断花更多的心思，尽力想把这个事情做好。从刚开始的不服气、不甘心，到逐渐做得还不错，有人认可了，求助也越来越多，我感觉做得还不够，肩上的担子更重了，也希望召集更多人抱团前进。一路走过来，我算是国内从事儿童舒缓护理最久的人之一，回顾这些见证到的变化，正好也是我对自己的一次剖析和沉淀，可能对于大部分中国人来说会有点启发和借鉴意义，这个事情可能看不到立竿见影的功效，但是我有责任和信心继续做下去。

在蝴蝶之家的十年一晃而过，现在的我常对孩子们祈祷，“今天你幸福着就好”。“Present is present”，这也是我喜欢的一句话，意思是“现在就是礼物”，启示我们应该珍惜当下，脚踏实地，向前出发，心怀未来。

这些都是我们在蝴蝶之家教给孩子们的，也是孩子们教给我的。

垄断的困境

王健飞 陈啸雨

无效垄断正在对社会透支，甚至戕害垄断者自身。

你会垄断么?

《大富翁》与《愤怒的葡萄》

你会垄断吗?

这似乎是个类似“你幸福吗”一样的愚蠢问题。

垄断是如此的直观，并且具有“乐趣”，以至于人类发明了一种游戏来向我们的孩子说明什么是垄断——几乎所有的人都玩过的*Monopoly*（《大富翁》） 。

1903年，美国游戏发明家伊丽莎白·马吉（Lizzie Magie）发明了《大富翁》的原型，用于警告人们垄断是一件多么可怕的事情：当单一市场主体掌握所有的土地，其他人将再无立锥之地。但由于垄断的快乐和直观，这款游戏迅速走红，它没有成为警示人们反抗垄断的教科书，反而成为无法获得垄断地位的人们假想自己成为大资本家、享受垄断精神快乐的工具。

《大富翁》是令人上瘾的，它通过骰子来模拟市场的随机性，通过棋盘来模拟市场的有限性，在一张狭小的书桌上高度还原了二十世纪美国各行各业正在发生的垄断行为。在游戏的最后，当你扔下一次骰子，买下城里的最后一块地，游戏就结束了，你赢得了游戏。

这个游戏之所以没有起到最初设想的教育意义，很可能是因为它实际上根本没有呈现垄断之后发生的事情，而只模拟了垄断形成的过程。在这一过程中，对于渴求获得垄断地位的市场主体来说，唯一的问题是如何取得垄断。而对于它们的对手——普通消费者和市场创新者来说，唯一的问题则是反面：如何阻止垄断的形成。

但事情真的是这样吗?

为说明这个问题，我们需要越过游戏的终点线，看看“垄断达成”之后究竟都发生了什么。

2019年12月，长达两年的中美贸易摩擦暂时落下帷幕，中美原则性达成“一期协议”，美方停止向中国商品恶意加收关税，而作为回应，中方承诺购买更多美国的农产品。当时很多人并不太理解，为什么美国这个刻板印象中的工业大国，要强迫中国这个刻板印象中的农业大国购买农产品，而不是相反。

其实，原因在中国的初中地理课本里面有讲过。如果这些年初中地理课本的变化不大的话，那不出意外里面应该会有一节，把美国的农业作为一个标杆来讲述。美国是世界上第一大农产品出口国，这是由于其农业集中程度高、大型机器生产的效率高、农产品的商品化程度高、农业附加值高等先进的农业生产方式所决定的。

尽管美国曾拥有强大的工业，但近些年来，美国的工业优势更多体现在其农产品的产量、质量和价格上，而不是工业产品本身的出口。随着所谓的“产业空心化”之后，美国的工业反而在一定程度上落后于它的农业，现如今的美国，输出廉价工业制品的能力远不如输出廉价农产品。

地理课本里还会讲，美国之所以能实现利用机器大规模生产农产品，是一些地理和产业经济的原因，比如美国的平原众多，适合大机器耕种；美国的工业产业链发达，更早开始用先进的农具改造农业。从地理上看，这是正确的，但它忽略了历史进程中经济学平原的形成。

天然平原并不是经济学平原，尤其对于私人永久持有土地所有权的美国来说。如果在美国的平原上散落着无数小农，那么大机器生产则毫无意义，因为，就算一辆拖拉机能节省再多的人力，每个农户也只能耕种自己所拥有的那一小片土地。因此，能够让拖拉机、播种机、采摘机最高效发挥作用的前提是，美国的近代农业史上真的发生过一局“大富翁游戏”。

二十世纪二十到三十年代，亦即美国最后一次发生印第安人大屠杀的一百年之后，另一场将人类个体从土地驱赶走的活动正在如火如荼地进行，只是这一次，被推平房屋与家园的是美国白人自己。

美国先进的农具生产公司（如拖拉机、种子、化肥公司）向美国农民出售或出租农具。农民以为，获得了这些工具，能够显著提升自身未来的生产效率，于是他们背上贷款买来这些商品。但在土地尚未集约化的情况下，这些现代化工具事实上发挥不了太大的作用，同时，恰逢气候原因导致美国部分地区的农作物连续几年歉收，农民无法偿还用于购买农业生产工具的资金。这时，那些卖给他们商品的农业公司会带着放贷的银行家一起，开着拖拉机将美国农户的房子推倒，将他们作为抵押物的土地没收。

最终，他们在美国天然的平原上，获得了一块块经济学的平原。

这种经济学意义上的平原，才让美国农业得以走上专业化机器耕种的道路，让美国成为目前世界上最大的农产品出口国。

美国左翼文学作家约翰·斯坦贝克依据这段历史创作了小说《愤怒的葡萄》。中国的地理课本当然不会讲述美国天然平原成为经济学平原之前的这段故事，因为显然，大富翁游戏是残酷的，在一门主要讲方法论的课程中讲这个故事，未免会让人觉得是在鼓励垄断。

但是，“大富翁游戏”之后发生的事情，却是我们应该学习的：如何应对业已形成的垄断，并使之能重新造福社会。

现今针对互联网领域垄断的话题，似乎也过多地聚焦在了业已完成或接近完成的“大富翁游戏”上。这很大程度上是因为公众误以为垄断是一件由互联网所引发的全新事物，一旦垄断达成，我们将走入一个万劫不复的深渊。

垄断在人类历史上出现的时间并不长，但也不算短。人类社会在短短的几百年里，事实上已经驯服了大部分垄断。十九世纪下半叶，人类开始制约铁路垄断；二十世纪第一个十年，我们驯服了石油和烟草的垄断；二十世纪的第二个十年，我们开始着手驯服房地产与农业垄断；二十世纪三十年代，无线通信、零售和银行业戴上反垄断的枷锁；在二十世纪最后的十年里，反垄断甚至成功地驯服了互联网行业的前身计算机与软件行业。（据经济科学出版社《美国垄断史》）

垄断就像一头猛兽，在动态博弈中翩翩起舞，成为人类发展的动力，但互联网的出现，让垄断又短暂地从笼子里跑了出来。

在某种程度上，对于站在台下的观众来说，企业家、资本和监管都是驯兽师。驯兽师的目的从不是为了让狮子吃掉观众，而是让马戏团欣欣向荣。当猛兽已然形成，反垄断就会出现两条道路，一条是让猛兽消失，完全肢解垄断者，这是当下许多公众反垄断中的热门流派；另一条道路是驯服猛兽，让已经形成的猛兽在鞭子之下翩翩起舞，取悦所有人。

第二条路，也是我们曾经选择过一次的道路。

什么是垄断？

先定义问题，再解决问题，似乎是一切研究的正常顺序。但在互联网研究领域，这一正常顺序往往会导致思考走向歧途。

如果你真的是一个非常关心垄断话题的读者，可能会注意到，在过去几年关于中国互联网平台垄断的讨论中，精英群体或者更中立的叫专业人士群体的暧昧态度。许多经济学家和法学家都不太认可中国的互联网公司存在垄断或很严重的垄断，这与大众的认知完全相反。

这并不是因为其中发生了一些大众想象的利益勾结，而是在传统的学术框架下，当下互联网行业的许多垄断行为确实不属于垄断。

传统谈及垄断与反垄断，往往涉及三个领域：经济、法律和公共治理。但这三个领域建立的“垄断-反垄断”框架均诞生在“羊毛出在猪身上”这种互联网行业的基本支付转移手法出现之前。

我们先简单概括一下这三个领域都是怎么定义垄断和反垄断的：

在经济领域，垄断与反垄断围绕垄断竞争对产品价格的影响进行讨论。它考量的是垄断企业能在多大程度上影响商品的价格，这种价格是否完全背离市场规律或价值规律，以及这种价格如何影响供需关系。它的博弈双方是企业与消费者。

在法律领域，垄断与反垄断围绕企业对市场竞争环境的影响进行讨论。它考量垄断者对竞争者的不正当扼杀和对创新的抑制，博弈双方是企业与企业。

在公共治理领域，垄断与反垄断围绕垄断企业对税收、公共福祉和政治势力的影响讨论。其博弈双方是企业与社会（或国家）。

上述三个领域对垄断企业、垄断行为、垄断边界和反垄断方法各有一些分歧和共识。但用“互联网黑话”来说，传统框架甚至没有很好地在互联网领域找到好的“抓手”——互联网服务的商品究竟是什么，价格是什么，市场是什么。如果连这些都尚未明晰，那么套用传统的、以钱易物的商业逻辑下形成的“垄断–反垄断”框架，必然出现问题。

事实上，本文与《互联网是人类历史的一段弯路吗？》（刊于《读库2005》）不同，不会完整地引用任意一个领域中已有的框架或概念去套用解释互联网平台反垄断。对于如何使用已有的学术框架，分析目前正在进行的互联网反垄断浪潮，已经有一批国内的一流学者产出了许多非常值得仔细阅读研究的文章。

但已被驯服的垄断在互联网时代重新出笼，这已经意味着旧有分析框架的失效。因此，本文将尝试提出一种全新的，可能是非常浅薄的框架，即有效垄断和无效垄断，来重新审视企业垄断行为带来的影响，以及如何规避、引导这些影响向社会福祉有利的一面发展。

本文会跳过对垄断的定义，直接讨论垄断所带来的问题。因为在互联网领域，许多问题以凯文·凯利在《失控》中反复提到的“涌现”形式出现。不同的恶果，可能是由多种不同严谨定义的原因导致的。如果试图先对“垄断”下一个严谨的学术定义，你就会发现许多大众认为的垄断所带来的问题，并不能被归因在垄断上。也因此，本文不会使用传统的界定相关市场的方法来判断某个主体垄断或没垄断。

本文中出现的垄断，就是大众或者说你认为的垄断，如果你认为微信垄断，本文就假定微信垄断；如果你认为淘宝垄断，本文就假定淘宝垄断；如果你认为微博垄断，本文就假定微博垄断；如果你认为抖音垄断，本文就假定抖音垄断。

如果你本身就是一个专业人士，认为以上这些公司及产品都没有垄断，那么本文也会为你解释为什么这些你认为没有垄断的产品，在不同领域产生了类似垄断的负面影响。

在这种假定之上，我们展开余下的全部讨论。

有效垄断 Vs. 无效垄断

如何让滴滴多亏10亿？

用滴滴做例子，不是为了针对滴滴，只是因为它是笔者在写平台经济时最喜欢用的例子之一，这家公司的业务逻辑相对简单透明，是大众认知中典型的互联网平台。

2020年12月20日，一份名为“出租汽车产业联盟致国家市场监管总局关于继续对滴滴出行和优步中国合并案开展反垄断调查的建议函”在互联网上流传。这份建议函的主要内容是，滴滴对快的、优步中国两家前竞争对手的兼并，涉嫌触及《反垄断法》中所规定的垄断行为。

经营者的过度集中，尤其是未经申报和批准的经营者集中，确实有可能触犯《反垄断法》，但在滴滴的案例中是否构成滥用垄断地位，还要补充大量的细节。

这里不讨论这种兼并是否是垄断行为，让我们再次引用本文开篇的定义：有人说这是垄断，我们就假定它是垄断。因为我们要讨论的问题不是滴滴是否形成了垄断，而是要看看滴滴是否形成了有效垄断。因此，可以跳过“垄断”，只看是否“有效”。

这里直接引述一段“投中网”的一篇报道《21轮融资，41位股东，滴滴IPO或是又一轮资本狂欢》：

2019年2月，滴滴创始人及董事长程维在内部信中表示，2012-2018年，公司从未盈利，六年累计亏损390亿元。相关统计也显示，截至2019年底，七年里滴滴累计亏损超过了500亿。

好消息是，2020年5月初滴滴总裁柳青在接受CNBC采访时表示，滴滴的核心业务也就是网约车业务已经盈利，或者说有些薄利了。

但核心业务盈利并不代表滴滴整体实现了盈利。进入2020年以来滴滴启动了新的“扩张模式”，2月底上线新品牌花小猪，3月在郑州、上海、深圳等二十一座城市上线跑腿服务，6月“橙心优选”开始在成都试运营社区团购，9月出租车业务升级为“快的新出租”，年底又发布定制网约车D1，一系列动作下来，恐怕赚的钱又要补贴进新的业务里了。

另据滴滴在2021年6月11日递交的上市招股书显示，其核心网约车业务在2020年实现了税前3.1%的微利，但公司整体在2018年、2019年、2020年三年里仍然分别净亏损150亿元、97亿元和106亿元。

从这个财务状况来看，无论滴滴是否垄断，它到目前为止都尚未达成资本所要形成的“有效”——赚钱。

当然，在互联网领域，赔钱有可能才是垄断行为，因为赔钱就意味着公司使用了更多的补贴来排挤竞争对手，一旦企业获得了100%的市场份额，那么接下来它和它背后的投资人就会赚得盆满钵满。

那么，滴滴的市场占有率的变化是怎样的呢？

根据“易观国际”的数据，2014年末，滴滴打车占据市场的43.3%，其竞争对手快的打车占市场的56.5%，形成大众口中的“寡头垄断”局面。情况在一个月后发生突变，2015年1月滴滴和快的启动谈判，并在一个月后的情人节宣布合并。中国网约车市场份额在2015年第一季度变成了：滴滴78.3%、Uber中国10.9%、易到用车8.4%。

一年之后，滴滴再把市场第二的Uber中国收入囊中。至此，网约车大战似乎迎来了终局，2017年、2018年和2019年三年，滴滴的市场份额都在90%左右。但是，滴滴仍在亏损，在市场份额高达91%的2018年，滴滴亏损了150亿人民币。

因此，我们几乎可以得出一个结论：无论是否将拥有90%市场份额的滴滴视作“垄断”，它都是“无效”的。

在大多数人的想象中，垄断企业获得垄断地位之后，就会获得在这一市场的定价权，从而制定出偏离价值的定价策略，获得高昂的垄断利润。但滴滴却给了我们一个反例，拥有90%市场份额的滴滴，并未将其业务优势转化为有效的利润，这是为什么呢？

原因在于，在网约车这个市场，竞争对手可以四两拨千斤地挑战占据市场主导地位的巨头。

我们做一个假设：如果滴滴的市场份额已经达到100%，“完全拥有市场”，那么它的情况是否会比现在好一些呢？在极短的一个时间里是这样的，但当滴滴开始涨价的时候，事情会迅速发生变化。

假设，滴滴此时停止一切补贴，实现了每个季度10亿元的利润，这一高利润必然会吸引新的竞争者入局。如果一个新的入局者宣布每个季度向消费者（或司机）补贴2亿元。你觉得这个时候滴滴净损失是多少呢？

此时，滴滴的净损失是每个月12亿。

因为滴滴不得不放弃已经实现的每个季度10亿元利润，还要再从现金储备中拿出2亿才能与这位新入局者实现对等的价格竞争。

在互联网领域，仅仅凭借复制或借鉴，在几乎没有关键性壁垒的情况下就可以对已有的垄断市场进行破坏。这是传统垄断行业或者说原子经济时代不具备的新特性。这也导致了无效垄断的其中一种：无壁垒垄断。

无壁垒垄断的定义很简单：市场上某个企业拥有较高市场份额，原因是它的竞争对手不想与其竞争，而非不能与其竞争。

由于网约车市场早期的激烈竞争和持续补贴，这里成为一个“不赚钱”的赛道，因此很少再有企业愿意在这个时间点进入赛道里与滴滴全面开战。

实际上，北京的首汽租车、上海的曹操专车和南方一些城市的美团打车，还是与滴滴形成了局部竞争，而仅仅是这些局部竞争，就足以让滴滴交出一个非常难看的财务报表。

如果你对互联网行业有足够的关注，那应该知道滴滴和Uber都在大力押注自动驾驶技术。因为相比起建立一个个区域性的网约车市场，自动驾驶出租车显然是一个能构筑起垄断门槛的业务。在方向上，这是正确的，但可能仍存在问题。因为如果假设二十年后自动驾驶已经完全普及，我们站在那个时间点往回看会发现：有两派商业势力在争夺自动驾驶交通业的市场，一派是代表旧生产关系的网约车平台，另一派是代表新生产工具的车企（包括特斯拉和涉足自动驾驶的传统品牌）。

在从2020年到2040年之中的某个时间点里，生产关系派很可能会发生内部斗争，阻碍其对新生产工具的运用。

网约车平台整体是轻资产模式，其最重要的外部资源是网约车司机这种“传统运力”，它的意义就像用户之于微信。全面进军无人驾驶出租车，会在一个特定的时间点破坏平台与长期合作群体之间的友好关系，造成难以调解的冲突，就像网约车出现时出租车司机对网约车平台的抵制一样。而对于2040年的车企或新诞生的以自动驾驶技术为核心的新运力平台来说，则没有这种“历史包袱”，可以轻装上路快速增长。如果特斯拉的L5自动驾驶成熟了，它可以迅速组建一个自动驾驶出租车公司。但Uber即便是在拥有同样成熟的自动驾驶技术情况下，也要面临如何遣散数百万网约车司机而不引发社会事件的问题。

在这个时间点到来之前，网约车平台还要受到无壁垒垄断的困扰，现金流频频受限，不足以拿出足够的现金与那些全力研发自动驾驶的企业进行竞争。

回到无壁垒垄断，现在被大家指责的几个互联网巨头的成功，或多或少都有些无壁垒垄断的影子。

产品没有持续壁垒，就主动制造壁垒，这是无壁垒垄断带来的必然之恶。但有时，这确实能在不造成明显社会价值损害的情况下，形成有效垄断市场。比如下面这个例子。

中文互联网上的第一起屏蔽

2008年9月8日下午，上线五年、初具规模的淘宝网宣布了一项新的“消费者保障计划”。这项消费者保障计划中包括：对家电类产品要求商家提供三十天保修、珠宝类商家保真、食品类商家进行资质审核、奢侈品商品延长确认收货期给消费者留足鉴定时间，以及“屏蔽搜索引擎对淘宝网商品、商家和淘宝除首页外页面的收录”。

简单来说，用户从此时开始，将再也不能从搜索引擎，包括尚未退出中国的谷歌、雅虎和本土搜索引擎百度中找到来自淘宝的绝大部分页面。其中对百度的屏蔽是最为严格的，几乎除了首页，淘宝任何页面都不会出现在百度的搜索结果中。

淘宝官方给出的理由是：在一些搜索引擎上，充斥着大量模仿淘宝网页面的诈骗网站，用户通过搜索引擎找到这些商品后被骗，给淘宝网带来了巨大的声誉损失。

这个诉求有一定道理，因为中国互联网用户数字素养不高这已经是个不争的事实，在那个草莽时代，诈骗、病毒和各种网络攻击比现在只多不少。不让用户从搜索引擎找到淘宝商品，确实能避免用户将“掏宝网”认成淘宝网。

但这在当时的商业故事里是讲不通的，因为当时的百度仍是中国互联网上最大的流量入口和唯一的流量池，尽管总量不如当今的微信，但在中文互联网中的流量占比只可能比今天的微信高。因此，作为“流量需求方”的淘宝来说，屏蔽百度是一个非常吊诡的决策，在当时几乎没有任何报道将这起屏蔽与淘宝网的商业模式直接联系起来。一个网站主动屏蔽百度，就像一个商场里的商户说：“一层的人流太多了，我要搬去地下室的角落。”

新浪网作为当时互联网上最主要的媒体之一，用独立专题报道了这件事。两家公司进行了多轮公关战：“百度谴责淘宝侵害了卖家权益”“淘宝回应只是屏蔽有害搜索”“百度宣布自建电商”“淘宝称不会惩罚参与百度电商的商户”……

这可能是中国互联网历史上的第一起商业性屏蔽事件，之后的每一起屏蔽事件都是照着这个模子刻出来的。这次屏蔽奠定了中国互联网公司因商业竞争原因而相互屏蔽的方法、理由、舆论及法理框架。就像该隐杀死亚伯，确定了一种谋杀范式。

现在看，淘宝网屏蔽百度的理由已经非常显而易见——根据中关村互动营销实验室《2020中国互联网广告数据报告》中的统计数据，2020年中国互联网公司广告收入规模排行里，阿里巴巴以超过1000亿的成绩稳居第一的位置。大家认知中的“流量大师”微博仅排第九，拥有“国民App”微信的腾讯排名第三。

阿里巴巴广告业务提供主要动力的就是直通车产品，而直通车业务用通俗的话来解释，就是淘宝App版的“竞价排名”，哪件商品能出现在搜索流的更前面，哪件商品能出现在推荐流的更前面。而阿里体系内部的直通车业务得以成立，正是由于商品页的屏蔽，使百度失去了这块业务。

反向推演，如果中国的互联网用户延续了PC互联网时代“百度一下，你就知道”的惯性，使用百度来对商品进行检索，那么这1000亿的广告收入如今应该加在百度的财报上才对。

当年报道这件事的专题页面上，新浪发起了一个网友投票，其中包含两个问题，其一是“你认为淘宝屏蔽百度是否会给网店造成影响”，另一个是“百度为了反击淘宝而自建的电商业务是否会成为淘宝的主要竞争对手”。如果不是这个投票至今仍可访问，一般人可能很难想象，在这次事件的舆论中，百度竟然占了“道德上风”：第一个问题“淘宝屏蔽百度是否会给网店造成影响”，选“肯定的”的网友有55.8%，认为“不影响”的是32%；第二个问题，有40.7%的网友认为百度的电商业务“一定能”成为淘宝的主要竞争对手，而选“一定不”的网友是27.6%。

但后续的发展并未如早期网民所想象的那样，彼时还代表“开放互联网”的百度并没能获得这场战争的胜利。自建电商平台“百度有啊”在上线两年后转型，然后又迅速关闭。2012年8月，微信公众号上线，它的Robot.txt里屏蔽一切通用搜索引擎的抓取，百度在之后几年中痛失中文内容来源。2013年11月，淘宝以屏蔽百度的同样理由“关闭了微信跳转通道”，用户将一条淘宝商品链接发给自己的好友时，会被淘宝自动跳转到手机淘宝的客户端下载页面。微信很快做出回击，禁止了在微信内建浏览器打开淘宝的链接。

后来，微信逐渐成为中国最大的流量池，当淘宝想重新从微信生态中分一杯羹的时候才发现，单方面的解封已经弥合不了历史的伤口。时至今日，类似“淘口令”这种奇怪的任意门，成了只有在中国网上冲浪的“巫师”们才懂的“咒语”。再之后，中国互联网上的每一起屏蔽，几乎都遵循着相似的逻辑。

都说互联网是一门“流量”的生意，但流动的量实际上并不能为互联网公司带来实际的商业价值，只有留下的量，才能真正维系互联网产品的正常发展。因此，与滴滴的无壁垒垄断相比，淘宝实际上建立了一种广告市场中的有效垄断。

去掉微信，腾讯还能赚钱吗？

且不深究垄断在经济学和法学上的界定，仅以公共舆论中的一个普遍论断为前提：腾讯是一家垄断互联网公司，微信是一个垄断产品。截至2020年第一季度，微信及WeChat的合并月活跃账户数达12.025亿。但在腾讯公司的财报中，微信并非一个盈利部门。当然，这么比是非常不合理的，平台经济的主要价值就体现在业务之间形成协同效应，所以应当把腾讯的其他部分收益归功于微信才对。

那么，哪些业务可以归功于微信呢？

腾讯的业务主要包括增值服务、金融科技、企业服务、网络广告收入四个部分。其中增值服务就是会员和氪金，游戏氪金、QQ会员、腾讯视频会员、微信读书无限卡这些都算在这里面；金融科技是指微信支付；企业服务是指腾讯云和企业微信的大客户；网络广告就是广告，除了微信朋友圈里的广告，更大头的是腾讯视频和腾讯新闻的广告。

事实上，腾讯所有盈利的业务中，能够与其社交网络垄断形成协同优势的业务并不是很多。

尽管腾讯迫于政治正确的压力，始终想摘掉自身游戏公司的帽子，但我们还是用大家最熟悉的游戏业务来讲解。

如果你是一位电子游戏玩家，那么无论喜不喜欢腾讯，但凡你没有被感性完全占据思考的高地，都必须承认腾讯游戏在商业上是无比成功的。但腾讯游戏究竟有多强，恐怕很多读者还是缺乏一个明确的概念。

2019年中国游戏市场的规模约为2309亿元（可统计口径），而当期腾讯的游戏业务整体收入则高达1411亿元（手游端937亿元，端游474亿元）。这一数据意味着，腾讯的游戏业务收入在整个行业中的占比超过了61%，远大于其他所有游戏厂商的国内市场份额之总和。腾讯的游戏业务甚至可能是所有互联网巨头的所有业务中占据赛道整体程度最高的之一了。

但腾讯在游戏领域的“垄断”，似乎与在社交领域的“垄断”是隔离的。

微信的成功是否能够给腾讯游戏带来优势，这个是肯定的。

在移动游戏时代，游戏宣发（或干脆称为“买量”）已经成为游戏业项目必须考虑的成本核算之一。腾讯在社交领域的优势对其游戏业务最大的贡献就是，腾讯游戏节省了外部买量的成本。也就是说，一款其他公司的游戏要想在上线初期让广告覆盖一亿人，那么可能需要投入10亿元现金在各渠道打广告，但腾讯如果想让自己的一款新游戏上线时覆盖一亿人，只要在自家的社交产品里分配一些广告位即可。

但是，腾讯将微信中的广告用于给自己的游戏业务导流，并不是免费的，因为这些腾讯游戏的广告，实质上占用了腾讯自己可变现的广告库存。也就是说，假设朋友圈一天能对每个人展示三次广告，其中一次给了腾讯游戏，那么腾讯广告可以对外销售的广告位就变成了一天两次。

这种内部结算甚至有可能是亏损的，因为对于腾讯广告来说，它将这个广告位销售给外部公司，无论这个外部公司的产品是否成功，腾讯都能如期收到广告费。但对于内部结算来说，游戏失败的机会成本却内化在了企业内。如果一款腾讯游戏在上线后营收不及预期，腾讯损失的不只是开发这款游戏所付出的费用，还包括这款游戏占用腾讯广告宣发造成的广告收入抵减。另外，即便是现在的大多数手游都有“赚一波就跑”的趋势，但在“研发与宣发哪个更重要”这个命题中，绝无任何一个游戏行业的从业者敢断言是宣发更重要。

每次大众对着腾讯财报中高额的收入指点时，腾讯自身却在复制《王者荣耀》和《和平精英》的道路上越走越难，这与大众经常谈及的“赢者通吃”似乎背道而驰。

而且也可以反过来想，网易有微信吗？米哈游呢？哔哩哔哩呢？趣加？莉莉丝？这份名单可以很长，这些游戏厂商谁也没有大流量的社交平台，有些甚至还只有游戏业务。可我们不能因此否认《明日方舟》《阴阳师》《原神》《命运/冠位指定》以及《碧蓝航线》在商业上的巨大成功。

以上这些手游，都被腾讯复制过，全都没成功。

微信的流量能给其他业务带来的优势是明显的，但也有极大的局限性。

中国目前（截至2021年5月）最赚钱的互联网金融公司，仍是阿里巴巴的蚂蚁金服而不是腾讯的财付通。中国最大的云服务商也不是腾讯云，企业微信正在面临钉钉和飞书的前后夹击。腾讯视频和优酷、爱奇艺一样仍在每年大幅度亏损。甚至微信的流量并不一定对另一个社交App具有协同效应，在多闪、马桶MT、聊天宝围攻微信的那一年里，腾讯自己推出了二十八款社交软件。这些社交软件可以在微信中自由传播链接和获取流量，但所有这些社交软件都和那三个外部竞争者一样消失了。可见流量的扶持与否，并非业务成功乃至存活的关键。

在微信“成功垄断”的十年里，腾讯错过了今日头条（个性化信息流）的崛起，错过了抖音快手（短视频）的崛起，错过了电商的两次崛起，错过了本地生活的崛起，还耽误了云和企业服务的布局。

因此对于游戏乃至更多的互联网业务来说，社交垄断能起到的作用比想象的要小得多，局限性也比想象的大得多。

平台流量的边界不止在腾讯一家公司显露，如果将目光看向百度，发现它面临着同样的困境。

尽管阿里在2008年切走了百度最具价值的一部分“内容”，并且在之后的十二年里，百度的“内容”一直不断地被挖角，但在相当长的一段时间里，百度仍然是中国互联网上不可忽略的流量池之一。百度在搜索引擎市场的份额在谷歌退出后攀升至80%并长期保持在这一水平（之前其实也超过了60%，差不多是谷歌两倍），直到2019年都还保持在超过70%，移动端的占比甚至逼近了90%。换言之，仅从流量角度考虑，百度至今仍比我们谈论的许多新巨头的市场地位高太多，甚至都已经逼近了绝对垄断。可与之相对的，当我们在讨论“垄断”时，又有多少人会想到百度呢?

不管究竟是因为内部管理混乱，战略方向不明抑或是时运不济，从结果上我们都知道，百度从来未能非常有效地利用它自己的“私域流量”。要知道在2010年前后就能拥有一台个人PC且会上网的，显然是经济状况比较良好的消费者群体了，但如此高净值且规模可观的用户也并不能让百度自然而然地获得胜利。

当然百度“做过的恶”想必很多人也非常清楚，但这与它的垄断地位完全无关甚至恰恰相反。一个真正有效垄断市场的搜索引擎，应该有足够的底气拒绝非法医疗广告，因为挑选客户本身正是垄断者的议价能力之一。正像当年高调宣布放弃消费者医疗广告的360搜索也在2021年因为医疗竞价排名登上了3·15 晚会一样，非法医疗广告在中文搜索领域频生，正是由于在这个赛道中没有任何一个玩家形成了有效垄断。

前十年，在垄断的弊端尚未释放的时代里，“先垄断着再说”成了行业中的主流共识。但在下一个十年里，当政府、大众、学界的反垄断意识觉醒，摆在巨头面前的一个问题是：

这个赛道，值得垄断吗？

什么是无效垄断？

现在，终于可以谈谈什么是我们认为的无效垄断，什么又是有效垄断了。

简单来说，企业创造垄断这头猛兽的唯一目的，理应是赚钱（创造利润），因此，被预期或证明无法盈利的垄断模式均为无效垄断。在上面的例子里，淘宝是一个典型的有效垄断，滴滴、微信和百度则无效得多。滴滴建立的是无壁垒垄断，它的垄断地位一旦停止资金的投入就会被蚕食。微信建立的是无利润垄断，在整个微信单独的商业逻辑里，它无法维持自身的运转，从财务数据上又难以支撑自身对腾讯现金牛业务确有足够的协同效应的证据。

垄断是企业赚钱的手段，而不是目的。但在过去十年的互联网领域，有不少的企业都陷入了本末倒置的境地。为什么“垄断了市场，还能不赚钱”，因为垄断一个并不存在的市场并不是真正的垄断。

这涉及平台经济的本质。

平台经济是指通过创造一个平台，来撮合那些原本因为交易成本而无法达成的交易。这个平台不一定是互联网，也可以是线下的交易所。但互联网技术让更多满足这一条件的平台得以出现。在2010年以后，我们能接触到的大部分互联网公司都是平台型公司。

比如电商，它将身处于不同地区的买家和卖家连接在了一起，撮合此前从不存在的交易。比如社交网络，它让我们的身份在内容生产者与内容消耗者之间相互转化，促成了此前不存在的内容消费。再比如Steam那样的游戏平台，它通过聚合游戏发行的方式形成了一个全球游戏市场的单一入口。在这些平台出现之前，相关市场的买方与卖方之间难以沟通、交易频度偏低、交易成本过高，因此，平台自身虽然没有生产任何商品，但却显著增加了商品流通的效率，创造了商业价值与社会价值。

在没有电商之前，A地的人难以将自己的土特产卖到B地。因为他需要先运输一些土特产到B地，并成功上架到B地商店的货架上，看看到底能不能卖出去，才能验证自己家乡的味道在B地到底有没有商业潜力。有了电商之后，A地的人只需要在自己家里开个网店，定向投一些面向B地的广告就能用最低成本验证市场。

但是，反观网约车平台，用户在App里叫车和路面上叫车，没有对供需关系的本质改变，它似乎并没有凭空创造出此前不存在的市场，也没有促成此前未能达成的交易。因为打车的最大门槛始终是费用问题，这也就使得打车平台只能不断依靠补贴来竞争，陷入无效垄断之中。

虽然历史不能假设，但假设在网约车公司出现之前，各地的出租车公司率先上线网约服务，那么网约车这个市场是否从根本上就不存在了呢？事实上，在一些三四线城市，由于网约车平台未能在发展初期就以闪电战的形式拿下市场，现在已经非常难以进入。这些城市的人并不会因为网约车App的缺席而明显感觉到出行的不便，因为无论是在滴滴上、首汽约车上、曹操专车上打车，还是在市级出租车公司的小程序上打车，消费者的体验没有天差地别。

在主流舆论中，无论是国内的滴滴还是美国的Uber，经常被当作“大众的对立面”来批判。在媒体上，你会看到这两家公司既欺负乘客（大数据杀熟），又欺负司机（不给上保险）。这其实是个很奇怪的现象，因为从账面来说，这两家公司的投资人投入的都是真金白银，这些钱变成了优惠券，员工的996薪水、期权和司机的补贴，但收获的却是一个始终不赚钱的“垄断市场”。

在对“大资本”的批判中，会将这种不赚钱视为一种“延迟满足”，即现在的不赚钱，是为了以后的赚钱。然而，一个疑似垄断市场多年的企业仍在亏损，要么是没有垄断，要么是别的地方出了什么问题，比如陷入无效垄断的陷阱，这种垄断市场有可能是持续无法盈利的。

对比之下，电商确实创造了一个此前并不存在的市场。尽管实体零售业一直对电商颇有微词，但并没有证据证明电商对线下零售有很强的替代性。从消费场景来说，大多数电商上的消费（尤其是直播电商后的冲动消费），是没有电商就不可能存在的一部分消费。

而淘宝对百度的屏蔽，使得淘宝可以独享这一市场的广告收入，因此建立了有效垄断。淘宝只有屏蔽了外部对商品的检索，才能建立起对商品排序的广告机制，进而盈利。而盈利对于商业社会下的企业来说是具有第一性的，你的企业要么在成立的第一天就盈利，要么给出一个预期盈利的承诺。如果一个企业完全不打算盈利，那它压根就不应该存在，它的创始人应该去创办一个公益组织或投身于政府公共事业。

先不谈及企业是否作恶或向善这种拟人化的主观问题，几乎可以确定的一点是：企业垄断的唯一目的，是为了赚钱。一个没有动力在主营业务上赚钱的企业，往往隐藏着更大的道德缺陷，因为它会通过虚构的盈利预期来吸收那些“本来不应属于它的社会资本”，比如乐视。

至此，我们终于可以解释本文最主要也最显而易见的概念：有效垄断和无效垄断。

一、任何在短期和长期均无法赚钱的垄断，都应被视为商业上的无效垄断。

二、有效垄断，应当建立在一种可行的商业模式上。

值得一提的是，在经济学上一般认为存在四种市场结构，分别为完全垄断市场、寡头垄断市场、垄断竞争市场、完全竞争市场。

无效垄断看起来与垄断性竞争的市场格局相似（一些人认为互联网目前就处于垄断性竞争状态），但同时又有着明显的寡头化趋势。无效垄断的短期均衡和长期均衡可能均是负值而不是零利润，但同时市场内的卖方数量又有可能处于寡头垄断状态甚至是独家垄断状态。

无效垄断中的垄断并不是一种清晰的经济学定义，而是代指在当下市场格局下“涌现”而出的公众认知。

接下来，我们将主要围绕无效垄断的起因、弊端去探讨可能的解决方案。

无效垄断陷阱

免费：不是一种商业模式

2009年，《免费：商业的未来》一书同时出版了中英文版本。这本书的作者克里斯·安德森（Chris Anderson）在2001年离开《经济学人》加入《连线》杂志，并于2004年出版了他的另一本畅销书《长尾理论》。

《免费：商业的未来》中提出了四种看似可行的持续模式，以帮助互联网公司持续、“免费”地向用户提供商品或服务，并最终获利。这四种模式大致分别是：通过免费商品，吸引你购买其他商品，如充话费送手机；通过免费提供服务，吸引你购买其他商品，向其他商品的生产商收费，如免费软件中增加广告；通过差异化服务内容来提供基础免费服务，并在更高质量的服务中收费，如网盘

VIP、视频网站会员、手游氪金获得人物或道具；提供完全免费的服务，不寄希望于从任何当前市场中获得回报，以其他途径或形式获得回报。

该书一经出版，就在硅谷和中国同时引发轰动，一方面它给了许多当时仍处于大规模烧钱状态的互联网一粒定心丸，“不要急，我们能赢”；另一方面，它让习惯于免费使用互联网的用户感到未来可期，“我们所享受的一切都将继续免费下去”。

十二年之后，这本书中所描述的未来似乎并未以作者所希望的那样原样到来。究其原因，四种“免费商业模式”其实只是一种商业模式，那就是广告。

比如充话费送手机，是运营商将拉新的广告投入内部化成一台台实际的手机。在实际的执行效果中，由于选择合约机的用户永远只是运营商中的小部分用户，因此这种手段不仅不能让运营商减少大规模的广告投放，还要用各种协议来绑架合约机用户以高昂的资费长期在网。

比如在免费软件中增加广告，这就是最常见的广告模式，没什么可说的，看看用户对微博的怨言就能大致判断这个模式的问题。

比如通过差异化的定价来提供免费的基础服务（典型的如手游），这事实上是用免费服务来作为自己付费服务的广告。

在这四种商业模式里，排除最后的一种完全不求经济回报的免费，另外三种事实上都可以被归类于广告，无外乎这个广告业务是服务于企业内部还是企业外部。

将免费视为一种商业模式的基础前提是，在以互联网为代表的比特经济中，边际成本是不随用户的增长而明显增加的。用数字来说，就是一个有10万总用户的应用，其中1000用户为付费用户，则这1000个付费用户所付出的价格，将包含该应用为另外99000个免费用户提供基础服务的成本。

理论上来讲，如果互联网公司是纯粹的比特经济，那这个模式是没有问题的。但是，互联网比特经济的低边际成本特性在过去十年里其实在褪色。

以文字媒体平台为例。自2012年今日头条App上线以来，我们似乎已经习惯了每次下拉刷新都能展示八条新内容的信息流模式。以今日头条为代表的信息流业务之所以能成立，人工智能分发技术功不可没，因为它保障了用户每次刷新出来的内容，大部分是与用户相关的。但信息流业务也一直被人们所诟病：低质量甚至是庸俗的内容占领了我们的视野，真正优质的内容被埋没。

这种批判对于平台来说多少有些不公，因为对于提供信息流业务的平台来说，也想提供更多优质的内容来更好地满足读者。但问题是，人工智能和互联网技术仅仅降低了内容的分发门槛，并未显著降低内容的创作门槛。当上亿用户每天在个性化阅读App中停留超过三十分钟时，他们所消费的内容数量比过去的传统媒体时代，甚至是博客时代数以千倍地提升，但能够生产优质内容的人的数量尽管也在上升，但量级却完全不同。

信息流业务的边际成本并不是简单的服务器带宽成本，而是随着读者规模扩大后，全网的优质内容生产成本。于是，各家自媒体平台开始推出广泛且持久的内容激励计划，向创作者补贴。从这个角度来说，信息流业务最初所提到的“千人千面”，事实上就与比特经济所代表的“低边际成本”相反。因为要形成千人千面，就要维持足以填充个性化信息流的海量信息。

相比在传统媒体时代，一篇刊登于报纸的文章可能被成千上万人看到，如今许多自媒体文章的阅读量只有几百几千，很难说提供单位阅读时间所需的边际成本是下降了。

回到将“免费”作为一种商业模式，“羊毛出在猪身上”的问题是，当所有人都在挂羊头，猪就成了稀缺品。

仔细甄别会发现，这两年许多陷入口碑危机的企业和产品，都是由于无法维系其免费模式导致的。

比如长视频的优爱腾和B站，最早收紧了免费服务的口子，现在几乎任何高质量的影视剧集都不再免费提供。这背后的逻辑很简单，视频作为一种制作成本极高的媒介形态，优爱腾最早发现了免费的不可持续性，仅凭广告是永远不可能收回平台的内容制作和服务器带宽成本的。

再比如以百度网盘为代表的网盘业务，它虽然不像视频网站那样涉及内容制作成本，但早期无限制地滥发空间导致一旦有用户真的将那些免费空间用尽，就需要几千甚至几万个付费用户才能覆盖成本。家大业大如Google，也在2020年取消了其相册业务的无限额免费云存储。

因此，与其说《免费：商业的未来》提出了一种理论，不如说它总结了一种尴尬：在2000年互联网泡沫破裂之后，互联网行业的业务仍在高速增长，直到该书出版的2009年，整个互联网除少数企业外仍处于集体无法盈利的状态。时年正是美国金融危机扩散的第二年，大量资本从以房地产为代表的传统行业中逃出，互联网行业急需一个“说法”进行自我标榜，于是此书应运而生。

互联网行业和企业并不希望免费，只是受限于那个时间点的技术与用户基数的限制不得不免费。在那时，互联网的支付技术还并不发达，在美国使用在线支付的人也是少数，信用卡付款抬高了支付门槛，限制了“直接付费”这种直观商业模式的发展。在国内就不用说了，直到2010年，许多人还认为支付宝“只是用来在淘宝付款的工具”。苹果App Store在2014年才开始支持在中国大陆地区进行内购。也就是说，在那个时间点之前，任何一家互联网公司想要为用户提供直接收费的服务，都是难上加难。这也是为什么在腾讯创业的早期，Q币的发行被认为是浓墨重彩的一笔。

某种程度上，由于《免费：商业的未来》的误导，全球的互联网行业在过去十年里的商业化探索是失败的。你会发现所有活下来的企业，最终走上了软色情打赏、高利贷、游戏氪金这样“数字黄赌毒”的商业路线，因为正经赚钱的方法——直接向用户收费——被它们自己堵死了。

而另一方面，虽然批评这些商业模式的道德缺陷是一种苛责，但和此前的“完全免费”比起来，互联网公司现在的赚钱方式确实给人以过大的反差。大众并不去细究这种反差背后是主观恶意还是客观被迫，这也造成了舆论层面的冲突。

《免费：商业的未来》试图为不赚钱但仍然指数增长的互联网行业找到一种解释，但它给出了明显错误的答案，认为互联网行业可以依赖一种名为“免费”的模式增长路径。但显然，互联网行业长达二十年的高速增长，完全离不开资本的助推。是互联网整个行业的外部性，造就了长达二十年的免费互联网。

资本的无序扩张与无效垄断

为什么会形成无效垄断？

这个答案非常无聊，因为我们已经看到这个答案很多次了：资本的无序扩张。

为什么资本的无序扩张会导致无效垄断？

首先，企业的运转分为简单再生产和扩大再生产。简单再生产就是我今天生产了50件商品，卖出了300元，我将这300元又买了生产50件商品所需的原料及我自己的吃穿用度，明天又生产了50件商品。而扩大再生产则包含利润的分配，比如我今天生产了50件商品，卖出了350元，我的成本其实只有300元。此时，我没有将剩余的50元拿去享乐，而是将350元全部购买了新的原料，明天生产60件商品，实现了业务的增长。

在没有繁荣的融资渠道的情况下，企业的简单再生产一般基于自己的收入，扩大再生产则基于自己的利润。一家企业如果收入不佳，很快就会无法维持自己的再生产规模，一段时间之后，就会迎来我们所熟知的破产。企业如果利润不佳，将会陷入增长危机，可能被竞争对手超越。

在没有达到高级社会主义或共产主义之前，一切再生产的起点都是货币，因此资本介入生产几乎是一种必然。

比如我卖出的50件商品是油条，要想炸出第一根油条，就要买一辆早餐三轮车，买个大油锅、架子、笊篱、面粉……我就是自己的投资人。如果没有“大资本”的介入，接下来的故事是如果我的油条做得好吃，我就会赚不少钱，过段时间可以开个早点店（扩大再生产）。如果早点店做得足够好，不久之后这个早点店可能会变成连锁企业（再次扩大再生产），并与其他连锁早点店展开竞争。如果有一天，我在市场竞争中成功击败了所有的竞争对手，北京市只能买到我卖的油条，此时，我大概率达成的是有效垄断。

但资本的介入改变了这一点。

假如我刚开设了第一家早点店，在没有任何利润的情况下就有投资人愿意投资我，故事就会变得“互联网”起来：拿到投资人钱的我，不会在意我们的早点是否做得足够好，我会开始调研周边早点店的价格，以确保在任何情况下都比他们的价格低。然而，我周边的早点店也纷纷找到了投资人，于是在很短的一段时间内，人们惊讶地发现：油条免费了。

免费油条与免费油条如何竞争？答案是只能比拼速度。

如果原本我的一家免费油条店需要覆盖三个小区，那么我就在三个小区最方便的位置各开一家店，这样居民就不会走远路去别人家的免费油条店了。

一段时间后，我终于建立了垄断，这个城市里再也没有其他的油条店了。于是，我建立了一个无壁垒、无利润的垄断。

理论上来讲，这个时候我需要开始向股东负责，取消免费油条，提升价格赚取超额利润。但现实会在两个方向上不如我和资本所想：一方面，因为用户已经被教育成了“油条就是免费的”，任何提价行为都会导致巨大的舆论反噬；另一方面，尽管从报表上看，我似乎垄断了这个城市的油条市场，但不能为减少成本而关闭任何一家亏损的店，因为我的竞争对手并没有真正退出市场，他们只是退居边缘伺机而动。还有一个更严重的问题是，早餐赛道里又不是只有油条，还有包子和馄饨。这就像是外卖市场遇到的困境：外卖一涨价，白领们就下楼吃饭了。

在现实世界中，如果你真的是一个餐饮企业，并曾经寻求融资，会发现上面的模式往往卡在第一步。几乎所有投资餐饮行业的投资人，都很看重被投公司的收入与利润，绝不会像投互联网行业那样相信一个五年+的盈利模式。只有证明了我的早餐店在单店模式下流水很高，利润也不错，并且复制单店能保证利润的情况下，才会有投资人愿意帮我打造连锁品牌。

这，是资本的按需扩张。

但如果你是一个互联网企业，上面的融资路程则是常规。你只要能拿出足够漂亮的用户增长曲线，哪怕没利润、不赚钱，甚至成本随用户指数级上涨，依然有可能找到投资。

这，是资本的无序扩张。

互联网过大的统一市场（任何产品都是14亿人的市场）和过强的非收入增长，给了资本和企业经营者一种错觉，即非营利性增长可以持续不断地进行下去。

中国互联网月活跃用户排行榜前六十五名的App，之前加“用户”超过了英国的总人口数（易观千帆《2021年3月月度App活跃榜》），但其中许多长期处于需要融资输血且无法预期盈利的状态，这就好像是创造了六十五个GDP为负数、比英国还要大的“国家”。

资本和企业一样，第一性都是为了赚钱，长期大量投资无法盈利的企业并不符合直觉，但如果用户数仍在上涨，它们似乎就愿意等一等。考虑到互联网行业泡沫在2000年的美国曾经破灭过一次，这事实上是一种非常不理性的经济行为。

对于那些踩中风口的企业来说，增长速度就像是坐上了火箭。但这里面有一个显而易见的问题是：什么是风口？

用企业和资本在鼓吹创业时所说的话术是，风口就是连猪都能飞起来的时机和赛道。但问题是，风口并不应当是一种起点思维，而是一种终点思维。当把一只猪送上天空的时候，预期的是它能在山顶平安降落。而不是不管山是否存在，都先把猪往上吹再等它摔死。（这里讲一个许多人应该知道的小知识：中国的互联网公司之所以青睐美股，是因为美股没有太多的盈利要求，一家企业即便大幅亏损也可以在境外上市。）

资本不可能无限期地“延迟满足”。资本对亏损企业点石成金的魔力，并不如同索伦的魔戒或炼金术中的贤者之石那样，可以无限度使用。

资本在中国互联网行业里可用的魔力量，可以大体上通过美股中概股融资数额测得出——1440亿美元。这个数字是彭博社在2021年1月给出的过去二十年在美上市的中概股的融资总额。

瑞幸的“民族之光”并不是笑话，尽管它的财务丑闻确实为所有中国公司带来了非常负面的影响，但所有瑞幸消费者享受的咖啡折扣，也确实是美股投资人的亏损所换来的。

你可能注意到了，二十年，1440亿美元，其实是一个非常非常小的数字——和这些企业实际造成的亏损相比。因为大多数亏损企业甚至没有撑到在美IPO成功，在私募股权融资阶段就已经死亡。截止到2020年底，中国获得过融资的公司中，仅有0.07%实现上市（根据IT桔子数据计算），这意味着99.3%的前期私募股权投资为互联网行业的“试错成本”买了单。

曾经有一个段子是这样说的：在咖啡馆里听到隔壁桌一个创业者在聊融资，他和对方说自己的A轮、B轮、C轮、Pre-IPO和承销商都找好了，现在就差一轮天使投资就能启动创业项目。这个笑话中的笑点是，创业者采用了从后向前的方式找融资，也就是2019年大众口中所称的“资本局模式”。而这种方式找融资，本质上是希望告诉前期投资人，无论公司本身的业务是否盈利，只要最终让二级市场中的机构和散户接盘，投资都不会打水漂。

这种在VC、PE和公开市场里击鼓传花似的投资回报链，逐渐成为互联网公司的主流模式。回溯最初，资本之所以容忍互联网公司给出一个漫无边际的盈利周期，是一种“延迟满足”的诉求，也就是所谓的长期主义——在今天种下种子，在十年后收获果实，但现实是，大部分风险投资机构因为受到自身每期基金管理周期的影响，一旦被投企业无法在七到十年的长周期内实现退出，就很难向基金背后的真正出资人交代。久而久之，击鼓传花的投资回报链成为主流，长期主义就变得不再重要，资本也不再关注自己的投资标的何时能真的赚钱，也就成了“资本无序扩张”。

而资本无序扩张，成为无效垄断的开始。

“无限游戏”是一种计划经济

如果在经济学范畴里讨论造成无效垄断的深层次原因，可能是计划经济与市场经济的失调。

经过了四十年的改革开放之后，即便是对于中国人来说，也基本认可了课本上关于无形之手与有形之手地位的描述：市场在资源配置中起决定性作用。关于究竟是市场更有效还是计划更有效的纷争，似乎在全面推行社会主义市场经济之后有了暂时熄火，但事实并非表面看起来那么简单。

一个常常被忽略的细节，是企业内部的主导力量。

企业是市场经济中最基本、最主要的市场活动主体。在参与市场竞争的过程中，企业外部的行为往往会遵循价值规律和市场经济的逻辑。但对于绝大多数企业来说，企业内部遵循的是计划经济。

要解释这一点，我们需要先去了解一下《公司的本质》，这是英国著名经济学家科斯在1937年发表的论文。

他因发现交易成本，提出科斯定律而在经济领域成名，但在科斯定律之前，他最早试图探究的是这样一个迷思：在一个纯粹的市场经济中，企业应当是不复存在的，但为什么企业还是出现了？

你可以设想一下，企业中的每一次信息与物质的交换，都可以被看作一个交易，企业本身是可以被无数次市场行为替代的。比如你今天上午从领导那里得到梳理报表的工作，可以被视为一种劳动外包，你可以按次向你的领导收钱。你整理完的报表需要打印装订，此时你可以向一个打印店一次性购买服务。你的领导负责对这些数据进行分析，并给出下一季度的销售建议，因此他本质是在为一群销售人员提供市场咨询服务，这也是可以按次收费的。但现实是，对于一家正常的公司来说，上述流程只是你上午从领导那里领了任务，中午去行政那里打印，下午领导基于报表做了PPT，预约了第二天和隔壁销售部门的目标会。整个过程中不会有任何交易发生。

企业内的这个运行逻辑，其实是“反市场”的，它是“计划的”。公司有一个由管理层参与制定的统一的人力资源体系和业务架构，决定了每个人每天上班的时候应该处理什么样的工作。你在需要打印的时候，不需要自己手动挑选打印服务，因为打印机是行政系统配套的，这在很大程度上消除了许多公司内的市场竞争行为。

科斯指出，企业的本质是一种非价格的统筹机制，企业管理制度和企业家代替了更细微的交易的发生，来协调经济的生产。

而之所以这种替代会发生，是由于交易成本的存在。即每达成一次交易，除了服务与产品的实际价格，还要考虑促成交易本身所产生的成本。

交易成本是决定企业规模的重要因素。交易成本大抵是指使得交易成立的一种额外成本，在上述的例子中，打印机的正常运转维护，纸张、墨盒的损耗，是正常交易中的显性成本，这些与打印结果直接相关，而交易成本是你寻找打印服务的时间、与打印服务商沟通价格和服务内容的时间、去打印服务商那里的时间和打印服务商接不到活时的等候成本。由于这些交易成本的存在，对于一个稍大的企业来说，办公区里的打印机一定是行政配套设施之一，绝无可能让自己的员工为了打印资料而每天去外面的打印店。

企业会将那些维持企业自身运转所必需、且交易成本过高的外部业务内部化，直到它到达一个临界规模。这一临界规模被称为科斯天花板，亦即衡量企业规模极限的值。

此时，在企业外仍是市场经济，但在企业内为了抹除交易成本，它执行的是计划经济。

了解这个框架之后，你可能已经想到了平台经济领域的违和之处：平台经济是企业的半开放子集，它由企业进行管理但需要大量的外部参与者（几乎是99%），但大多数持有平台的企业仍在遵循计划经济模式运营平台中的二级市场。

我们的商业分析类媒体似乎从来没有发现过这个矛盾点，一方面商业媒体普遍认可近年来互联网公司得以高速发展的原因之一是政府——“看得见的手”——在这一领域动作并不明显（没有太多管制性干预）；另一方面又热衷于分析互联网企业与平台的公司战略或平台战略如何取得成功。但企业战略和平台战略，对于平台内的“小市场”来说是“看得见的手”。看得见的手在这个领域表现的，远比看不见的手要强大得多。

鼓吹“无限游戏”本身，就已经落入了计划经济学家的窠臼，因为这种分析将一个市场的繁荣完全归功于顶层设计而非自然规律，这是一套连政治经济学派都不再相信的方向。

承认任何企业都只能进行有限游戏，并意识到无限游戏带来的并不是更高的效率，而是规模不经济，是解决无效垄断的大前提。

监控资本主义并不有用

如果你对互联网行业没那么了解，在看到这里时可能会有一个直观的质疑：互联网企业侵犯了我们几乎所有的隐私，我们手机上的每个角落都充斥着广告，为什么互联网行业依然“不赚钱”？

这其实基于一个一直以来被忽略的现实：数字广告和隐私并不如它看上去的那么有用。

2018年1月4日，芝麻信用在其微博上发出一则道歉声明。之前的一天，支付宝推出了一年一度例行的用户“个人账单”。账单的首页有一行特别小的字，“我同意《芝麻服务协议》（下称《协议》）”，并且默认处于勾选状态。有网友点击协议后发现，这份协议的内容，会导致自己在支付宝中的数据被授权给芝麻信用。

这是中国互联网用户第一次对隐私滥用的觉醒，在此之前，各大互联网公司对用户隐私和数据的使用从未引发用户的关注，以至于在两个月后，百度创始人在另一个场合下说出了那句著名的“中国人愿意用隐私换便利”。

在互联网行业内部看来，支付宝年度账单事件引发的风波也有点不可思议。芝麻信用管理有限公司与支付宝（中国）网络技术有限公司同属于蚂蚁金服，这在互联网从业者眼中无外乎是左手倒右手的事情。在那个时间点之前，类似这样的默认授权也是天经地义的事情——我用我自己搜集的数据还不行了？甚至在大多数情况下，像这样的数据内部流转，都不会外显一个用户知情协议来供用户“选择”。

但，时代确实发生了变化，中国网民的隐私意识一夜之间从过去对隐私换便利的默认，到了即便是左手倒右手也不行的程度。

2019年，一名用户将腾讯告上法庭，缘由是他认为微信读书中自动关注微信好友，并默认公开读书信息构成了侵权。这标志着大众对隐私的重视比支付宝账单风波时更进一步，因为微信读书和微信不仅同属一家公司，甚至同属一个部门。

2020年，一部由奈飞推出的纪录片《监控资本主义：智能陷阱》（*The Social Dilemma*），将人们对互联网隐私和媒体操控问题的反抗推向了高潮。这部纪录片根据哈佛大学社会心理学博士肖沙娜·朱伯夫（Shoshana Zuboff）在2019年出版的《监控资本主义时代》（*The Age of Surveillance Capitalism*）改编。也是在这本书中，“监控资本主义”这一概念被提出。

这部纪录片以一种通俗易懂的方式讲解了互联网公司是如何利用用户在其上产生的一切数据来构建一个操控用户的系统。这个系统要吸引用户每日打开（日活），提高用户在自己系统中停留的时间（用户使用时间），还要加强用户的参与度（评论、点赞、加入社群），而这一切都是为了让用户能够购买更多广告中推销的产品或服务。

尽管这部纪录片无论是在美国还是在中国都获得了极高的评价，但对于互联网行业内的人来说实在不是什么新鲜事，因为构筑这一纪录片所需要的全部素材，其实在“人人都是产品经理”和“PMCaff”这种产品经理垂直社区里都能凑得七七八八。

隐私是互联网大多数服务免费的价格，这早已不是秘密而是公开的共识。随着隐私意识的觉醒，这一“价格”在这两年被频繁挑战——我们为这些看似免费的服务，付出了过于高昂的价格。

然而，监控资本主义最可怕的一点在于，它并没有起到应有的作用。

应有的作用是什么？赚钱。

免费产品+广告，是当今许多无效垄断得以持续数十年的遮羞布。监控资本主义实现的前提是，监控要真的具有商业价值，才得以被称为“资本主义”，但现实是，用户的隐私远没有用户和平台自己想的那么值钱。

见证下一个大泡沫？

在《互联网是人类历史的一段弯路吗？》中，笔者曾经谈到：尽管互联网广告在大数据技术成熟之前就存在，但事实是直到互联网广告开始“侵犯”用户的隐私，主流互联网公司才开始盈利。在此之前，没有用户画像、没有个性化推荐、没有精准投放的互联网广告，对于广告主来说就像是投石入海，价值极低。

这段话看似是在论述大数据广告的有效性，其实是在说明互联网广告的无效性。因为时至今日，即便在有侵犯隐私加持的情况下，数字广告的商业价值依然可能被大幅夸大了。

对数字广告有效性的评价，不能仅从规模上衡量，那会导致“规模大”就是“正确”的错误推论。

从市场规模来看，数字广告在过去十年已经对传统媒介广告有了显著的替代。大广告主不再将电视、广播、报纸和户外广告牌作为主要的投放渠道。取而代之的是Facebook、Google、Twitter、YouTube，在国内则是百度、微博、微信、抖音和快手。但这里面其实隐含了一个重要的问题：数字广告的本质是数字，还是广告？

“当然是广告！这算什么问题？”这可能是很多人不假思索就可以给出的回答。

显而易见，广告已经在人类文明史中存在了太长时间，可能也就比“交易”这一概念略微年轻一点点，尽管彼时的它也许都还没有一个名字。可品牌商与网站真的还记得这一点吗？这就不一定了。

无论广告以何种形态出现，一声吆喝，一块木牌，一张报纸上的图片，一段模拟信号，一段数字信号，其本质仍然是要促成交易，要刺激消费者购买产品或服务。可在如今的广告市场，展示广告本身似乎成了目的，品牌在惊慌失措中试图将广告投放到尽可能多的平台上，吸引尽可能多的注意力，却已经没有人注意到日益增长的广告费是否带来了与之相匹配的销售额增长——抑或仅仅是在原地踏步。

换言之，就是在数字媒体时代，如此多的人如此笃定数字广告是如此深刻地改变了营销，带来了如此惊人的增长，这一强盛的共识甚至未必是对的。数字广告带来的销量增长可能是由“内卷”驱动的——品牌方投入的大部分广告费用，其作用只是用于冲抵竞争对手所投入的广告费用。

这与数字广告最初给品牌方所带来的承诺完全不同。

在民用互联网高速发展的三十年里，前二十年互联网都是亏钱的。到2010年前后，世界主流的互联网公司才逐渐开始盈利，而基于大数据广告在之后几年的发展，则被认为是助推这一变化的主要动力。可问题的关键在于那些投放广告的企业本身，很可能从没有认真思考过自身营收的增长，究竟是受益于经济增长带来的市场扩容与消费者需求强化，抑或是大数据带来的精准投放起到了作用，还是愈发先进的广告设计理念本身在吸引着消费者。

更糟的一种可能是，在乐观主义者的想象中，基于大数据与先进算法，再结合超高流量平台催生出的大数据广告理应是革命性的，可最终它从未能像传统广告那样有效。

实际上有越来越多的研究证明，数字广告很可能是互联网吹起的又一个泡沫，只是这种观点的整体影响力还比较有限，也不为企业所重视。毕竟思维惯性的力量非常强大，而且在泡沫真正破裂前，也确实没法说它究竟有多大危害。

衡量广告到底有没有效，确实一直以来都是非常复杂的一件事情，企业花费巨额资金进行广告投放是因为他们知道这有用，但却从来不知道到底多有用——几个亿的广告砸进去到底吸引了多少消费者？边际效应出现质变，收益直线下滑的“点”在哪里？这些问题由来已久，而且在传统广告的时代就已经十分明显了。一位十九世纪的零售商约翰·沃纳梅克（John Wanamaker）就曾说：“我知道我花在广告上的钱有一半是浪费的，但我永远不知道是哪一半。”

数字广告试图解决这一问题，但到头来又回到了起点。

数字广告并不比传统广告先进

关于数字广告的有效性，实际上很多人过度夸大了大数据广告的精准性，并且忽略了传统渠道广告同样是有定位与筛选能力的。例如在美国，媒体分左右阵营，分专业人士的严肃大报还有坊间的娱乐小报。在中国，电视台具有极强的地域属性，并且天然分为了娱乐频道、生活频道、新闻频道等。它只是不如手机上令人厌烦的弹窗，让人感觉自己被监听了的推荐商品那么显而易见而已。而且，传统渠道广告建立这种对用户的定位，是无需牺牲用户隐私的。

在当代数字广告投放系统中，甚至可以筛出“百度在职且想要公考的”目标受众，但这对于广告投放来说真的有意义么？

用一个最直观的例子来说明这一点：如果你是一个健身房的店主，你的传统宣传模式是在街头散发传单，这个渠道天然具有“地域筛选”属性。如果你对地推人员做好培训，它甚至具有对细分人群进行投放的功能，比如将传单只发给那些看起来中高收入并且身材管理不好的人。在这种模式下，一家健身房一天可能只能散发五百张传单，但每个传单都可以说是“精准覆盖”。这对在时尚杂志上投放的化妆品/奢侈品广告同样适用，这些传统渠道不需要知道你是谁，不需要知道你的搜索痕迹，不需要索取你的通讯录好友，但确实知道你是它的潜在受众。但如果是在没有大数据精准定位的网站上，比如在1998年的新浪网（四通利方）上刊登一则广告，尽管你一天的覆盖量有三百万，但由于游客来自天南海北，广告的转化效果一定比散发传单的效果差。

也许会有人说1998年太遥远，技术不成熟，那么我们来说一说当下。以大众点评为例，比如我搜索健身房，位置靠前的往往是那些付费购买了推荐位的门店，但这些健身房很有可能距离我更远。

大数据广告寄希望于通过精准且重复的展示来轻微地影响用户，并通过这种轻微影响的积累来最终改变用户的消费决策。在健身房的案例中，大多消费者可能会因为连续一周在抖音里刷到健身App的广告而唤起了对健身的兴趣，但最终依据最传统的地图模式在离他最近的健身房办理了年卡。

对于健身App来说，这显然就是单纯地浪费钱——在这个过程中，你既看不到大数据，也看不到精准，更不存在筛选。

现在我们把大数据代入。App获取了我的行程，我的消费记录，我的搜索痕迹，更精确地为我定制推送内容——然后跳出了一则我确实去过、但其实再也没打算去的省份的广告，或者只是因为偶然心血来潮随手一搜的地区的信息。为消除这种不智能，算法进一步更新，终于能智能地为有健身需求的我推荐距离最合适的健身房广告了。

可喜可贺，在一系列复杂的操作之后，数字广告终于做到了传统广告可能在一二百年之前就学会了的事情。这比重复造轮子更糟，这是拿着一个长得像轮子、跑起来像轮子的多边形结构体，宣称自己创造了一种全新的运输工具，并要求所有人使用它。

想象一下这个过程中会产生多少成本，企业要为此多付出多少广告费，特别是获取用户隐私本身也是有成本的，这导致的一个直接后果是，广告内容本身的制作预算被压缩，造成广告本身质量的下降。

而广告本身的质量，似乎仍然是广告行业的核心，这与报纸、广播、电视时代相比并没有大的变化。好的广告内容本身是吸引受众成为消费者的关键，如果广告内容制作得稀烂，就算是将商品推送给再精准的用户，也只会引起用户的反感。

那么是否有企业已经发现了数字广告的问题呢？答案是肯定的。

实际上宝洁就曾减少两亿美元的数字广告支出，但没有发现销售数据上的显著变化；摩根大通曾将广告投放范围从40万个网站降低到了5000个，覆盖范围仅有过去的1%，但业务却完全没有受损；Uber曾减少1.2亿美元用以吸引用户安装App的投放，但也没有体现在App的安装率上，甚至还因为数字广告效果不理想而和代理商直接对簿公堂。

目前，减少数字广告投放的趋势仍局限在巨头领域，更多的中小企业由于聘请专业的广告投放经理或第三方代理投放公司处理广告业务，这些“乙方”角色与数字广告业利益一致，以至于问题还未大规模暴露。

这些真实存在的案例都向我们诉说，数字广告的效果远远没有它宣称的、很多人所相信的那样好，至少远远做不到重新定义“广告”这一古老的商业概念。

虽然无论是什么时代的广告，衡量其具体作用都不容易，浪费也很普遍，但数字广告收益极其难以衡量的原因和它的前辈并不是非常一致。

不谈垃圾流量、滥竽充数的网站以及泛滥的机器人带来的无效访问，数字广告本身其实已经发展成了一种不折不扣的技术黑箱。Google前员工黄英珉（Tim Hwang）在他所著的*Subprime Attention Crisis*（直译为《次级注意力危机》）一书中直接指出，在数字广告的早期阶段，品牌会与网站所有者达成协议，从而展示付费广告。该广告所占据的展示位置，即广告库存（Ad inventory），是由发行者直接出售的。但如今这一过程已经太复杂，不再允许迟缓的人类劳动参与其中。他直言“就像在如今的资本市场一样，自动程序主宰着当代在线广告的生态系统”。显然，在如今的信息洪流之下，以毫秒为单位、以百亿计次的广告展示行为不可能再由人类掌控，唯有高度自动化的程序方能处理这样复杂的业务。

问题在于，这种极端不透明、人类所难以理解的全自动流程，让本就不易衡量的广告产出更加无法计算。品牌方所得到的往往是一个代理人给出的“解决方案”（真是高大上的词汇），至于方案如何被执行，恐怕代理人本身都很难解释清楚，最终广告的效果变成了一堆令人眼花缭乱的数据，导向一个似是而非、甚至很多时候高度可疑的“积极”结果。

其实有一些商业领域的专业学者注意到了这种不协调，且也在尝试发声。例如艾瑞尔（Sinan Aral）在他的著作*The Hype Machine*（直译为《炒作机器》）一书中就指出：“虽说不必否认数字平台的高效信息传播能力，但这些平台和广告代理商往往会错误地把消费者购买生活必需品的行为归功于数字广告，进而导致数字广告的价值被严重高估。”

同类研究还有很多，只是商业机构一向不太善于倾听学者的声音，且很难扭转仍占据主流的营销思维。

销量来自广告还是红利?

数字广告的支持者能拿出无数的报表来反驳数字广告泡沫论。毕竟，在数字广告飞速发展或者说对传统广告产生替代的十年里，许多企业一边投着数字广告，一边实现了业务的增长。

企业往往看到的是广告投入增长的同时收入也增长了，但广告与增长究竟是因果关系，抑或只是相关关系？至少“我们的营销策略是非常有效的，因为当月广告投入很多，所以销售额顺利实现了增长”这种说法十分有问题。为什么呢?

想象这样一家宠物食品公司，它在上一年收入实现了60%的增长，而营销投入只增长了40%。如此成绩让公司管理层直呼内行：天啊，一块钱的投入就能换来一块五的收入，还有比这更划算的吗？广告这么有效，今年继续保持高强度投放！确实，粗暴却有效的增长策略仿佛就要为A股带来下一匹白马，除了一件很容易被忽略的小事：这一年整个宠物食品行业的行业规模也增长了40%。

这就非常尴尬了。

行业规模大幅增长，就是我们常说的一种“红利”，在中国，过去二十年被认为是“互联网乘上人口红利的二十年”。对于其他行业，尽管增长曲线的斜率不同，但这个红利同样存在。中国的整体消费力在过去二十年里飞速增长，有钱养宠物的人多了、有钱吃补品的人多了、有钱喝稍贵饮料的人多了、有钱吃十几元一袋方便面的人多了、有钱买潮流服饰和鞋子的人多了等等。这意味着这些行业都在与互联网同样享受着中国经济增长和巨大人口基数的红利，也就是市场自身扩容很容易就带动行业内公司实现增长，哪怕它们什么也不做，甚至做错了什么都没关系。这也是为什么当分析一些上市公司财报时，研究员会特地指出一家公司如果没能跑赢行业，哪怕当年业绩是正增长也并不喜人，因为这是顺水行舟还倒退，是在一个成长中的行业出现了相对萎缩，是在失去市场份额。

但强调广告作用的人，却往往有意无意地去忽略此种因素对销售造成的关键影响，这就好比在新冠疫情暴发时宣称洗手液卖得多是因为广告打得好一样毫无道理。

更何况投一块赚一块五的产出比其实是虚构的，营销投入产出比有这么高的企业或产品并不多见。大部分的公司与行业，特别是互联网公司，在营销上的投入/产出往往非常难看，反倒是那些相对传统的公司还好一些。非上市公司的支出由于不透明暂且不表，更加常见的是当前上市公司财报给出的数据中，费用提高与收入增长的严重背离。

这里所谓的费用指的是期间费用，也就是通常所说的销售费用、管理费用与财务费用这三费加总（现在也有很多企业把研发费用单独列出），它们是营业总成本的重要组成部分，有的时候在总成本中的占比甚至能超过50%，但不直接影响公司的毛利相关指标，而是会在计算净利润时才纳入其中。这就导致只要一家公司的神奇财务小技巧足够高明，或者足够无耻，就完全可以实现在毛利率高达百分之六七十的情况下还能亏损这么反直觉的业绩，而在对外宣传时，只谈超高毛利率做“市值管理”。当前普遍存在这种现象的，就是火热的在线教育行业，其背后原因就是虽然其经营成本不怎么高，但是期间费用奇高无比。

为什么要在这里突然提到这种财务知识呢？因为本节核心讨论的营销（广告）支出，就是计入销售费用这一项，而非严格意义上的营业成本。那么就让我们回归正题，不去聊什么巧立名目转移费用与成本的财技，不去谈一笔钱出现在某个会计科目里是不是合理，就单说营销费用与收入两者的背离。

很多上市公司的营收虽然在增长，但增速远远不及其销售费用的增速，两者差值可以高达数十乃至数百个百分点。以哔哩哔哩为例，其在2020年第四季度的营收同比增速是91%，但营销费用（美股执行的会计准则，和销售费用差不多就是一回事）同比增速高达147%，而这成绩甚至已经算不错的了。快手这个差点点爆港交所的超级大热股，截至2020年三季度，公司的营销费用同比增长高达254%，而收入增长则只有49%，效率更低。至于“营收增长大师”在线教育行业，以跟谁学为例，最近一个财年它的营收增长了237%，但营销费用则暴涨459%。

反观现在很多人嗤之以鼻、不屑一顾的传统行业，比如零售业，像来伊份（一家江浙沪地区的线下零食品牌）这样被人诟病、经营状况尤其不乐观的公司，其销售费用增速与营收增速差值也就5%左右，这还是一家经营实在不出彩的公司。

当然会有人质疑这些公司的可比性很差，边际递减也完全不同。当然，营销和收入相关但不是绝对的因果，可关键在于，在大部分人，乃至很多从业者盲目的认知中，更多的营销费用“理应”带来更快的增长，可这种大放水式的营销投入才能换取这么一些增长，未来公司营收规模越来越大，营销效果越来越差怎么办？或者知道营销效果如此糟糕，为何不更合理地规划资金的利用？更进一步，如果不如此粗放地进行费用投入就不能维持增长的话，那这时候我们应当反思的究竟是数字广告好不好用，还是商业模式到底有没有问题？

最后的问题是，如此增长模式之下，这些公司什么时候能盈利？难道靠在证券市场融资活一辈子？

这连芝诺悖论（阿喀琉斯与乌龟赛跑）都不如，这是背对终点一路狂奔。

一场多输的资本游戏

黄英珉本人似乎对数字广告以及相关的整个商业生态非常不满，甚至将其和臭名昭著、引发2008年经济危机的次级贷款相提并论。他的观点当然有些过于危言耸听，但数字广告存在泡沫，且其模式若执行不当非常有害这件事情本身，是有迹象的。

确实，数字广告狼入羊群般摧毁了传统的注意力市场（报纸、广播、电视、电影院和街头广告），数字媒介肆意屠戮着那些传统媒介，只因它们传播的速度更快，展示的次数更多，覆盖的人群更广。

可代价是什么呢？是企业的利润。

数字广告平台与传统广告媒介有一个巨大的区别是，它自己也依赖数字广告生存。

无论是短视频平台、长视频平台，还是各类以广告为主要商业模式的社交媒体，它们都在以极高的成本获客和维持活跃。用大众熟悉的词来说：获取流量。深信数字广告效果更佳，或是单纯放弃思考选了条“捷径”的企业为保持增长，疯狂地将经费投入数字平台这个吞金巨兽的口中，试图将自身的品牌触达尽可能多的消费者群体却完全不去考量，或是无法计算这种投入是否有效。

但有一点是可以确定的，当互联网总用户数不再上升的时候（即人口红利吃尽），数字广告行业将不可避免陷入存量战争。

一个目标以广告为生的新平台，依赖另一个以广告为生的旧平台崛起，将成为一种反逻辑，链接屏蔽和相互的广告拉黑将会变得更严重。

快手、哔哩哔哩等类似的内容平台，以及跟谁学所在的在线教育赛道都存在这样的问题。这些“互联网公司”为保持公司营收的增长、将自己的故事讲下去，不得不疯狂投入营销费用，保持各项数据能持续向上，屡创新高的不只有营收，还有亏损。

而且这种“用命换增长”的数据表现，不但会困扰互联网公司，也同时纠缠着那些注重线上渠道的传统行业，比如零售业。以三只松鼠为例，作为首个突破百亿营收的纯休闲零食品牌，公司最为人称道的地方就是其显著优于行业的增长速度：两年时间就从50亿成长到了100亿。这种成长速度与三只松鼠几乎纯走线上渠道的模式关联紧密，毕竟网店要远比线下门店这种传统零售形态更利于拓展业务。然而代价也是沉重的，与营收背道而驰的是其越来越薄的利润：三只松鼠在2019年的净利润直接退回了2016年的水平，彼时公司营收却只有44亿元。三只松鼠更是在2019年的第四季度、销售额最高的一季出现了单季亏损，完美展示了什么叫“增收不增利”和“卖得越多亏得越狠”。

更可怕的是，这种被营销支出抽干了利润，“万花丛中过，片叶不沾身”的现象，在全球范围内都普遍存在。

这就是数字广告带来的泡沫——它承诺了增长，却从没告诉你可以“盈利”。

这是一种非常可笑的商业逻辑。只要肯砸钱谁都可以增长，花钱把央视黄金档的所有广告位都承包，难道不能增长么？这显然是一种极其原始的商业模式，但为什么当传统广告被换成大水漫灌的互联网展示时，它就仿佛成了一种截然不同的先进策略？

互联网广告之所以如此昂贵，是因为有太多的平台、太多的入口，而要做广域覆盖对企业来说，是一种极其沉重的负担。我们很清楚地知道广告位是有限的，而深信数字广告妙用无穷的企业也不止一个。那么结果就很简单了，企业不但要尽可能多地覆盖用户的视野，还要和秉承同样理念的其他品牌争夺广告位，而对数字广告的深信不疑，也不允许它们放弃这一增长策略，哪怕其成本已经难以负担。

相比之下，有多少企业忽略了传单、报纸、杂志、电台、电视和楼梯间广告。

当然，对增长的病态追求也与资本市场的偏好有关。这是一个你可以亏、但你不能不增长的时代，否则资本市场将会很快抛弃你，而对于很多企业来说，猛打广告是企业唯一敢采纳的增长策略，其他的要么执行起来太复杂，要么风险太大。对于这些企业来说，除了说服自己数字广告就是最好的策略之外，也没有更好的解决办法。

于是在两种疯狂思想的结合之下，我们最终看到的是军备竞赛似的营销费用竞赛，是越来越惊人的获客成本。品牌商们试图利用比对手更多的资金，在广告展示机会的争夺中战胜对手，而这一过程对产品获利到底有没有用，有多少用，却已经无人在意。

作为目前零食业龙头的三只松鼠，最终在2020年第四季度宣布，公司将砍去近半的单品，放弃全品类的产品路线，回归曾经的坚果大单品逻辑。

显然三只松鼠醒悟了，它终于发现了营销不能支撑自己长久走下去，更好的广告也不是一切的答案。那么又有多少其他公司处在同样危险的境地呢？

更进一步，这些日益攀升的资金要有一个来源，要么从企业的利润出，要么……好了，终于又走到了这一步：当企业的利润已经太过稀薄无法进一步压缩时，就只能从消费者的口袋里出了。

于是作为消费者的我们，要么发现零食又涨价了，要么发现产品的净含量越来越少。

如果你觉得零食因为广告而贵了几块钱不算什么大事，那不妨类比一下那些客单价更贵的品类。比如根据弗若斯特沙利文报告，2019年医美机构平均单位获客成本为3000元到5000元人民币，医疗美容行业推广及营销费用占医疗美容服务收益的平均比例约21.9%。也就是说，你往脸上注射的五分之一是广告。

被夸大的数字广告不只对消费者、企业有危害，还会对社会有一定的影响。当信息流形态出现时，所有的互联网公司几乎一拥而上，在自己的App中加入了信息流。但信息流仅解决了分发问题，却并未对等地创造更多优质的内容——互联网公司手里的广告库存看似增加了，但广告的价值降低了。这导致了它们的流量焦虑，也带来了流量驱动的向恶导向。

《监控资本主义》纪录片的结尾，代表“典型用户”的主角因受到信息流中激进运动信息的影响加入了一场恐怖袭击，并最终被警察逮捕。这个戏剧化的结尾展示了数字广告行业对社会的潜在危害：数字媒介做广告并不有效，但宣扬仇恨却十分有效。

在数字媒介中用户的注意力“非常不值钱”，因此数字媒介平台必须拥有更多的用户注意力，才能创造出一点可怜的商业价值。基于大数据的内容系统尽管在广告领域效果不佳，但在其他内容推送的领域却十分有效。互联网公司为“拉住用户”，主动加强了信息茧房和回声室效应，而这助长了谣言、仇恨信息和分裂。简单来说，对于一个喜欢阴谋论的用户来说，网络平台不会想要去纠正其错误观点，而是会为他推荐更多阴谋论内容和相信阴谋论的其他用户，因为只有这样，这群“阴谋论者”才会长时间使用App，为平台产生出更多展示广告的机会。

尽管这些针对阴谋论者的广告最后大部分没有产生任何商业价值，但App却实打实地将一群阴谋论者聚合在了一起，这使得他们有能力对现实世界造成影响。

无效垄断的反噬

在“双11”抢我们“996”出来的利润

无效垄断并不会像其他垄断形式那样显著地阻碍创新，因为它的“无效”正是源于其对创新的无法防御。

但无效确实会导致内卷。

1965年，美国人类学家克利福德·吉尔茨（Clifford Geertz）在一篇关于农业的论文中创造了“内卷”（Involution）这个词。他大概做梦也想不到，这个形容岛国农业极限的字眼，会在2020年成为中国互联网上最流行的热词，仿佛一夜之间所有东西都卷了起来。

人们总是会说，互联网带来了新趋势、新潮流、新形态、新问题和新矛盾，但太阳底下确实也没有那么多新事，有的时候我们只是需要找到正确的参照系。全民内卷在人类历史上并不是第一次出现，也不是由互联网带来的。

第一次工业革命后，与急速增长的生产力相对应的是日益狭小的各国本土市场，“内卷”仿佛近在眼前。那个时代，资本主义世界还有殖民这一终极解决方案，没有市场就去找市场，没有空白就去找到空白，卷是不可能卷的，世界那么大，总有空间给每一个产品和每一个人。直到最后一块土地被列强瓜分。

当殖民者用大炮轰开了神秘东方的大门，用尺子和笔在非洲大陆画下最后的一条线后，终于没有空白的土地，没有新大陆了。所有土地都已经被瓜分完毕，没有新的世界可供殖民，西方资本主义发展到了帝国主义阶段，重新开始内卷，而卷到最后发生了什么？两次世界大战。

我们如果将整个赛博空间视作近代史上的地球，用Big Tech替代殖民者，用行业替代土地，你就会发现，我们所见证的一切，意外地令人熟悉。Big Tech没有带来新矛盾，只是在复现人类在物理空间里曾经上演过的历史。正如资本残酷地将美国的土地推平成经济学意义上的平原，才使其农业有了长足的进步，在互联网上，这样的事情也在反复而不断地发生。

中国互联网行业的一大特色是，在很长一段时间里，大部分赛道并没有真正形成绝对垄断，而是长期处于寡头无效垄断的状态。比如在电商领域，有淘宝、京东和拼多多，在短视频领域，有抖音和快手，在搜索领域，有百度、360、神马搜索，尽管它们在市场份额上有所差异，但从产品体验和用户黏性来说并无本质区别。也就是说，在淘宝买东西和在京东或在拼多多买东西，不会有决定性的体验差异。

但在美国，情况则完全不同，这也直接导致了美国的互联网企业看起来没有那么“内卷”。以电商为例，在美国市场上之所以很少发生要求商家“二选一”这样的垄断行为，并不是因为相关法律足够健全，而是因为想在美国做网店生意的商家没有两个可以选，只有亚马逊一家。美国确实不止亚马逊一家电商公司，但各电商公司长期垄断了单一的细分赛道。天猫和淘宝的B2C赛道里，只有亚马逊一家独大。而在C2C市场里，eBay则占据了绝对优势。

在各自的细分赛道里独家垄断，反而不会出现“二选一”这种恶劣的模式。这听起来惊世骇俗，但独家垄断有时可能确实比寡头垄断要好，因为无效垄断赛道中的寡头，长时间存在的竞争压力，会迫使它们使用更加向恶的手段胁迫中小卖家进入自己的生态体系。

亚马逊之外，美国电商卖家的另一个流派是“独立电商”，即通过购买一套电商程序，自己建立独立的、不被任何人抽成的电商网站，专门售卖自己的商品。独立电商流派之所以能在欧美市场形成一席之地而在国内难以成型，是由于在欧美的电子商务市场里，电商巨头不会面临中国电商巨头那样急迫的存在性危机。而国内电商卖家所面临的“二选一”，其实是电商领域无效垄断带来的内卷问题，因为各家电商平台不足以在体验上打造足够的差异留住客户，因此不得不通过促销节的方式用价格手段留住客户。

而促销节的本质是一种支付转移，它让利来源的一部分，恰恰是整个产业链上996出来的剩余价值。

过去几年里，对996的批判总是指向互联网公司，但这很大程度上是由于互联网行业的员工更乐意发声。据中国新闻网发布的官方调查，随着一线城市生活节奏的加速和经济的增长，国内居民投入到就业工作中的时间，由2008

年的2小时29分钟增加到2小时57分钟，增长了18.79%。与读者预期的超过十二小时不符，是因为该项统计口径应包括了非就业人口。2018年，就业工作活动的参与者平均时间为7小时41分钟，在整个调查人群中，休息日仍有24.5%的人参与就业活动。

最终，形成了我们加着班去抢双11的打折商品，那些商品却是由我们加着班制造的内卷循环。996被认为是个人的内卷，但个人的内卷实际上源自行业的内卷。

如同对数字广告的抨击一样，互联网行业内部的996，主要作用不是创造新的价值，而是为了抹平对方的价值。换个说法就是，A公司员工加班的目的，主要是为了让B公司的加班无效。

尽管“内卷”在很多语境下用起来不是很合适，但用在这里是恰如其分的。

除了企业的草创时期，只有那些无壁垒垄断的企业，才会出现常态化的996现象，因为只有无法真正领先竞争对手的企业，才需要每天都像创业的第一天那样运转。

从未败给反垄断的微软，败给更强的垄断者

无效垄断的第二个危害，是它吸引了过多的公众和行政资源，让那些真正构成危害的垄断隐藏于幕后。

2005年6月1日，腾讯公司董事会主席兼首席执行官马化腾在接受《南方都市报》记者采访时表示，“MSN的捆

绑是显而易见的”，“国内IM（即时通信）企业其实也应该加强反垄断意识，在这方面我们也希望能够得到政府的支持”。

对于现在的网民来说，腾讯以受害者身份主动谈及反垄断，听起来很是不可思议，但在那个中国《反垄断法》尚未立法的时代，人们提起反垄断，第一时间想到的只有一家企业，那就是微软。

微软与世界各国政府的垄断冲突起源于1992年，一直延续至2008年才逐渐平息。在纵跨十六年的进程中，微软生态下的各类产品相继被送上反垄断的审判台，影响较大的五款产品分别是操作系统Windows，浏览器Internet Explorer，音视频播放器Windows Media Player，聊天工具MSN和办公套件Microsoft Office。

但现在看来，对微软的反垄断似乎是一次失败的行动。

因为，全球针对微软的反垄断浪潮，既没有终结微软在核心产品上的市场龙头地位，微软的主要竞争对手也未能从微软的反垄断调查中获得救济。然而，上面的一些微软产品确实死了，Windows Media Player被流媒体取代，IE早就在市场份额上败给了Chrome，在MSN行将就木的时候微软收购了Skype并让两者合并，然后成功地让Skype也离开了大众视野。

以MSN为例，这款即时通信工具因在Windows中捆绑安装而在韩国和中国受到反垄断质疑。2005年，仍未站稳社交脚跟的腾讯甚至主动发声，呼吁对微软进行反垄断。当时的主流论调认为，MSN进军中国，极有可能让腾讯退出历史舞台。因为，对于即时通信工具这种“大同小异”的产品来说，如果系统里已经有了一个MSN，人们为什么还要单独用缓慢的拨号上网再去下载一个新的聊天工具QQ呢？那一年，QQ安装包的大小是15MB，而当年的大多数中国网民还在用拨号上网和低速宽带。这意味着同样是免费注册使用的两款产品，每个新QQ用户要比新MSN用户多付出数十分钟的时间成本。

然而，仅仅五年之后，抨击腾讯“店大欺客”的文章《“狗日的”腾讯》见报。在这五年期间，MSN几乎从中国市场消失，并多次出现出售传闻。而五年前作为垄断受害者发声的QQ，则一路高歌猛进突破了全网一亿的在线人数。

形势的逆转完全不是反垄断的功劳，因为中国的《反垄断法》直到2008年才正式生效，并且中国政府的相关部门从未将MSN作为肇端对微软采取行动。

在日本，MSN同样未能撼动Yahoo即时通的市场；在韩国，MSN败给了稍晚的Kakaotalk和LINE；在欧美本土，MSN慢慢输给Skype。微软认清无法挽回MSN颓势之后收购了Skype，但被收购的Skype又迅速输给了WhatsApp和Facebook Messager。

各类IM对MSN的胜利，是市场竞争的胜利，而不是反垄断的胜利。各国机构针对MSN捆绑安装的反垄断调查，没有输给微软的律师，而是输给了微软的产品经理们。微软的产品经理没能让MSN这款产品活到反垄断案件的判决生效。

MSN不是微软第一款让全球司法圈劳民伤财的无效垄断产品，Windows Media Player、Internet Explorer、Microsoft Office先后成为反垄断的打击对象。数十个国家、上千名调查机构的工作人员与微软律师，在不同的法律框架下，耗费数亿甚至数十亿美元的代价，进行的跨越二十年的“垄断－反垄断”攻防战，其结果是，在这些成为反垄断目标的产品中，产品足够出色的如Microsoft Office，至今以近似垄断者的角色出现，而那些不够好的产品，比如Windows Media Player、Internet Explorer和MSN，则尚未等到法律的正义铁拳，自己就消失在了历史之中。

从微软的财务数据来看，反垄断也从未影响它的收入和利润，甚至在二十一世纪里，微软收入有较大影响的战略决策与垄断和反垄断呈现出反向相关。

在关于微软反垄断案的评价中，有一派声音认为各国的反垄断机构在面对微软时过于软弱。比如美国政府在1992年对微软发起反垄断调查时，肇端是操作系统本身的反垄断，但他们很快就放弃了这个调查的方向，在1995年后重启的调查也将焦点聚焦在了操作系统上是否捆绑了别的不该绑的软件（如IE浏览器）而不是操作系统本身。

2000年6月，在美国本土最重要的一个反垄断诉讼中，微软回避了被拆分的命运。自此之后，一切对微软的反垄断诉讼都如同刮痧一般。与当下读者的判断相反，这一判决在当时是民心所向。当年盖洛普的一份报告显示，54%的被调查者反对联邦政府的拆分计划，仅有34%的人选择支持。

对于微软核心的操作系统来说，垄断本身是满足用户需求的，或者说垄断是用户体验的一部分。

微软在操作系统上的市场支配地位，起源于1980年代作为操作系统公司，与硬件制造商IBM的捆绑销售。在这种捆绑销售之前，市场上出售的个人电脑往往并不预装操作系统，消费者在购买计算机后，还需要选购不同的操作系统才能使用。这种消费者自由选择的权利，实质上阻碍了计算机行业的发展，也反过来伤害了消费者的体验，因为不同的操作系统之间有不同的文件系统和编程语言。这导致开发者不仅无法通过一次编写就让所有（或说大部分）的用户使用上相同的软件，还让不同品牌操作系统的消费者之间传递文件变得极为困难。

微软在与IBM合作推出MS-DOS之后，两者采用了预装的方式进行销售，消费者购买计算机硬件的费用中包含了向微软支付的MS-DOS的使用费用。无论在上世纪还是现在，这种捆绑销售都被视为较为严重的垄断行为，因为它显著损害了市场上其他操作系统生产厂家的利益，可能使消费者无法做出最优的消费决策（挑最好的硬件+最好的软件）。然而，这种不正当竞争带来的是对市场和消费者的双重益处，因此各国将反垄断矛头指向微软的时候鲜少涉及Windows本身，即便有所涉及，最终也没有形成有效的判罚。

类似的，Microsoft Office在办公领域起到的也是“以私有文件标准统一市场”的作用，这种独占经营一方面涉嫌构成垄断，另一方面却大大促进了全球电子办公文件的通用性，为文件的流通带来了巨大好处。用更简单的话来说，由于对微软核心垄断的反垄断会与反垄断的初衷相反（保护消费者与行业），在全球长达二十年的反垄断过程中，各国的反垄断机构仅在微软的边缘产品和功能上发力，而那些产品最终从市场中被淘汰，也与反垄断并无关系。

针对这些“无效垄断”的反垄断诉讼除了浪费人力物力之外，也没有改变市场的竞争格局，而在有效垄断领域的反垄断，则可能会因违逆用户体验而无法达成良好的效果。

与Windows和Office反垄断相近的，是针对Facebook拆分的反垄断诉求。笔者曾对拆分Facebook的诉求表达过质疑，因为它具有和Windows相似的特性——垄断是社交网络体验的一部分，只要用户的诉求仍是“在单一入口中找到自己所有的朋友”，那么即便是拆掉Facebook这个入口，也只是让另一个潜在的新垄断者有机可乘。

微软自己也在操作系统领域被更高级的“垄断者”打败过。2015年，来自诺基亚的微软高管史蒂芬·埃洛普离职，微软减记所持有的诺基亚手机品牌76亿美元，同时全球裁员与手机业务相关的7800人，微软收入较前一年有所下降。这是该公司过去五年试图进军移动行业所带来的反噬，它的失败并不是因为反垄断的成功，而恰恰是因为在微软入局时，移动市场上已经有了集中程度更高的垄断形式。

2010年，微软脱胎于上世纪的Windows Mobile推出了名为Windows Phone的手机操作系统。这个起步并不比iPhone和Android晚太多，但它采用了一套现在看来“极为落后”的商业模式。

当时，iOS操作系统与iPhone硬件完全捆绑销售，其软件与硬件相得益彰的协同带来了极佳的用户体验，而这正是当年微软与IBM捆绑销售的高级版本。另一方面，Google则以近乎免费的方式“倾销”Android系统，Android不仅是免费的，甚至是开源的，任何使用它的设备生产厂商不需要与Google打招呼（GSM预装不是Android的一部分）。但Windows Phone操作系统却采用了微软在PC时代一贯的销售模式——向硬件生产厂商销售预装操作系统。也就是说，虽然用户无需在购买手机的时候单独买Windows Phone操作系统，但实际上微软会向那些生产Windows Phone操作系统手机的厂商按出货量收取授权费用。在1990年代，这种与厂商预装的操作系统已经被认为是捆绑销售，但它最终败给了Google的“倾销模式”和苹果的垄断专营模式。

一代垄断者微软，从未败给反垄断审查，它败给的是更强大的垄断者。反垄断审查甚至帮助了这一局面的形成。

国内的一些反垄断浪潮，是否也在呈现助长垄断的趋势？

资本自身的力量被垄断削弱

2017年，高铁、手机支付、共享单车和网购，被自媒体称为中国的“新四大发明”。一年之后，作为共享单车行业代表企业的ofo陷入经营危机，公司出现股权质押，用户发现押金无法退出。根据媒体报道，ofo至今仍欠900万用户和供应商累计超过2亿账款。在许多报道中，ofo成为批判“大资本做局”的最佳样本。

但事实上，ofo是一个典型的企业家反抗资本进而导致多输的案例。

从成立到其陷入经营危机，ofo累计完成了十轮融资，仅公布数额的其中五轮融资额加总就高达157亿人民币。与ofo用户每人亏99元、ofo供应商每家亏几千万相比，ofo的投资人均亏10个亿。

ofo失败的原因，恰恰是公司和创始团队不愿意受到投资人的“操控”。简化来说，在2017年共享单车行业竞争最为激烈的那一年，由于共享单车业务的烧钱速度，ofo和摩拜均已引起投资方的警觉。ofo的战略投资方滴滴和摩拜的战略投资方腾讯曾多次试图撮合两家公司合并，但由于ofo创始团队的坚决反抗，ofo和摩拜并未达成滴滴和快的那样的合并。

从商业模式来说，并不是资本毁灭了共享单车行业，而是资本创造了本不可能独活的共享单车行业。

所有体验过共享单车的人，都不会对其本身有太大的意见。除了在部分地区占用人行道之外，共享单车确实解决了城市中最后一公里的问题，显著提高了人们的出行效率。但共享单车不是一个可以讲通的生意，按2017年共享单车的单价计算，每辆共享单车的日均收入大致是三元，这意味着对于共享单车公司来说，需要将每辆车的日均运营成本压缩在每辆车三元以下，才有可能结束亏损。但高峰时期，ofo在北京有200万辆车，仅高峰时段的调度费用就有200万元，这还没有将车辆的修理和新车采买、公司平台的运营成本计算在内。

在美团收购摩拜时，哈罗单车的创始人杨磊曾吐槽："一个月亏4.5亿，我真的做不到。"

尽管摩拜单车的创始人在多年以后辟谣，说自己从未说过那句"如果创业失败了，就当公益"，但现在看来，作为半公益的福利性服务可能是共享单车的最好归宿。

与ofo对比，它的老对手摩拜单车在资方的撮合下成功卖给了美团，形成了用户、创始人、收购方三赢的局面。为什么无法独活的共享单车平台，成了巨头的一部分就得以平安落地?

如果从2017年开始一直是共享单车的用户，那你会注意到幸存的共享单车的使用体验发生了两个细小的变化：基本所有的共享单车品牌都停止了对微信直接扫码用车的支持；依附于大平台（滴滴-青桔、支付宝-哈罗、美团-摩拜）的单车业务，正在推出便宜到近乎免费的包月服务，比如十二元一个月的包月卡。因为单车业务本身，已经成为这三家平台降低获客成本的“广告投入”。

在2019年，携程的获客成本为31.4元，京东为53.3元，按拼多多在2021年第一季度的估计，其获客成本则高达170元。

获客成本，顾名思义就是这些平台每获得一个新用户所需要付出的广告、营销或促销成本之和。这是大多数普通用户不能理解的客观事实——你简简单单从一个广告入口点入一个地方，注册了一个会员，就已经消耗了平台高达百元的支出。

纯互联网公司获客成本水涨船高，与数字广告泡沫有很大关系，但另一方面，共享单车这种线下获客方法却在成为低价增长的黑魔法。对比上面列举的三个典型互联网公司的获客成本，美团在2019年的获客成本仅为4.7元，因为美团并不是一个纯粹的线上公司，所有线下餐厅结账时的美团收款码、美团电子菜单、街上成片的摩拜单车和美团外卖小哥，都是美团“活的线下广告”。用户会因为急用一辆单车而下载美团，会因为看到包月卡特别实惠而成为美团App的日活或者至少月活用户。

这种协同效应，只能在单车业务成为某个超级App的附庸时才能起效。共享单车扫码时创造的展示价值是十分低效的，比如你使用一个独立App扫描单车，那除非强制用户等待广告展示，否则即便是在这个App中投放了美团的广告，转化率也不会高。但如果用户需要打开美团App扫码，结束后用美团进行支付，那么他因为单车而成为美团其他业务用户的可能性就会大很多。

同样的逻辑，也适用于滴滴的青桔单车和委身支付宝的哈罗单车。这才是泡沫破灭之后，我们仍能在街上方便扫到共享单车的原因。

在共享单车的终局里，最大受害方是ofo的资方，但很少有ofo的投资人愿意出来谈自己在这个案子上吃到的教训，因为在投资领域里渲染自己的失败案例，并没有什么好效果。资本是容易被抽象化、脸谱化的，对于许多大众来说，ofo的投资方即便是在这个案例上失败，也是“罪有应得”。

但这样抽象化的资本是不利于“资本按需扩张”的，因为大众所认知的资方（各种“××资本”），本质上只是普通合伙人（GP）所组成的实体。这些实体的钱，来自各行各业的有限合伙人（LP），即投资者。尽管私募股权投资的LP准入门槛与大众的散户不可类比，但本质都是一部分人将自己的钱交给另一部分人理财。

比尔·盖茨推荐的《事实》（*Factfulness*）一书中，有一个经典的章节叫“让我们揍我们的祖母吧”。在这个章节中，作者的一名学生谈到“应当收拾那些制药公司”，因为“它们从不关注那些困扰穷人的疾病”。但通过股权穿透分析，最终大家发现，这些被斥为资本之恶的大型医药公司背后，大股东多为各国的社保和医保基金，因为这两类长线基金更渴望投资大型医药公司这种能穿越经济周期且具有稳定现金流的企业。而社保基金与医保基金的最终受益人，显然是怒斥制药公司之人的祖父祖母们。

在无效垄断领域投入大量资本，本身也是一种社会资本的浪费。

尽管“资本”在中文语境下已被妖魔化，但不可否认的是，它是一个成熟市场中“无形之手”的重要组成部分。在过去，“有形之手”一般指政府或政策，在有形与无形的博弈中，市场得以良性发展。

但过度增长的平台削弱了资本作为无形之手一方的能力，市场上事实上出现了两种有形之手。这阻碍了民间资本（或说私营资本）在市场中发挥有利作用的可能。民间资本原本可以用于投入其他真正能够创造价值的行业和公司，在那些地方，资方不仅可以获得本来想要获得的回报，还能促进行业的发展，这才是构成商业与社会价值双增长的前提。

“好垄断”与垄断成本

手机提速降费背后的垄断功臣

无效垄断的对立面是有效垄断，有效垄断并不等同于“好垄断”。但想要建立一个好的垄断，必须是一个有效垄断。这几乎与资本的初心无关，哪怕是以“好心”为目的的“无效垄断”，也无法达成好垄断。

2014年7月18日，中国铁塔股份有限公司挂牌成立，中国移动、中国联通、中国电信三家运营商签署《发起人协议》。中国电信行业的基础设施，从寡头竞争时代走向垄断专营时代，这为中国民用通信行业在服务质量、服务价格和覆盖范围上赶超欧美打下了基础。

走向垄断，才是中国移动运营商在过去五年提速降费的大前提。

这家隐藏在中国三大电信运营商背后的公司，至今也仅被少数普通用户知晓。大部分知道这家公司的人，也只是在“居民要求拆除手机基站”的反智新闻中见过其身影。但事实上，在成立五年之后的今天，铁塔公司市值已经超过2000亿，2020年全年营收超过811亿元，成为中国通信市场上不可忽略的鲶鱼之一。而更重要的是，中国的三大电信运营商，都需要向它租用通信行业最基础的设施——铁塔。

司如其名，铁塔公司的主营业务是铁塔，也就是用于放置通信基站的设备。基站贵，但铁塔也并不便宜，铁塔的选址、拉线、场地租用都需要钱。如果用房地产来类比，铁塔像是盖楼，而实际用来通信的基站反而像是软装。

铁塔公司之所以诞生，是因为竞争实在太费钱了。

2005年，非智能手机开始在中国普及，当时的信息产业部（后已并入工信部）很快注意到了中国联通、中国网通、中国电信、中国卫通、中国铁通和中国移动之间的无序竞争。到2008年，尽管市场上的运营商主体有所减少，但网络基础设施的重复建设问题并未缓解。审计署的一份报告显示，2002年到2006年，中国移动、中国电信、中国联通、中国网通、中国铁通五家仍在存续的运营商累计投入11235亿元用于基础设施建设。

尽管在当时，中国的所有运营商均是国字头，但独立核算的竞争策略让运营商们根本不想理会信产部关于共建共享电信基础设施的倡议。道理很简单，3G时代马上来临，谁能拥有更多的覆盖、提供更好的服务，谁就能在下一个时代取得胜利，成为市场上的“唯一”。

2008年，中国进入3G元年，移动、联通、电信三家先后启动3G网络试商用。为促进竞争，工信部为当时仅存的三家移动运营商颁发了三种不同制式的3G牌照。这种做法，当然是希望让三者能够形成有效竞争。

在市场上最成功的中国移动，拿到了在技术上最为不成熟的国产3G技术牌照TD-SCDMA。在市场上最为孱弱的中国联通，拿到了在国外已经商用七年、终端成本最便宜也最丰富的WCDMA牌照。在市场上位于中游的中国电信，拿到了技术最为成熟但在产业链上被专利费卡脖子的CDMA2000牌照。

但竞争没有带来想象中的繁荣市场，随之而来的就是中国失落的3G时代。一方面，几乎没有普通用户愿意放弃基础通话和短信服务更为优质的中国移动，但另一方面，中国联通和中国电信低价的数据费用和高速的上网体验又诱惑着消费者。

中国三大运营商在二十一世纪初的无序竞争，甚至深刻改变了手机产品。2005年，酷派728上市，这是公开记载的第一款双模双卡双待手机，它同时支持CDMA和GSM两种格式的手机卡，就是为了应对许多人想要“一张联通卡，一张移动卡”的需求。在3G时代，双卡双待飞速发展，以至于最终成为中国手机的标配。

而想象中的提速降费也并未达到预期，2010年11月底，三大运营商的总用户数为8.23亿，但其中3G用户为7865万户，渗透率不到十分之一。据时任工信部新闻发言人朱宏任承认，由于用户终端、网络覆盖、业务模式等问题，3G用户发展比原来预期有一些差距。

对比4G的数据，在首次开始运营后的第二年末，2015年中国已有3.86亿户4G用户。而大多数普通的用户开始停止或减少抱怨移动资费贵、速度慢，也是从4G时代开始的。

其中，2014年成立的铁塔公司功不可没，三大运营商终于在基础设施的运营领域从竞争，走向竞合。

铁塔公司作为垄断型基础设施公司，由于能够排他性地获得中国移动、中国联通和中国电信的订单，所以它自身也有非常不错的收入和极为可观的利润。

这种双层结构，既保障了创新性和健康市场价格（C

端提速降费），又保障了避免陷入行业内卷（B端重复建设）。并且，这种双层结构实现了所有市场参与者（包括消费者）的利益增长，很难不被称为一种“好的垄断”。

这种模式可能也非常值得一些内卷严重的互联网赛道参考，比如至今仍在亏损的长视频领域，优酷、腾讯、爱奇艺之间已经在为减少亏损而进行核心自制剧的分销置换了，即优酷做的自制剧，也在腾讯和爱奇艺播出，以求获得更多的观看人数，获得更好的收入。

但唯一的问题是，促成一个像铁塔这样童话般的好垄断并不容易。目前各国的反垄断法都还在基于过去的实体经济逻辑进行反垄断，具体来说，反垄断总体上更关注禁止合谋，而不关注如何利用和驾驭合谋。因为反垄断法的立法目的与此前大众对垄断的认知一致：单一或联动的市场主体会侵犯消费者利益，同时伤害市场的长远发展。

在传统的垄断治理中，市场中的第一名与第二名合并往往是一种大忌。因为这通常意味着绝对垄断市场的诞生，将整个行业变成一摊腐水。但在互联网领域，对并购的判断似乎不能单从市场份额的角度出发。一方面，从技术角度出发，在一些赛道中单一或寡头控制市场，才有可能创造出更大的价值，比如典型的微软的Windows操作系统至今仍处于绝对垄断地位，但一个百花齐放的操作系统市场似乎只会拖累整个计算机行业的发展，因为所有软件公司的研发适配成本大幅提升，最终这些成本依旧要由消费者来承担。另一方面，互联网业务的兼并和拆分可以同时进行，比如共享单车行业，除了ofo和摩拜合并这一种道路之外，还有一种可能是，两家公司可以将共同的车辆运营的部分（就是电动三轮车搬着单车四处均衡投放的那部分）单独拆出为一家公司，而在消费者市场上，ofo和摩拜仍保持竞争，说不定也能走出一条独活的道路。

百度为什么在这个领域输给大众点评？

垄断的稳定性，会成为平台垄断者自身的限制。

很少人会注意到，在百度地图里搜索某个营业性场所的时候，会弹出一些关于这个商家的信息，其中包括电话、营业时间、评分和一些用户对它的评价。如果你从未注意过这个功能，可能会想当然地以为这些数据来自大众点评，因为在过去十年里，大众点评一直是人们查询餐馆、KTV、旅游景点等娱乐性经营设施评价的最主要平台。

百度地图的这项评价服务业务上线于2015年，最初为了冷启动，百度地图从大众点评抓取了不少过去已经存在的数据，大众点评于2016年针对这一行为对百度发起诉讼。2017年本案二审宣判，判决书要求百度赔偿大众点评323万元，并停止以不正当方式继续获取大众点评上的商家评价。

在此之后，百度地图里的商家评价一直是“自营状态”，只有在百度地图里对餐馆做出了评价，才会出现在百度地图里。一家在大众点评上有10000+评论的网红店，在百度地图上只有三条评价。

而评价质量其实从用户习惯就可以看出来，这项服务的意义也仅仅是在搜索目标商家的时候提供一些辅助信息。当大家提到“查查有什么好吃的”的时候，不是第一时间打开百度地图，而是大众点评；当大家想要给某个餐馆好评或差评的时候，也会首选大众点评、小红书，而不是百度地图。这从纯粹的业务与流量上是说不通的，因为大众点评并没有形成点评这一业务的闭环——你在大众点评上找到的商家，还是要跳转到百度或高德地图进行导航；你在商家消费完毕，也不一定使用大众点评进行付款。

根据易观千帆的数据，2021年2月大众点评的月活用户为6635万，百度地图的月活用户3.91亿，因此，无论从“流量万能论”还是“平台万能论”的角度出发，百度地图是有机会做起自营的点评业务与大众点评进行正面对决的。但为什么同样是点评业务，拥有更高流量的百度地图会输给大众点评？

除了微观层面上的“用户习惯”之外，这也与点评业务的重要性有关。点评业务对于大众点评的重要性毋庸置疑，这是刻在名字里的业务。大众点评在与美团合并前的十三年里，整个公司只有点评一个主要业务，它永远不可能放弃点评。在这种情况下，点评的业务指标就是点评的数量、点评的质量、商家的覆盖量、用户对点评的满意度。你永远不可能想象大众点评会放弃点评业务，但你是可以想象百度地图放弃点评业务的。前者放弃点评业务之后，所有关键数据是100%的下跌，但可能在百度地图的某个战略PPT上写着：点评业务对百度地图整体关键指标的影响度只有1%—3%。

对大众点评来说，点评是不可抛弃的业务，因此它会试着在点评业务上不断创新，盘活与点评相关的数据，让点评这种诞生于互联网早期的模式一直跟上时代，比如通过“霸王餐”活动来迅速累积新店评价，通过对产品大刀阔斧的改革以适应短视频和图片信息流等。但对于百度地图来说，点评是个可选业务，它的逻辑完全基于“凑合能用就行”，服务的是在百度中的搜索结果页面，为用户提供辅助决策。

《创新者的窘境》（*The Innovator's Dilemma: When New Technologies Cause Great Firms to Fail*）作者、哈佛商学院教授克莱顿·克里斯坦森（Clayton M. Christensen），曾在2015年一篇重新审视颠覆式创新的文章中描述了这一现象：在新的赛道中，已成熟企业的表现总是弱于新进入者。

表面上，“BAT抄袭”一家创业公司，似乎能调动比创业公司更多的资源，但在颠覆式创新领域，一家企业能调动自身资源的比例，似乎与可调动资源的绝对值同样重要。也就是，一家All in的小公司将有机会挑战一个拿出10%资源进军新赛道的大公司，即便是后者10%的资源已经超过了小公司的100%。

虽然很多大型企业在寻找第二成长曲线时都会在新闻稿和发布会中提到“All in”，但真正能All in的企业是其中的极少数。从现实来看，百度、阿里、腾讯和新三家字节跳动、美团、滴滴，都被认为是在横向业务上“啥都想做”的贪婪巨兽。但这种横向发展很容易让公司变成哪哪都亏钱，哪哪都失败的冤大头。字节跳动做社交的失败，美团做专车的缓慢，腾讯做短视频的尴尬，阿里巴巴大文娱的散架，均来自这种主营业务上“稳健性”对新业务的掣肘。

克里斯坦森在文章中坦言，他并未给这种新进者与成熟者之间的对垒找到合理的相关性解释，因此仅仅将其作为一种现象描述出来。

笔者觉得，这个现象的产生，可能与科斯天花板以及平台经济的本质缺陷有关。

平台垄断的内生缺陷

当我们谈及互联网反垄断的时候，主要关注的是那些平台型互联网公司，很少关注那些未形成平台的互联网公司。这在很大程度上也是由于过去互联网行业的发展过程中，平台型互联网公司是主流。

平台经济是指通过创造一个平台，来撮合那些原本因为交易成本而无法达成的交易。这个平台不一定是互联网，也可以是线下的交易所。但互联网技术让更多满足这一条件的平台得以出现。进一步，我们可以发现互联网平台经济是反线性的，它通过互联网技术抹平交易参与者之间原有的链条，来让买家重新发现卖家。

但平台经济成立的一个先决条件是，产业链条本身要足够短，或是交易链条可以被互联网技术抹平。但现实世界中的交易行为，并不总是以短链形式存在的。仍以电商为例，农户通过电商平台售卖橘子，可以省去产地收购商、产地批发商、销地一级批发商、销地二级批发商、超市等多个环节，甚至可以实现农户直接向消费者销售的短链结构。但对于民航大飞机的交易来说，就没有什么电商平台可以插手的余地。

如果回到二十年前，一个风投自给你10亿美元，让你创建一个撮合交易的平台公司，但必须在橘子和大飞机这两个领域中选择一个作为主要业务，你会选什么呢？

你肯定会选橘子。因为你知道消费者在你的平台建立之前，只能从农贸市场买到有限品种的橘子，而有了你的平台，消费者可以足不出户买到世界上任何一个产地的任何品种的橘子，这带来了极大的附加值。但如果选了大飞机，你会发现你不仅难以游说整个飞机供应链上的卖家都在你的平台上展开业务，而且即便是你真的把它们都拉上了平台，这个平台也几乎不提供任何附加价值，因为世界上没有那么多大飞机可以选择，当航空公司登录你的网站，会发现它们依然只能购买来自波音或空客的飞机。空客公司登录你的网站想找一个合适的铆钉，发现在你列出的所有铆钉生产商中，依然只有那个已经合作了数十年的供应商能满足要求。

整个大飞机链条上的供应商被平铺在一个平台上之后，不会促成新的交易，也就不会产生新的价值。平台经济的这种局限性，成为互联网垄断的局限性。互联网公司的无限游戏是个伪命题，没有任何一家互联网公司能够真正实现无限制地扩大自身业务，甚至即便是在没有反垄断的情况下也做不到。

平台极限有时在纵向领域出现，比如微信吃掉的就是QQ的平台极限剩余。2010年，《"狗日的"腾讯》所指责的垄断产品QQ拥有超过一亿的日活用户，是当时地球上最为流行的即时通信软件，但其用户增长速度已经进入下滑期。一年后推出的微信，仅用了一年时间，日活用户量就超过了所谓垄断了即时通信市场十年的QQ。

平台极限有时也会在横向领域出现，比如腾讯至今没能在电商和短视频领域取得显著的成绩，这与大众认知的"微信屏蔽竞争对手自己业务起飞"完全相反。在微信屏蔽抖音链接，疯狂为微视导流的情况下，抖音的日活突破了六亿，达到微信在2015年的水平——那个时候其实已经有学者在针对微信提出反垄断建议了。而根据易观的统计，反复被微信导流的腾讯自家短视频App微视，已跌出中国App月活排行榜的前五十，并且数据还在进一步下降。

这可能可以回答克里斯坦森关于小公司与大公司在颠覆式创新领域对垒的描述问题。尤其对于平台型公司来说，一个越大的平台，意味着形成了越大的用户惯性，这种用户惯性绑定了平台的行进方向。正如影像巨头柯达公司也曾长时间垄断胶卷与摄影器材行业，但当真正具有突破性创新的数码技术面向市场，它迅速败给了佳能、尼康和索尼，而后三者短暂的统治地位又败给众多智能手机厂商。

假设短视频这种形态最初就出现在微信里，那么短视频时代可能完全不会降临，因为谁敢在满是长辈同事的微信里给小哥哥小姐姐跳舞点赞呢?

在很大程度上，平台经济的规模会受制于交易成本的限制，这种交易成本并不只是尚未达成的交易之间的成本，也有新交易对已达成交易的影响。当平台经济在纵向或横向上超过一定规模时，企业再进一步扩张带来的不仅仅是公众认知里的垄断负面影响，还会使企业自身已有的业务和业务相关方受损，这才是垄断型平台的内生弱点。

提出交易成本理论的罗纳德·科斯生前对反垄断议题极为反感，他曾经说："我被反垄断法给烦透了。当价格上升的时候，法官就说这是垄断；当价格下降的时候，法官就说这是掠夺性定价或者倾销；当价格不变的时候，法官又说这是一种价格勾结。法官到底想怎么样呢？"这是由于在科斯的年代，商业世界还没有发明出复杂转移的、价格长期为零的商业模式。在价格为正数的实体经济领域，市场自身的调节能力在一定程度上能让垄断产生自反性。但当下互联网行业内的企业都在充当着计划的角色，计划则在试图修复市场规则，科斯定律无法在没有“有形之手”的干预下自然生效。

回归科斯的交易成本理论，什么样的平台是在创造价值，或能够形成有效垄断并进一步引向“好垄断”？理论上是可以计算的。

衡量互联网企业的垄断是否“合理”的机制，不只是反垄断的需求，也应当是致力于建立有效垄断的企业和它们背后的资本的诉求。

也就是，计算垄断的成本收益。

为何要计算垄断成本？

2020年11月19日，美国驻华大使馆微信公众号发了一条“阴阳怪气”的推文。这篇简短的文章里，用中文和英文双语夸了一下北京的空气质量在过去十年中的巨大进步。

之所以说它“阴阳怪气”，是因为这条推文纪念的是2010年11月21日，美国驻华大使馆首次使用“Crazy Bad”（糟糕透顶）来形容北京的PM2.5指数，并开始实时公开美驻华大使馆监测的北京空气质量。之后几年里，北京的空气污染成为社交媒体上的热议话题，同时，质疑过度关注环保的声音也在崛起，很多人看到了环保的反面——对经济发展的冲击和各国博弈之间的不对等。至此，人们发现环保是一个非常复杂的议题，即便是完全摒弃意识形态斗争，它也是难以一概而论的。各种数据表明，中国北方城市居民的鼻炎和肺病的发病率在过去十几年里大幅度上升，空气污染治理问题确实迫在眉睫，但另一方面则是华北经济相对落后地区依靠钢铁、煤炭和部分农业带来的经济效益。

依据同一对矛盾，你可以轻易制造出截然相反且骇人听闻的内容，比如采访一个肺癌患者，然后起标题“污染剥夺了他的呼吸”，也可以采访一个因为无力购买排污设备而破产的家庭，说环保让他家破人亡。但这些内容无论对于环保还是对于经济发展来说都毫无益处，因为无论你站在哪一边说话，都是错误的。

在垄断与反垄断问题上，也存在类似的困境。

一方面，互联网给用户带来的便利要归功于近似垄断的网络效应——Facebook和微信只有使所有人都成为它的用户，才能为每个人带来联络所有人的功能；但另一方面，网络效应又显著带来了一些如传统垄断的负面效应，比如它可能遏制创新，降低消费者的议价能力等。

从长远来看，如果互联网行业的目标仍是让更多的人建立紧密的链接，那么这种集中化趋势，和我们最终一定会实现环保一样，是一种无法避免的结局。但就像环保的实质争议是怎样达成环保，互联网行业的问题可能也是我们究竟需要一个什么样的互联网格局。

这个问题不可能有明确的答案，但有一点是可以确定的，在商业力量主导的互联网行业里，企业仍要首先解决盈利问题，才有可能解决社会问题。而其中最关键的环节，应当是计算垄断的成本。也就是，“我们为免费的产品付出了太多的代价”这句所有营销号都在复读的句子背后，免费的代价究竟应该如何计算。

清理无效垄断可能是艰难的，环保领域目前正在出现的一些新兴模式，在反垄断领域很有参考意义。

本文在举例说明无效垄断时，没有给出像经济学课本里那样的计算公式和精确的图表，因为根据当前商业公司的公开信息来看，精确计算垄断成本是困难的，这需要政府、第三方机构、学术界和企业联盟的共同努力来实现。但在传统的环保领域，已经有类似的组织形态出现，比如荷兰的公益企业“真实价格计划”，它的目标是建立一个在最终售价上列明社会成本的商超联盟。在一个执行真实价格计划的商店里，会看到价签上有一个市场定价，然后还有一个更大的数字，这个数字计算了该产品可能带来的社会成本的总和。

用一个虚构的例子来说：你要买个土豆，土豆本身是一元一斤，你在一般的超市里，花一元就可以拿走这一斤土豆了。根据真实价格计划组织的调查发现，这批土豆在种植过程中使用了虽不违法但污染严重的肥料和农药，这会使得这个土豆的原产地在生产三年土豆后，需要休耕一年并进行土壤生态化修复。由于全球大部分国家的农业仍处在个体经营或家庭经营的状态，农户不一定会意识到他们在三年后会遭遇一次土地肥力下降带来的歉收，而真实价格计划的目的，就是预警这种风险，并通过提前分担成本来帮助农民渡过难关。

在真实价格计划的商店中，购买这一斤土豆，它的价格会比普通商超贵，为一点五元一斤。多收的那笔钱，统筹后将流向指定的环保项目。这些“环保工作”的成本摊销到其产地从现在起到第三年，每天卖出去的土豆上，需要增加0.5元/斤的成本。

真实价格计划的目的，是通过展示环保商品究竟贵在哪儿，来让消费者理解自己为什么要多花钱买环保商品，而不是“哪个商品便宜买哪个”。

当然，环保这个议题在国内近些年并不受欢迎，但如果我们将这套模式移植到互联网公司，那可能很多人都会双手双脚支持。因为从2020年开始，大众开始意识到“免费的互联网产品中，用户才是商品”，这本身就是一种“真实价格”。但既然提到价格，就应该是一个精确的数字，而不是口号式的呼吁。互联网的真实价格计划，应当让用户清晰地看到互联网服务的代价，这种看见应当是真实的、理性的、经济学的，而不是议程设置式的。

在互联网反垄断领域，许多批判正在沦为意识形态批判。比如本文对数字广告的批判，其实是对《监控资本主义》一书（纪录片）的反思。现代互联网行业对隐私的侵犯与用户体验的提升，几乎是难以切割的一体两面，除非我们能达成集体割舍并归还便利的契约，否则将永远不可能回到那个隐私真正是隐私的时代。

但是，互联网行业有责任和义务让用户知晓这一点，而不是使用“免费”的虚假价格来让用户认为，他们真的在无代价地享受服务。

具体到隐私这一领域，曾有人做过价格透明机制的尝试。2016年，一个名为公信宝的区块链项目在杭州上线，这就是一个鼓励用户自己贩卖隐私的交易所。它的立意很直观：反正大家的信息都要被互联网公司免费拿走贩卖，不如允许用户自己主动上传隐私数据，有需要的公司可以直接购买，这样用户反而可以从明码标价的隐私交易中得利。

在实际执行层面，公信宝看起来非常“不讲道德”，它要求用户下载App，打开全部权限，上传自己的信用卡、支付宝账单和电商购物记录，甚至是社保信息来“挖矿”。在资产端，公信宝将收集到的用户数据匿名化处理，然后明码标价卖给那些有需求的互联网公司。当你的数据在公信宝上成交之后，你就能收到一定的代币，这些代币可以换成法定货币。

当然，这个模式在现行的法律框架内是非常有问题的，所以公信宝的企业实体曾一度被查封，创始人也差点被追究刑事责任。但讽刺的是，隐私数据的公开交易被禁止，而免费获取并使用用户隐私却仍能够做到合规，这显然是不合理的。

公信宝过于“耿直”且不够透明的操作方法，让其注定短期内无法被大众所接受，但其为隐私计价、将交易与成本显性化的思路，却值得未来监管机构或互联网公司自己为自己的垄断行为计算成本提供许多思路：

——当互联网公司明示收集用户隐私的时候，会在注册页面流失多少潜在用户，这些用户的获取成本是多少？

——当App的新版本索要一个新的权限的时候，有多少老用户会流失，重新激活这些老用户需要多少折扣和广告？

——当一个App内屏蔽另一个App的二维码或给内容创作者降权的时候，会有多少内容生产者主动放弃在你的平台分发，而平台又需要投入多少激励计划才能买回这些内容？

除了上面这些大而化之的问题，为互联网产品与服务的价格进行计价，还有助于改善互联网商业模式在消费者端的认知。

与环保领域的碳账相似，互联网行业需要算一笔垄断账，或者考虑到互联网行业的垄断会同时带来一定好处，我们也许可以给它换个名字叫“互联网集中账”，用明确的数字来计算互联网行业的经营集中与资本集中所带来的正、负面效应。

在大数据行业刚刚崛起的时代，无论是行业从业者还是媒体都将用户数据比作石油。虽然由于用户隐私意识的觉醒，现在互联网行业内已经很少有人再使用这个比喻，但互联网行业确实像能源行业一样在产生“排放”。有了“互联网集中账”，也能更好地判明哪些垄断者只是需要“被驯服”，哪些垄断者则需要“被拆分”。

为互联网企业乃至整个行业带来的负面效应“记账”，并不是为了遏止行业发展和对私营企业进行审查，而是为帮助行业的健康发展。比如阿里巴巴通过屏蔽百度收录，建立了一套面向商家的广告业务模式，但这一商业模式在早期电商行业并不常见，阿里巴巴在这一模式上具有创新性，并且承担了极大的风险。

2003年5月，淘宝上线，宣布正式挑战尚未退出中国市场的eBay。当时eBay的重要营收方式是在每一笔成交中抽取5%–10%的平台佣金。而为了击败eBay，吸引更多的卖家和买家，淘宝从上线之初就宣布了免收佣金的优惠政策。根据早期的报道，阿里巴巴在2008年建立起有效的广告商业模式之前，累计投入了14.5亿元用于在不抽成的情况下维持淘宝网运营。免佣金政策一直持续到2012年天猫商城上线，但天猫的交易佣金仍处于较低水平。

这种延续至今的免佣金或低佣金策略，才是电商行业需要采用广告和供应链金融盈利的重要原因。而这一曲折的盈利方式，现在已经成为国内外电商公司的主流方式。

免佣金虽然从短期来看减少了交易成本，让消费者买到了更便宜的商品，但从长远来看，平台的广告和金融业务在商户端增加的成本，最终仍要转移给消费者。

低佣金与免佣金策略，也使得“二选一”这种竞争策略有了一定的短期“合理性”，因为免佣金的电商平台就像一个不要房租的商业广场，它需要将室内装修成一个复杂迷宫来切断自然客流，然后再依靠出售楼宇中的广告指引来实现自我维持。对于“双11”“618”“双12”等购物节来说，电商平台之所以会要求商家仅可参加自己的活动，是因为在这些购物节里，平台拿出了巨大原本需要付费的广告流量来交换商家的“全网最低价”。这在特定的场景下是合理的，但从长远来看是不合理的。然而由于电商行业存在竞争，且消费者大部分更短视，因此一个敢于挑战免/低佣金模式的电商平台可能很快就会被市场淘汰。

如果存在一套类似真实价格计划的价格解释系统，就能让消费者更清晰地意识到，一个直接的商业模式可能比曲折的商业模式对自己更有利，从而让电商行业告别这种内卷带来的复杂盈利。同样的，这对许多其他互联网赛道也适用。

这笔账计算清楚之后，一些互联网巨头会主动放弃垄断。因为那时，“这个赛道，值得垄断吗？”将有一个明确的答案浮出水面。

学会在不垄断中赚钱

尽管平台经济有局限性，但绕不过去的一个事实是，互联网在过去二十年的发展里，一直在走平台化的路线。不止腾讯和阿里巴巴期望将旗下的App变成无所不包的超级平台，新兴的美团、字节跳动，美国的Facebook和Google也在朝着平台化和包罗万象的方向发展。大众对超级App的批判，往往集中于道德上，这里蕴含的隐藏假设似乎是“超级App，确实赚钱”和“不这么做就赚不到钱”。

确实有些互联网巨头的盈利能力与其市场份额并不匹配，但这种不盈利可能正是由于其错误地维持了高市场份额导致的行业内卷。

另一方面，我们也还是可以看到许多新兴的与互联网相关的企业，在过去几年里实现了非常快速的增长。

2015年笔者曾经写过一篇关于硅谷知名孵化器Y Combinator的文章，由头是在当年的投资路演中，这个以孵化了Airbnb、Dropbox、Reddit等to C互联网公司而封神的孵化器，重心转向了B2B、生物化工和SaaS三个相对早期的赛道。但直到今天，我们依然看到一些国内的VC机构不把互联网以外的公司当作好项目，也不把垄断以外的生意当作好生意。

诚然，对于仍在致力于寻找“下一个腾讯”或是“下一个阿里巴巴”的投资人来说，元气森林这样靠互联网思维起家的饮料公司似乎不值一提，因为它永远不可能成为阿里巴巴、腾讯或字节跳动，即便是有朝一日成了新时代的可口可乐，人们对它的定位也不过是“一家家喻户晓的饮料公司”，而不像阿里巴巴或腾讯一样，嵌入我们生活与工作的每个场景。

但现实是，可口可乐和茅台所创造的经济价值，并不比Facebook和腾讯低。从市值和收入来看，只要塑造三个可口可乐，就能比肩一家阿里巴巴。从投资的角度来讲，这不过是押一个百倍收益还是押三个三十倍收益的问题。

算法介入人们的生活之后，我们有了千人千面的信息流，反而开始抱怨刷到的广告不是减肥、祛痘就是植发，这是因为原子世界的工业大生产，还没有跟上比特世界千人千面的步伐。而在这个更广阔的生产与消费领域，垄断似乎并不是唯一的逻辑，甚至不是最好的逻辑。

接下来本文会介绍一些非平台型的互联网公司是如何在被巨头占满的世界中崛起的。这段内容看起来有点像广告，但笔者没有收取这些公司的赞助，并未在写稿时知会这些公司，将其置于平台互联网公司的对立面，也不一定符合这些公司自身的品牌定位。

互联网如何纵向发展？

互联网快时尚品牌SheIn，是中国女装电商的反面。

2020年初暴发的新冠疫情冲击了全球的服装产业，尤其对于ZARA和H&M这两家分别来自西班牙和瑞典、基本盘在欧美市场的快时尚品牌，受到的影响是最大的。原因也很直观，一方面因为所有人都不能出门了，也就不需要买那么多新衣服；另一方面，因为所有人都不能出门了，也就没法去逛商场买衣服。

但在疫情期间，一个来自中国的女装（后已发展为全品类）品牌SheIn在海外迅速引发关注。根据《电商报》估计，这个品牌在2020年全年销售额接近100亿美元，吃掉了ZARA和H&M在这一年丢掉的欧美市场。值得注意的是，SheIn并不是在2020年突然走红的，这是它营业额实现100%增长的第八个年头。

在一些关于SheIn的英文报道中，将SheIn的成功归功于“又一家来自中国的廉价倾销品牌”。但这种判断是完全错误的，中国在上世纪九十年代获得“世界工厂”称号之后，世界上的绝大多数衣服早就已经是Made In China了，互联网普及之后，每年有数以十亿计的“中国廉价服装”被外贸商人通过亚马逊和阿里巴巴旗下的速卖通卖到欧美市场。从平台经济学的角度讲，“欧美网售低价服装”应该是一个已经成熟的寡头垄断市场，这里面除了阿里和亚马逊，甚至容不下第三个品牌。

但SheIn不是平台。

SheIn的定位并不是一家连通中国服装卖家和欧美消费者的交易平台，而是一家在互联网时代适应了全球贸易的中国服装品牌。它的对手不是亚马逊、速卖通或兰亭集势，而是直接生产服装的ZARA、H&M、美特斯邦威和优衣库。

“互联网思维”是一个在过去几年里被用滥了的词语，现在已经没有什么人提了，但你只要仔细看看SheIn是怎么做服装的，就只能惊呼这五个字。

快时尚这个行业的谜底写在谜面里，就是快。

无论是ZARA还是H&M，它们的成功都来自快速解构（你也可以说是借鉴或抄袭）高端服装品牌和行业前沿的最新成果。但在与SheIn的竞争上，ZARA和H&M恰恰输在了速度，以下是一些基础资料：

SheIn在2019年平均每月上线10000个新产品，全年上架了超过15万款商品。SheIn每两个月上架的新商品数量与ZARA全年的数字相等。并且，这个速度在疫情期间还变得更快。根据中国时尚媒体Luxe的统计，SheIn在2021年1月13日到1月19日一周之内，上线了15280款新产品（包括售罄产品的重新上线）。

SheIn要求它的供应商从接到订单到衣服出现在SheIn的中国仓库之间的时间是15天。2020年，这个时间进一步缩小到11天。注意这是最慢的情况，大多数情况下只要7–8天。

SheIn的中国供应商最小生产批次是100件，而ZARA在西班牙的最小生产批次是1000件。

通过以上这些描述，你能够推导出什么？

对于互联网行业以外的人可能比较难，但对于比较敏感的产品经理来说应该可以意识到，这些数据构成了AB Test的前提。

AB Test是一种非常成熟的方法论，简单来说，就是在设计产品的时候因为实在无法确定是A好还是B好，就索性在初次投放市场时各供应一些，哪个反响（反馈）更好，接下来就大规模切入该产品。

受限于实体生产的难度，AB Test此前几乎仅在广告界和互联网领域应用。比如同样一瓶可乐，究竟是请流量小生还是虚拟偶像做广告好，可以先在两个孤立市场里各自测试一下，最后看哪边销量提升明显，就把哪边的策略推向整个市场。在互联网领域，你有时会发现自己的微博界面长得和朋友的界面不一样，这就是在AB Test（或灰度测试），如果其中一个界面导致用户更活跃了，那接下来微博就会全量更新成某个界面。

SheIn将这种模式延展到了实体生产领域，它通过压缩每批次的订单量，缩短每单的交付时间，来实现每日的大规模上新。在每周上新的10000件商品里，可能大部分卖得都不好，但那些卖得好的会迅速扩大生产，成为下一阶段的主打款式。

同时，SheIn还会用搜索引擎来预测市场的变化，比如要发现“蕾丝”和“纯棉”关键词在某个市场迅速上升，那么它可以迅速根据这两个关键词组成成百上千种设计，然后再通过AB Test找到消费者真正想要的东西。

也就是说，当ZARA和H&M等快时尚公司还跟在巴黎的服装大亨后面解构的时候，SheIn已经通过互联网行业二十年前就已经用滥的SEO技术和基础产品逻辑预测市场。

那么，为什么SheIn能这么做，而比SheIn成立更早的兰亭集势和阿里速卖通都没实现这一点呢？

把时间往回调一下，看下SheIn的创业历史。

SheIn的创始人许仰天毕业于青岛科技大学，2007年毕业后加入南京一家网络营销公司负责SEO相关业务。

SEO（搜索引擎优化）是一门“古老”的技术，在那个搜索引擎还是互联网流量主要入口的时代，这项技术关乎着如何免费（或低成本不卖广告）提升你的网站在搜索结果中的排名。工作一年之后，许仰天创立了现在SheIn的前身，并且开始尝试自己展开外贸业务。最初的模式很简单，就是在线下的服装批发市场里找到一些感觉有潜力在欧美市场畅销的衣服，拍照、录入信息、发布到自己的网站上。由于SEO优势，SheIn早期（那时还不叫SheIn）的发展很好，到2014年开始遇到发货瓶颈，网站上卖超之后，找回到商家那里，发现根本没那么多货。

这时摆在SheIn面前的其实有两条选择，其中较为自然的一条是转型为B2C平台，也就是变成一个面向欧美消费者的“淘宝”，让中国的商家可以自由开店，上传自己想卖的服装，SheIn专注发挥自身的互联网技术优势，帮助商家更好地出海。说这条路比较自然，是因为无论从SheIn当时的优势分析，还是许仰天个人的教育背景来看，又或者从当时国内普遍对平台经济的吹捧来看，成为平台，会是一个非常好的商业选择。

但是，许仰天没有，而是选择了南下在广州开始建立服装研发中心。根据晚点的报道，在2014年到2016年两年期间，他组建了一个超过800人的服装研发团队。这个研发团队才是后续SheIn建立起高效供应链和“互联网思维”生产的关键要素。

让互联网技术纵向延伸而获利的另一个知名案例，是饮料界的元气森林。

对于那些来自传统行业、拥有更成熟生产线和饮料灌装技术的饮料公司来说，它们只能跟在元气森林的后面亦步亦趋地抄袭。因为元气森林的护城河并不是一两个爆款饮料，而是在互联网赛道里用到滥的持续爆款打造机制来生产下一款饮料。

当元气森林的白桃味无糖气泡水引爆市场时，其他的汽水公司可以用最快的速度复制这款饮料，但无法复制的，是元气森林验证白桃味无糖气泡水能被引爆的那个过程。这导致它们可能永远无法提前预知下一个引爆市场的是什么形式的饮料。

反观过去的平台型互联网公司，在女装和饮料领域产生的变革却并没有那么大。即便出海是阿里巴巴2020年的重要业务，即便是速卖通已经上线超过十年，你也绝对无法想象阿里巴巴能做出和SheIn同样的事情。平台型互联网公司对链式交易的赋能作用有限，因为这是它们不擅长也不愿意做的事情。如果你曾经在国内任何一个电商平台工作过，就会知道它们对上游的数据赋能大概处于这样一种模式：

一、为每个细分赛道（比如女装）分配一个极小的工作小组。

二、这个小组的主要工作是把平台上每个季度的销售数据拉出来（只有已成交的过时数据），然后用统计方法做单薄的预测。

三、将这些数据和预测可视化成PPT或课程体系，在平台的商家服务渠道上拉个直播课或线下宣讲会。

四、告诉平台的商家说：你看我们这儿有数据，你们应该听我的，生产这些、这些、这些（都是过时的），我们下一阶段也会扶持这些商品。

五、预测在下一季度并未验证，但团队已经进入了一个新的循环，开始新一轮对商家的影响。

SheIn的商品完全是自营的，它的商品可以快速响应数据的变化，数据可以作用于整个服装产业链条中的任意一环。比如一件带蝴蝶结的衣服，SheIn甚至可以单独对蝴蝶结的样式做出多种调整。这让它可以像字节跳动早期打造抖音产品那样，精确而敏捷地调整自己售卖的服装。但在平台型电商平台里，数据最后以简报的形式输出给外部，平台需要费劲去宣讲“为什么这是对的”，平台只能指望它上面的成千上万个商家里有一两个“听话的”，按照自己的思路生产。而且长期来看，相信平台型电商给出的建议的上游商户只会越来越少，因为平台并不承担预测失败的成本，只要预测失败一次，就会让一些曾经“听话”的供应商变得对平台给出的建议并不信任。

看上去，平台电商削减了交易环节，更符合互联网“拍平一切”的浅表逻辑，但实际上，这导致了互联网真正的力量无法作用于整个链条，只能在输出终端带来虚假的繁荣。

那么，未来平台型电商公司有可能像SheIn那样深耕某个细分赛道吗？

这个问题换一个问法是：淘宝有可能推出自营的女装品牌么？有可能押注自己的汽水品牌么？

大家都会有个明确的答案。

小而美的复兴

SheIn并非唯一通过纵向深耕取得成功的互联网企业。还有一些企业，甚至在完全不与用户接触的情况下实现了高速增长，比如声网和涂鸦智能。

2020年下半年，由于长期处于疫情封锁状态，Clubhouse声音社交成为美国青少年最喜欢的App之一。它帮助用户与自己的好友发现和建立实时语音聊天室，来模拟欧美青少年最喜欢的沙发派对（一群人窝在沙发里打游戏或看剧）。当Clubhouse在国内引发热议的时候，很多人认为“这就是海外版的YY”，不说这个判断是否正确，但Clubhouse的核心技术确实“依赖”YY。Clubhouse使用来自声网的语音云技术，实现了前所未有的超大语音群聊体验。而声网则是由YY原创始团队在2013年成立的声音云服务公司。

2013年，阿里云进入高速发展阶段，腾讯云也开始奋起直追，通用型云平台进入跑马圈地时代，但声网却在这个时间节点上选择做了一个仅与声音有关的云服务，并最终在国内和国外分别打败阿里云和亚马逊，成为声音云服务领域的首选。

按之前大飞机市场来比喻，声网就是那个主动放弃了在大飞机售卖市场内卷、专注打造螺丝钉工艺的“小厂商”。

另一个相似的案例是2021年3月刚刚赴美上市的涂鸦智能。该公司在消费者领域几乎没有任何知名度，因为它不直接生产面向消费者的智能产品。它是一个面向行业的IoT方案商，TCL、西门子、方太、康佳、美的、飞利浦等知名家电厂商都是其客户。涂鸦智能为这些企业的智能家居提供通用的物联网（IoT）和人工智能（AIoT）解决方案。

据《经济观察报》报道，2019年和2020年，涂鸦智能的营业收入分别为1.06亿美元和1.8亿美元，尽管数量总额不大，但增长却十分迅速。与声网一样，涂鸦智能吃掉的是从通用型云平台上“分裂”出来的机会。大型的通用云平台在IoT和AIoT上的服务，总是试图与自身的C端生态进行绑架，但这种捆绑的协同效应往往不大，只是试图建立或维护无效垄断（比如打开某某家的App，才能使用热水器）。久而久之，传统家电公司会更青睐于不与某个具体C端互联网公司绑定的物联网解决方案。

与共享单车只有并入平台经济才能存活相反，IoT的云服务在从大型云平台中拆分后，反而能更好地赋能产业链。

非平台型的赋能不止出现在B端，甚至可以直接出现在C端。

2021年3月31日，美国邮件列表服务公司Substack宣布以6.5亿美元估值获得6500万美元B轮融资。这家新兴的公司，以一种近似文艺复兴的方式在其成立之后的三年间迅速成长，并在美国打败了许多竞争对手。

Substack是一家邮件订阅列表公司，它帮助内容创作者建立体验优质的邮件群发列表。读者可以通过一个简单的页面，试读、订阅不同作者撰写的文章，与作者进行互动。

邮件列表在国内并不常见，它的模式就是创建一个入口，让订阅者提供自己的电子邮件地址。列表的维护者定期向列表中的所有地址投递内容。它的模式其实和国内用户熟悉的广告群邮差不多，唯一的区别是它分发的是正经内容。在民用互联网发展的早期，也就是博客和论坛尚未发明普及的八十年代末与九十年代初，邮件列表是互联网上内容的主要分发途径。邮件列表的特点是半公开性，尽管一个受欢迎的邮件列表可能拥有几十万的订户，但对于非订户来说，邮件列表中所传递的内容是几乎不存在的。这允许邮件列表的创作者比博客的创作者更好地控制自己信息的传播范围。

Substack一直被认为是同样于2017年创办的Medium的竞争对手，后者是一个典型的媒体平台，甚至可以被称为“英文版的今日头条”，由Twitter的联合创始人创办。Medium的价值是提供了一个低门槛高体验的书写工具，帮助创作者创建一个独立性没有那么高的博客，并与其他博客聚合起来共享平台上的活跃用户。在欧美这一模式并不多见，但在中文领域，这就是我们熟悉的“自媒体平台”。

Medium在发展早期迅速获得作者们的青睐，但在最近两年陷入了明显的危机，而这些危机与国内自媒体平台所遇到的困境是相似的——创作者盈利困难、标题党内容激增、平台方流量分配机制不透明等等。从Medium出逃的头部作者，纷纷转向了Substack以求建立“私域流量”。因为比起通过平台获得流量的Medium模式来说，Substack不会分配流量。它仅仅是帮助作者低门槛地创建自己的邮件列表，作者需要自己去找到受众，也需要不断产出符合读者口味的内容以维持流量，而不是去揣测创造什么样的内容能获得平台的推荐。在Substack中，订户是内容创造者的资产而不是平台的资产，即便是Substack将作者的账号封禁，作者仍可选择其他替代服务或直接使用电子邮件方便地召回粉丝。

Substack对Medium的胜利，从产品形态上看似乎是一种倒退，它让一些优质的内容从更广的公开互联网躲进了电子邮箱里，这些信息变得不再可以被公开搜索。但它解决了创作者自身的盈利问题，解决了大众传播更易引发的无价值争端，为内容创作提供了更好的包容性。生产高价值内容的创作者不必担心在Substack中遇到“杠精”，希望阅读高价值内容的读者也不会担心被Substack的算法强推无价值的内容。

这看似会加剧互联网造成的分歧，但其实正相反。

互联网的媒体属性会苛求创作者在公开环境中创作“一切正确、有依据”的内容，但内容本身的争议性、针对争议内容的良性讨论，本身就是创作中重要的一环。邮件作为一种更偏向通信而不是媒体属性产品，更有利于促进这种讨论，而不是陷入相互的指责与攻击。

尽管类似今日头条或Medium以算法驱动的Feed产品仍可能是未来很长一段时间里人类通过互联网获得信息的最重要渠道，但Substack的融资和成长让我们意识到，这个世界并不是只需要一种形态的互联网产品。

这一轮小而美的复兴，将不是文艺复兴，而是一种商业复兴。那些曾经被“大而全”和“免费”击败的产品正在重新获得商业成长。

创造新市场的方法不止建立大平台一种

2020年5月，二手书交易平台多抓鱼经过三年努力，年销售额突破了一亿元，成为近年来二手电商领域最受关注的独角兽。

很多投资人至今没能明白，为什么多抓鱼能够成功，也不太愿意相信多抓鱼未来的潜力。因为不管怎么看，多抓鱼的业务都能用一句话概括：卖二手书的。而被视作多抓鱼“竞争对手”的，是大规模倒闭的线下旧书店、成立于2002年的孔夫子旧书网，和背靠巨头的闲鱼。因此，在多抓鱼获得融资的时间点上，二手书看上去实在不是一个理应受到资本青睐的生意。

但多抓鱼与这些竞品不同，它创造的是一个不存在的市场，或者说是真正打开了二手书的网络市场，而不是简单地去抢占孔夫子旧书网的市场形成内卷。

多抓鱼与传统的二手书交易平台最大的区别是，它采用C2B2C模式，而非C2C模式。

C2B2C在二手交易领域并不是新鲜事，这两年京东、天猫、苏宁等平台上手机和数码产品的“以旧换新”就是这种模式。平台从用户手中回收仍可使用的二手手机，进行翻新处理后，再在二手平台上以低价出售。用户解决了越积越多的电子垃圾，另一部分消费者买到了便宜可靠的“官翻二手”，平台则从这中间获得了利润。但与传统的平台相比，C2B2C平台显著增加了平台方的参与程度，它不再是典型的“建个平台，链接买方和卖方”那么简单。它要求平台建立自己的回收体系、维修翻新工厂、库房等等，其业务复杂程度比传统电商要高出很多，可以说半只脚踏入了制造业。

在多抓鱼之前，二手书交易之所以频度低、平台不赚钱、资本也不看好，原因是其中存在大量的不确定性。比如虽然从理论上来说，我应该能在闲鱼上买到出版于2004年的《美国垄断史》，但由于这本书的出版时间已经很长了，而且不是热门书籍，我根本不知道闲鱼上什么时候会出现这本书的二手卖家，所以从实操上来讲，如果不是实时关注闲鱼上这本书的搜索结果，我就不可能在上面买到这本书。同样的问题也困扰着卖家，一个想要出售《美国垄断史》的卖家，可能将商品录入半年后，都不会有一个买家光顾。

而在多抓鱼，卖家先将书籍出售给多抓鱼，卖家无需等待买家出现就完成了交易。多抓鱼收购这些旧书之后统一进行消毒、翻新、修复，再依据成色按批次挂出来卖，买家也可以通过订阅提醒的方式更方便地买到旧书。

这与平台互联网公司在过去二十年所倡导的“削减中

间环节，提升交易效率”完全相反，它是依靠增加中间环节提升了交易效率。

与SheIn一样，多抓鱼抓住的是“互裂网”的商业机会，因为如果概而论之，从行业赛道来说，二手书的交易只是二手交易的一个子集。当二手交易赛道已被闲鱼和转转等鲶鱼挤满的时候，从业者和投资人都会本能地认为“这里没有空间了”。但是，对于通用型的二手交易平台来说，也很难介入到二手书的翻新领域，因为垄断平台的局限性，会使企业低估其垄断市场拆分后所产生的价值。

客观的事实是，1+1+1的多个垂直领域细分市场，可能会创造出比统一市场更大的市场。如果每个领域都单独崛起一个垂直类目的电商，并且采用SheIn、元气森林和多抓鱼的方式对上游进行改造，就可以轻易地创造出大于淘宝、京东、拼多多总GMV的市场。

也就是互裂网下的新商业机会。

尾声：互裂网与文明的红移

《互联网是人类历史的一段弯路吗？》写完之后，笔者一直在继续思考下一个问题：互联网带来了新的问题，什么样的技术进步能够解决这些问题？

新的问题并不可怕，因为技术的普及与应用，正是依靠对社会问题的解决与修复而实现的。如果互联网作为当代的巴别塔，无法避免地结束了自己的黄金时期，我们就必然要迎来一个更为割裂的、分层的、折叠的互联网生态，那么对于互联网行业本身来说，有哪些“机”是伴随着“危”一起产生的?

在过去十年里，互联网正在愈发变为互裂网——这个由美国著名新自由主义智库加图研究所在2001年提出来的概念，在2020年基本实现了自证。

一方面，互联网的用户数空前增长，互联网行业几乎连接了一切；但另一方面，互联网的过度连接也在制造新的格差、新的分歧与新的误解。笔者在“弯路”一文中仅仅梳理了这些现象与互联网行业自身发展规律之间的联系，但并未给出解决的方法甚至是潜在的方向，也因此，文章发布之后收到了不少这方面的批评声音。

笔者一直在试图思考互联网下一步可能的答案，本文实际上是在思考该问题时的一个副产品，因此写了一些看上去像广告的内容。

这些公司的商业模式不一定成熟或得到完整的验证，但它们确实与过去十年互联网行业奉行的集中式的平台经济有着显著区别。它们尝试摆脱内卷式的发展，也没有抱怨互联网赛道被巨头占满，而更关键的是，它们的商业模式并没有像过去十年的其他互联网业务一样，显著增加互联网行业的集中度。

直到此时，笔者才意识到互联网在社会层面过度连接所带来的负面效应，可能与互联网在商业层面上垄断带来的负面效应是满足共轭效应的。

笔者反对将社会价值与商业价值的平衡看作是一个天平上的两端，因为天平是静态的，对一端的加注必然会使另一端带来失衡。在很多时候，社会问题与商业问题本身就是一个连通器，在商业社会下，某个主体或某个群体社会价值的缺失，不一定是由于它们过度重视商业价值，也可能是由于所产生的商业价值不足导致的。在连通器的其中任何一端加水，短期内两端都会产生波动，但从长远来讲，商业价值与社会价值会趋于平衡，并且两者依赖共同的力量向上发展。

基于这一逻辑，你会发现无论是想从商业层面解决互联网巨头的垄断也好，还是想从社会层面解决互联网带来的负面效应也好，更为长远的做法应该是：找到现阶段互联网形态的对手盘，并帮助它们在商业社会中实现自我成长。

考虑到互联网行业的所谓垄断其实是以经营者过度集中为主的托拉斯，那么其实另外两种层次更低的垄断形态——卡特尔和辛迪加——甚至会成为当下互联网中的反垄断力量，阻止当前的互联网托拉斯迈向互联网康采恩。

只有用发展的眼光对待发展带来的问题，才能避免总是夸大过去的美好。

但无论是在公众媒体还是学术批判领域，很少有人将商业价值与社会价值放在一个统一的话语体系中进行讨论。企业会单方面夸大自身业绩对社会经济的贡献，批判者则会放大经济发展或个别行业、企业发展带来的负面效应，以期行业或经济可以“逆转”。相比之下，本文之所以将垄断与环保进行类比，是因为笔者发现在现代企业的诸多社会价值议题中，几乎只有环保领域开始尝试将企业的经济价值与社会价值放在一个公式里进行计算。尽管碳账本身还有很多漏洞，其最初可能是一种基于政治博弈而提出的元叙事，但一个可信的、美好的元叙事，在某种程度上会成为自实现预言，尽管其背后的实现方式可能是虚假的，最初的目的也与其表面所述的大相径庭。

同一个故事在漫长的讲述过程中，其最初的实现形式和目的可能都会被替代。

如果将互联网带来的社会问题与垄断带来的商业问题联立观察，就会得出一个不一定正确但很有趣的结论：“互裂网”可能本身就是答案。

对互裂网的批判，正好对应的是反垄断的诉求，尽管在很多情况下这两种声音来自同一群人。

批判互裂网的人希望能够建立更和睦更统一的互联网叙事，但这种叙事可能要基于更分裂的商业与用户群体来实现。比如，社交媒体崛起与论坛社区没落，几乎是在同一个时间段中发生的。在那个特定的历史时期，不止在国内有政策驱动的影响，在没有政策驱动的国外论坛社区也发生了明显的萎缩。论坛社区之所以走向没落，重要原因之一是社区论坛的商业价值在过去十年被显著低估。从最简单的逻辑来说，比起让数亿用户都能浏览与发言的社交网络，单一社区能创造的广告价值显然不值一提。在没有资本与商业助推的情况下，大部分社区是在自我发展中走向了终局。

人们对社交媒体带来的问题的反思，和对社交媒体公司反垄断的呼声，除了指向“拆分巨头”这个方向之外，还可以指向另一个方向：复兴圈层和论坛式社交。

在广场式、集中式社交媒体被越来越严格的政治正确绑架时，人们对包容性和差异性的呼声，其实与对社交巨头反垄断的呼声对应，给了独立的、有隔离的、速度更慢的论坛社区以更多的机会。

当越来越多的用户开始厌倦大一统社交的平台模式后，对圈层式社交的刚性需求会越来越强烈。终有一种模式能让这种需求转化为商业价值，并成为圈层式社交重新回到大众视野的增长引擎。

虽然笔者在“弯路”和本文中都提到，只要人们的诉求仍是在单一的入口联系自己所有的朋友，就没有任何理由拆分Facebook和Twitter，但我们的社交需求似乎并不只有一种。

在智能手机将互联网真正送进每个人掌心的过去十年里，我们一直在经历人类文明的蓝移。

人类这一种族在不同地区、不同历史进程、社会条件下所积累的知识与信息，在互联网的帮助下逐渐坍缩成单一的、唾手可得的入口。

集中化一直在这一发展历程中占据着主导位置，因为人类文明在互联网诞生以前，就是以字面意义的分散形式散落在地表的。互联网本身就是将人类文明聚合起来这一宏愿的具象化。但当集中化的弊端显露出来，互联网行业的发展可能会像触及顶点的钟摆一样反向移动。互联网所造成的分歧，可能会越过它诞生时人类社会的状态，并在制造分散的路径上再一次到达顶点。

这并不意味着灾难，互裂网是文明红移的开始，它将造就另一种新的发展范式。

（白徵明对本文亦有贡献）

守尸十五年

冯 翔

没有人说得清谁该负责，每个人都认为自己是利益受损者。

老葛是个典型的东北人，就是那种做任何事都习惯找人的人。

比如，他全权收购一条商业街的啤酒瓶子，一箱十二个，一块五买，一块八卖，不找人没法获得这个特权。老葛并不避讳这一点，有时还很自豪。虽然辛苦，但毕竟是个营生。收购酒瓶子还有附加产品：有些KTV快打烊了，酒蒙子喝得迷迷瞪瞪的，问“我那酒还有没”，服务员往往说“没有了”，把剩下的酒藏在犄角旮旯，让他们早点走。

半夜，这些酒就夹在空瓶子里一起给了老葛，有时一天能有十多瓶。基本都是沈阳本地的老雪花，或者绿牌。他爱喝，有时一天喝三遍。然后有一天，他一边往下搬啤酒箱子，一边就脑血栓半身不遂了。

医生说，跟喝酒有关系。

这回他后悔了。不是后悔喝酒，是后悔自己怎么过上这么一种日子。要是不收下那几个死人，他不至于搭上十五年，更不至于落到今天这副下场。

太平间里住了十五年，守着几个尸体，这么怪诞的事情毕竟不怎么光彩。这件事结束的两年里，女儿甚至不愿意让他多谈过去的事，怕他谈着谈着情绪激动脑血栓再犯。她妈和老葛离婚，多少也跟这件事有关系。

承包太平间

老葛大名叫葛强。关于他，公安部门有一份调查报告，这样介绍："葛强，男，1961年11月9日生人。籍贯：沈阳。户籍地：沈阳市大东区如意一路31－8号。沈阳市绒线厂工人（1992年下岗），无住房，无固定收入，与现任妻子赫某居住在胸科医院太平间内……"

胸科医院，老沈阳人一般叫"十院"，位于大东区北海街11号，沈阳的一环路上。但很少人知道，这么热闹的地方，有一个人，用一个冻冰激凌的机器冻了五具尸体，一看就是十五年。

承包太平间，俗称"吃死人饭"。这是个好生意，一般人捞不着，尽管从合同上看，正好相反。你会纳闷：承包的人是不是傻？

十八年前，胸科医院跟老葛签的太平间承包合同是这样的：乙方（老葛）向甲方（医院）一次性缴纳一年的租赁费，院内存尸费用全部上缴甲方。制冷设备的保养和维修，由老葛全权负责。出现停电、停机事故，他必须采取措施保证尸体不腐烂，否则唯他是问。他要保证太平间二十四小时有人看守，发生尸体错领、冒领事故，失火、失盗、因存放尸体发生纠纷，全是他的责任。并且，“不得违反国家物价政策乱收费，不得向死者家属索要钱物，不得违反国家法律、法规及政策，搞封建迷信活动”。

合同的有效期是一万八千零二年——“1999年-20001年”——当年代表胸科医院的老保卫科长手一滑，多写了一个零，老葛不在乎，赶紧签上了名字。“就这样的承包合同，当年还属于优惠呢。我认识人。”老葛坚决不肯透露自己那几年的收入总额，他每次对我解释怎么挣钱这个问题的说法也都不一样。我算了一下，他至少有四种赚钱方法：

一、死在医院外面的人拉到这里存放，要向他交钱，一天十五块。当年这附近有很多平房区，有“货源”。这一带负责拉尸体的急救车司机，不少他都认识，有“交情”。可以拉到他这里。

二、可以捎带卖卖纸人纸马、香烛供品。“不让搞封建迷信？那我们吃死人饭的靠啥挣钱。中国几千年都这样，也没见哪朝哪代管得了。”

三、可以收收死者家属给的小费。整理遗容、穿衣服、开冰柜看看，一般家属都会给点钱。死人不差钱，这是殡葬行业的潜规则。

四、沈阳的冬天冷，可以不开冰柜，省电。

最后这一点，他倒是实实在在地做到了。刚承包太平间那会儿，老葛也嘚嗦死人。给死人穿衣服、整理仪容、抬进抬出，这活儿他干不了。原先承包太平间的老韩头要走。他说大爷你别走啦，你这么大岁数了找工作也费劲，我一个月给你两千块钱，你就在这儿继续干吧。老头很仗义，就留下了，继续有死者家属给点儿小费啥的，他都交给老葛。老韩头以后，老葛又找来了三姨夫老佟头。五具尸体送来那天，就是老佟头给抱进去的。

尽管是一门好生意，但老葛叫前妻去管理太平间，俩人关系就彻底整坏了。到2003年，他俩离了。她回老家江苏无锡，女儿跟着她。对这桩婚姻的破裂，老葛嘟囔：“（嫌）没出息”“瞧不起我”“南方人”……

后来，老葛找了二媳妇——比他小十八岁的赫淑微。她是黑龙江的满族人，老姓应该是“赫舍里”。正如叶广芩的小说描写的那样，满族女人普遍比较坚韧。她跟着住在太平间里十几年，养家、照顾老葛，都是她。

电工刘老四比老葛小七岁。用现在的话说，他是老葛在看守尸体这个创业项目上的CTO，月薪四百块，兼职。老葛要维修、保养制冷设备，又要省钱，就找了他。冷藏尸体需要零下五摄氏度的恒温，原先医院的冷冻机坏了，老葛不想买新的，又要求低故障、少维护、少保养……最后，刘老四给老葛弄了一部原先冷冻冰激凌用的老式压缩机，一罐子氟利昂能用好几年。

2017年7月初，我到胸科医院去了一趟。一部压缩机正躺在昔日的太平间后身，无人问津，但不知是否老葛当年用的那部。医院器材修理科的王科长说，他也搞不清楚它的来历。

为省电，老葛叫刘老四在冰柜里安了一个温度计，跟压缩机联动，温度上升到一定程度自动开机。夏天一分钟开机一次，春天秋天基本上一小时开一次，冬天基本都关机。又拿一部电风扇在旁边吹着，给压缩机散热。

一开始，老葛的工钱足额定期，两三年以后就再不提这事儿了。但刘老四还是照常来。他解释，一开始是冲交情——他姐姐是老葛的中学同学——后来是觉得这些死者可怜。“咱也就当积德了。”

老葛两口子实际上不住在太平间里。他们在太平间一侧自己搭了三间连体小房，在里面做饭、烧炕、睡觉、看电视，过着和大部分东北老百姓差不多的日子。唯一的差别是小房跟太平间连着。一家人睡觉的炕，离沉睡的五具尸体只有几米远。

五具尸体都是年轻男性。四个殁年十九岁，一个二十二岁。四个死于一氧化碳中毒，容颜如生；一个死于烧伤，拉来的时候，老葛躲旁边瞟了一眼，说："烧得跟树枝子似的。"

每逢过年过节，老葛都少不了跟媳妇嘀咕一下：去，整几个饺子，给那哥几个摆上。摆放尸体的大铁柜离太平间门口还有一段距离，正好放几个他们收来的啤酒塑料箱子，上面放两瓶啤酒，一碗饺子，一碗菜。

大部分时候媳妇干这活儿时，基本上都这么说："哥几个，又是一年啦。你们看，这么些年了你们还在这儿，我们也不愿意啊，也盼着你们早日入土为安啊。可是我们真没有这个能力……这些年我们干什么都挺顺的，顺顺当当，可能也是你们保佑的吧。谢谢了啊。"

这样的对话年复一年，两口子的社会交往越来越少。这十多年尤其是沈阳取消承包太平间以来，他们是没有同行的。

同学聚会，有个没眼力见儿的问：老葛，你现在干啥呢？他说：住在太平间，每天看死人。他的头发掉得越来越快，没几年就秃顶了。

一开始的几年，老葛寸步不敢离开尸体，怕让人偷了或者强行搬走。除了洗澡买菜，他离开的时间不会超过一个小时。后来他逐渐整明白了，尸体已经跟冰柜一体化，任何人也不可能在几个小时之内搬走。他就没那么紧张了。

五具尸体

那么问题来了，五具尸体到底是怎么来的？

这五个人都是死于当年闻名沈阳的“湖西饭店纵火案”。在上世纪九十年代末的沈阳，“湖西饭店”这家饭店也算得上高大上。它属于辽宁省某政府机关，存在到上世纪最后一年。

它的消失，是因为一场火灾——一次纵火案。简单地说，就是老板把自己的饭店烧了。

跟老葛承包太平间一样，上世纪九十年代是“承包”的年代。湖西饭店也是承包出去的，承包给一个叫杨青的饭店职工。起初生意还不错，后来就每况愈下，连饭店用的洗洁精都是赊的。要债的天天围着，他一急，干脆给饭店投了五百万的意外保险，又找几个人，半夜浇上汽油把饭店烧了。没想到，连烧带呛，还有跳楼的，一共死了九个人。八个是饭店的服务人员，还有一个旅客。那是1999年8月29日。

案子当然很快就破了，还上了中央电视台的新闻。在专业消防人员眼里，自然失火跟倒汽油纵火是一目了然的。捎带说一句，这帮人放火都不会挑地方，公安部的消防研究所就在沈阳啊。

这起案子被称为“中国最大骗保案”。杨青和他找来的几个人都被判了死刑，很快枪决。法院同时判决说，他们应该赔偿每个遇难者家属三千元人民币。

赔得太少了。死者们的家属都这么认为。他们全部向法院提起了连带的民事诉讼，要求凶手赔偿。可到最后，不仅民事诉讼要求没有得到满足，连法院判的三千元都没给。凶手们确实没钱。家属们就此告诉老葛说，尸体不能火化，先冻在你这里。等我们打赢了官司……

意志最坚决的是一位名叫张则石的监狱警察，家住吉林省一个名叫辉南的县。他也是受害者家属之中最让人同情的一个——同时失去两个儿子。他的一对双胞胎儿子张林、张海都是湖西饭店的服务员，同时遇难。闻此噩耗，妻子当即精神失常。张则石为此办了提前退休，专门讨说法。纵火案开庭时，听着死难者母亲们的哭喊，好几个律师都哭了。只有他一滴眼泪都没掉。

没有人想到，这五具尸体，一冻就是十五年。

“我真是没经验，活该倒霉。”这些年，老葛很多次对我抱怨。他说，当初承包太平间很多年的老手都知道，这样的死人“惹麻烦”，不能收。最后九具遇难者尸体，有七具实在找不到地方存放，拉尸体的急救车司机才给他打电话问，送你那里行不行？他想当然地认为，又来了一笔生意，说：送来吧。

这也确实是一笔生意。这些尸体都属于死在医院外的人，存尸费用需要交给老葛。每天存尸费是十五元。七具尸体，每天存尸费就是一百零五元。一年就是三万八千三百二十五元。按照这个标准，到取消太平间的时候，存尸费已经达到十五六万了。这是老葛这些年攒下的最大一笔财产。且不说日后还要涨价。沈阳市殡仪馆的收费标准，最少的每天也是四十五块。单间、单柜的最高可达八百块。

当然，前提是，家属给得起这笔钱——他们能成功获得索赔，然后再把存尸费给老葛。

家属们索赔多少？其中一位遇难的服务员叫刘新，他家人提出的索赔如下：安葬费三万元，精神补偿费五万元，赡养父母费三万元，母亲因此精神失常医疗费三万元，交通费（内蒙古到沈阳）一万二千元，误工费五千元。合计十五万七千元。其他遇难者的索赔方案也大体类似。

存了一段时间，有两具尸体被家属带走火化了，给了老葛几千块的存尸费。其中一位遇难者家属在调查表上写着：对判决不同意，没给赔偿；处理尸体没有钱；如政府帮助处理尸体，家属同意，但要骨灰。

以张则石为代表的另外五个遇难者家属，就这么开始起诉、上诉和讨要说法。有人给他出了个主意，把湖西饭店的产权所有者辽宁省某政府部门也拉进来，一起索赔。用张则石对我说的话，某政府部门也“很同情”他，表态说：法院判多少，我们就赔多少。可是连他的代理律师都不看好这起官司。这纵火，是刑事犯罪案件，咋索赔啊。

湖西饭店纵火案，在那个时候的沈阳其实不算什么太大的案子。国际司法学界通行的一种说法是：当一个国家的人均GDP进入八百到三千美元时，无一例外都会刑事犯罪剧增。中国的人均GDP达到八百美元是在2000年。在那之前，沈阳已经产生了一些如雷贯耳的名字。比如“三八大案”，五个本地沈阳人在十年内持枪抢劫好几十起，整死二十多人。

老葛看守尸体的事情第一次被媒体报道是在2008年。媒体顺便采访了民政部门，说那一年，全沈阳这种“有故事的”、家属不同意火化的尸体，还有六十七具。

住进太平间

老葛真正自己上阵，住进太平间里看守尸体，是在2003年。那一年，沈阳市民政局、卫生局、公安局联合下发文件《关于做好取消医院太平间工作的通知》。沈阳以后就没有这门生意了。

在东北，很多事情不好办，但很多事情又很好办，如果有红头文件。全国最早取消太平间的省份是吉林，一声令下，齐刷刷全取消了。沈阳也很顺，不像其他很多地方都想取消太平间，就是取消不了，甚至有颁布政策两年都没取消了的。主要是医院反对，担心一些患者医疗费还没给，人死了就更给不上了。还有一个担心是取消太平间，医院有经济损失。当时全国大部分医院的太平间都在老葛这样吃死人饭的手里。

尽管2001年合同到期了，但医院没跟老葛续签，也没赶他。真正赶他，是在《通知》下发以后。

医院先是给太平间贴上封条，再直接开来几辆殡葬车，当年跟他签承包合同的保卫科长扛着一把大锤，要砸锁。老葛急了，掏出一把水果刀，说："万一有个闪失，进监狱的是我，不是你。敢动我的死人，我就捅你。"

他砸了三辆殡葬车的挡风玻璃，赔了三百块钱。医院再也没有跟他交涉过，但给太平间贴上了封条。老葛担心，这才搬进太平间，一住十年，真正过上"寄生"于医院的生活。电，他用医院的电；水，用医院的水；取暖，烧医院的煤。十一年后的2014年7月，胸科医院给老葛算了一笔账：

从2001年7月1日至2005年6月30日四年时间，太平房当时有藏尸冰柜两台机组，耗电一万八千二百五十元；2005年7月至今使用空调一台，冰柜一台，加上照明、冰箱，共计五万两千五百六十元；不算葛强平时日常生活用电如电饭锅、电磁炉、电视机、洗衣机，他欠医院电费七万零八百一十元，水费三千六百四十元八毛七分。

太平间原本有电源。水管是老葛自己接的，医院并没拦着。但冬天不站在他这边，总是把他接的水管冻裂。对付冬天，他比拿破仑、希特勒有办法，拎着两个塑料可乐瓶，到医院的办公楼洗手间去接水。有哪个没眼力见儿的保安上前阻拦，都会遭到他的当面痛骂：你算干啥的？要不我上你们家锅里盛饭去？

医院报警没有用，警察来了也只能调解几句，说你们这纠纷得自己协商解决。有些时候，老葛晚上出去收酒瓶子，回到医院后门，小货车开不进来，保安不给开门。他干脆把车撂在医院大门口，自己翻墙回家睡觉。第二天医院毛了，赶紧出面找他：对不起对不起，那个保安是新来的，不认识你，我们批评教育他……

老葛也偶尔得病。他呼吸系统不好，天一冷总咳嗽。但他从来不到朝夕相处的胸科医院看病。用他的话说，他们拿我当敌人，我还能去吗？

有一次报警的是老葛自己。这事儿说起来挺让人心酸。他去医院的煤堆上铲煤烧，被看守煤堆的哓哓给了两拳，说我们这是承包的。

老葛收啤酒瓶子的初衷，其实就是为了折腾医院。朋友给他支招：你不是想要医院给你解决问题吗？你得折腾他们，多占他们的地方，他们就早晚给你解决了。老葛茅塞顿开，想到收啤酒瓶子这一招，果然占了一大片地方。他又想捎带脚儿收收废品，很快又积攒起一大堆家当：废纸板，泡沫塑料，酒瓶子；养鸡、养鸭、养狗……

他们两口子就这么生活在尸体、垃圾和家禽中间。

不过呢，老葛很快发现，自己居然赔了钱。他怎么也想不通：我收破烂都能收赔了？后来他才整明白了。原来卖给他废纸板的小贩——很多是南方来的精明人，把水泥块夹在一叠纸板底下，这样就沉得多。而卖的时候，他都是根据人家要求拆开卖的。最后老葛不得不把地方租出去了事，再不时骂几句："这帮南方人，太坏。咱东北人做生意哪做得过南方人啊。"

胸科医院看老葛当然更不顺眼。这么多年了，医院扩建的方案早已批准，正好卡在他的太平间上。于是，医院又是上法院起诉他，又是给公安局发公函，目的都是一个：把他清出去。在一份给公安局的公函中，医院这样诉苦："……私自盖房并开设医院后门，违法经营回收旧啤酒瓶，并私自将医疗用地出租给废品收购站，获取不法利益。葛强的行为严重危害医院和患者的安全，影响医院正常管理秩序，产生极其恶劣的社会影响。我院请求贵局予以彻底解决，终止葛强的违法行为，还病人一个整洁安全的就医环境……"

老葛不是没有想过做别的生意。刚承包太平间的时候，他还住在旁边的小区里，租了个一楼门脸，想开个麻将社。在东北，开麻将社一般都是旱涝保收。谁知道他点儿背，相邻住着一个老太太。老太太有心脏病，一听麻将声就打110，有一天打了十多次，把警察都折腾疯了。老葛这人胆小，怕出事，作罢了。

他嘟囔说，都是死人给他带来的霉运。

大家知道了

不知是出于什么动机，2008年初，刘老四给当地一家报纸打了个爆料电话，把老葛看尸体的事情说了。

自从被媒体报道，老葛就开始频繁地讨要说法。他已经意识到，家属们不太可能讨回他们想索要的说法，并且把这“说法”分给他了。指望他们，指不上。

“全国最大骗保案——沈阳湖西饭店的一场大火给我带来噩运至今。……从此我就开始了与这几具尸体的守望生活。”老葛读书不多，有些词句比如“守望”，他是直接从报道他的报纸上摘的。

2008年的7月，在辽宁电视台《王刚讲故事》栏目报道了他的事情之后，老葛写了这样一份上访材料。其中，他对自己的权益是这样计算的：

一、存尸费。按照国家现行标准，每具尸体每天四十五元，九年就是七十三万九千一百二十五元。

二、消毒费。按照国家有关规定，尸体每天必须观察和消毒，按照每天每具五元，就是八万二千一百二十五元。

三、冷冻冰激凌的压缩机维修费，每年五千元，九年共四万五千元。

四、维护工人（刘老四）的工资。每月四百元，九年共四万三千二百元（实际上到后期他已经不给了）。

五、他自己的生活补助。按照每月一千五百元计算，九年共十六万二千元。

加起来超过七位数的这笔钱，老葛也知道家属们给不起，他并不指望从他们手里拿到这笔钱。

但这封材料里，他还是提到了他们："这么多年来，受害者家属们一直在为得到赔偿而奔走上访，讨要公道。我与家属们已经产生了深刻的同情感和相依为感（原话如此），我们的命运在某种程度上已结为一体。因此，如果我的问题得到解决，我有义务帮助政府解决这一信访难题，安抚死者家属情绪。我准备把这些死者火化，最先送到各自家乡并立碑安葬，给死者家属一个公道。"

结尾处，他这样写道："祝我们的党和国家繁荣昌盛，祝全国人民家庭和睦幸福，祝奥运会圆满成功。"落款：一个没有生活希望和未来的活死人。

实际上，老葛甚至说不出那五个遇难者的全名。再要问他们的具体情况，他就得翻登记材料了。这个"信访难题"，实际上也很难找到对口的人。这事儿怪谁呢？法院？可法院判决没错。民政？卫生？公安？司法？

要说"感情"，在老葛媳妇身上其实更明显。赫淑微是1979年生的，跟五个年轻人基本同龄。但这么多年过去，她已经三十八岁了，他们还是十九岁。她对他们的称呼，逐渐从"哥儿几个"变成了"孩子""弟弟"。谈到"我那五个弟弟"，她当时就掉眼泪，说他们"死得冤枉"。

老葛这人好面儿。每次记者来太平间采访，他都把她打发出去，不让她见。实际上他这是弄巧成拙。她失去了机会，在记者面前给丈夫这十几年看守尸体的行为说上几句好话的机会。“他就是仗义。”她说。这些年来，她从来没有劝过丈夫放弃。

人都是人。遇难者的家属们，在多少次败诉和上访以后，其实也都不再坚持了。最强硬的张则石每年都来沈阳一两趟，祭拜两个儿子。每次都带着一提包家里种的西红柿、黄瓜当干粮，穿的鞋都是咧嘴的。老葛也陪着他掉几滴眼泪。

医院曾经派人去过他家了解情况。他原先工作的监狱早搬走了，他没搬。住的平房，墙上全是裂缝。一推门，感觉房子都要倒了。他老伴精神状态越来越差，天天手里掂着把菜刀不离身，一般人不敢过去。去的几个人实在看不下去，凑了点钱给这两口子。他们坚决不要，说不要个人的钱。后来医院用公款给他捐了两万块钱，他才收下。

还有个遇难服务员的母亲来过老葛这里一次，进门就跪下了：“这么多年了，我都不知道你们还冻着我儿子……我们在家里平时都不提。”

老葛可能早就意识到了，某种程度上，他已经取代家属，成了这五具尸体的“苦主”。当年他对他们的确有承诺。但这么多年过去，双方谁欠谁的，早已说不清楚。

他的原话是，做买卖得图快，这样才能看到利润。

我跟他说：结果，你这一套十多年，成了长线了，还说不定要砸在手里。用医院一位人士的评价：“也给他折磨疯了”。

必须解决

老葛这件事的最后解决，还是要靠政府出面。

“你举报哪个省长，哪个市长？”

“我一个老百姓，举报啥省长市长。我有冤情！”

2014年夏天，借中央巡视组到辽宁视察的时候，他去了，跪下了。接待人员把他拉起来，留下了材料。第二天一早，省、市两级政府部门的电话就来了，一个接着一个。

老葛以为自己应该大喜过望，实际上他高兴得太早了。警察一拨接着一拨来，先是责问他：知不知道你这样私存尸体是违法的？再拉他去公安局做笔录，写材料。老葛那时候已经半身不遂外加糖尿病，被折腾得够呛。赶紧找人，朋友给他支招：警察找你，你就是不去。爱咋咋地，别发生冲突就行。他还买了两个录音笔，把警察说的话全偷偷录下来了。这么整了几次，警察也不找他了。

事后他才知道，警方实际上也在同时做医院的工作。一位领导下的指示：必须解决。

这么多年，这件事情的发展轨迹早已偏离了一开始的初衷。没有人说得清谁该负责，每个人都认为自己是利益受损者。这件事的解决，又是典型的习惯性逻辑。

最后出血的，不出所料还是跟湖西饭店纵火案没有任何关系的胸科医院。跟老葛好一顿掰扯，各种各算各账，医院掏了八十四万，拟了个同意放弃尸体的声明，让他签了字。

说实话老葛也扛不住了。那年冬天特别冷，他又脑血栓半身不遂，一发作两个手指头捏牙签都捏不住。他知道，哪天他真倒下了，没人有他这样的毅力能继续保着尸体，死扛下去。到时候就一分钱得不着了，这十五年全等于白玩儿。女儿在无锡办舞蹈学校，过得不错，早就反复叫他扔下这一切去那边，啥也别要了。他硬扛了这么多年。

2014年12月10日。这个日期不会错，因为赫淑微的银行存折上记载着。那天早上八点多，一辆警车来了，拉着她去了银行，存了八十四万元。这边院子里，五辆殡葬车一字排开，光特警就来了二三十人。怕五家家属来闹。

实际上并没有。那些年里，赫淑微偶尔会跟“弟弟们”的家人打电话。其中一个遇难者的姐姐告诉她，已经不会再为这件事有什么付出了。农村的老父亲已经七十多岁，双目失明，卧床不起。“这么多年了，活着的我都顾不过来，没了的我怎么顾啊？”

只有张则石来了，在边上哭。儿子啊，爸爸带你们回家啦……怕他年龄大了出事儿，几个人连搀带拉，没有让他过前边去看。他感叹：我这一辈子，当了好多次吉林省先进工作者，最后落得这个下场。

老葛请来的一帮朋友都犯怵。真正出力的，还是当初接收五具尸体的老佟头，当时都八十多岁了。他拉开冰柜，打开一个装尸体的袋子，让法医看了一眼。

连电锯都用上了，他们还是从早上八点干到下午四点，才把五具尸体相对比较完整地拉到殡仪馆，火化了。医院给五具尸体买了寿衣、纸棺材和骨灰盒，但忘了买鞭炮去去秽气，现场没人放鞭。

但这事儿说邪性也邪性。当天雪太大了，天气预报说是全辽宁省当年的第一场大雪。全省十五条高速公路封闭，整整二十辆车在高速上撞上了。其中有个货车是拉鞭炮的，一车鞭炮全炸了，最后二十辆车全部烧光。还好人都跑得快，一看车着火全跑了，没有伤着。

一再表示“我亲自给你们送回家去”的老葛食言了。他的理由是：他没有权力送骨灰，只有警方才行。实际上女儿巴不得他越快离开沈阳越好，给他们两口子买了12月12日的飞机票。尸体刚火化不到四十八小时，他们就去了无锡。

临走前，他给张则石拿了两万块钱，算是苦主的补偿。不过，到底谁是苦主，到底谁付出的更多，估计他们已经弄不清楚了。

张则石抱走了两个儿子的骨灰盒。其他三具尸体的骨灰盒只有警方和医院联合去送。

这又是一次中国式的奇幻之旅。三个遇难者的家乡分别是辽宁省盘锦市、本溪市和内蒙古阿鲁科尔沁旗。其中一个遇难者的死讯至今都被他姐姐瞒着父母。拿到骨灰盒，她直接打开，当着沈阳这帮人的面就撒到了河里。第二个遇难者家庭在家附近挖了个墓准备接收，要求他们给送过去。山高路远路又滑，一路上差点翻车。到内蒙古，他们一路开车八九个小时，躲着公路上不时蹦出来的牛和马。刚到地方，一大帮家属呼啦一下把他们围上了：谁让你们火化的？

在当地警方的强力清障下，一行人好容易把骨灰盒送到当地殡仪馆存上了。一个当地警察够意思，悄悄说：你们赶紧跑吧！他们开车狂奔，直奔另外一个县，绕道几个小时才开回来。至于那骨灰盒以后的命运，他们就顾不得了。

这间房子的宿命

2017年7月，为写老葛的故事，我去了胸科医院一趟。发现那个太平间还在。

那个房子门窗全换新的了，外观重新粉刷了一遍。但施工剩下的沙子、建筑材料啥的就在门口堆着，说明这里并不是经常，或者希望有人出入。我拧了下门把手，坏的。透过玻璃窗户，可以看到里面堆着一摞摞打包好的病历。姓名、哪年入院、病历编号。窗户也没锁，随便一拉就开。拿走几份绝对不会有人管。

病历是医院的特殊资产。几十年前，病人的病历都放在医院，这样下次再来方便找。现在，医院计算机系统输入一份就行，纸质病历就给患者自己了。

医院一个大哥告诉我，这些病历有很多都是二三十年前的，主人大多数是肺结核患者，很多都已经不在人世了。但医院也不敢销毁处理，省得抓瞎。万一哪天，哪个病人或者家属又来找呢。

我忽然觉得，存放没有价值但又不敢销毁的“资产”，这间房子可能就是这个命了。但是这一回，已经没有一个老葛这样的人来看着它。

老葛和他看守尸体十五年的传奇往事，现在已经成了胸科医院附近居民的一个谈资。

“我跟他喝过酒。”医院洗衣房的一名工人颇带几分炫耀地对我说。尽管他已记不清老葛的名字。

“那你们当时没把那哥儿几个喊起来，陪你俩喝两盅？”一个工友乐了，说。

老葛现在已经不喝酒了。一是心有余悸，怕再犯脑血栓。二是在无锡实在没有喝酒的环境：“这地方所有的饭店都允许你自己带酒。你要喝，自己喝，没人劝酒。雪花啤酒十块钱一瓶。贵啊。”

到了无锡，他一开始是养病，后来病逐渐好了，媳妇也开始忙了。女儿的舞蹈学校开得很大，让“后妈”赫淑微帮忙管理其中一个分部。每天跟她咨询、沟通的家长老多了，忙得很。老葛每天就是买菜、做饭，给媳妇当好后勤。

他说，他在这里再次体会到了“南方人”的可怕：他们掏了钱就一定要讲究效果，要看到孩子学有所得。

最初的两年，女儿不让他多谈甚至多想看守尸体的事。怕他再犯病。他也的确不时会做梦，梦见自己还在胸科医院的太平间里。哎，我怎么又回去了？

那八十四万补偿款，他没有在无锡买房子、定居。两口子还指望着有朝一日再回沈阳去。尽管在这里养好了病，他还是没法完全适应南方，不只是炎热的天气。

实际上他真回过一趟。2016年他回沈阳办事，特意到胸科医院后门溜了一圈。没有进院子，在门口的小路上往里瞟了一眼。看到自己盖起的三间仓房被扒掉，他没说什么，转了转，走了。

他现在每天走两万步，分四次。天天睡午觉，晚上八点就上床。健康得很。在微信里，他天天上传舞蹈学校的孩子们练习舞蹈的短视频。

他说，那五个遇难者的家属，他现在只跟吉林的张则石有联系。偶尔在微信里互相看看朋友圈。

我给张则石打了个电话，问最近怎么样。他说，这件事过去以后，他的身体一下子就垮了。现在能接我的电话就不错了。

刻画不朽

赵 晓

我的父亲赵延年创作鲁迅题材版画纪事。

一

前两年看一档电视节目时，嘉宾身后墙上的版画吸住了我的眼球，因为这幅画我太熟悉了。它是我父亲赵延年于1956年创作的木刻《抗议》（图1），讲的是1933年5月，为抗议希特勒政权惨杀无辜、摧残文化的罪行，鲁迅、蔡元培、宋庆龄、杨杏佛等人以中国民权保障同盟的名义，去德国驻沪领事馆递交抗议书。

1956年，是鲁迅先生逝世二十周年。北京等地要筹建鲁迅博物馆，上海电影制片厂要拍摄鲁迅生平的电影，都需要历史画面。我父亲这一年三十二岁，在中国美术家协会上海分会任专职画家，参与了华东地区鲁迅生平事迹美术作品的组织和创作。《抗议》这幅作品，最早的标题是《1933年鲁迅到德国领事馆提抗议书》，除了题目之外，美协没有给别的素材。父亲就去翻找三十年代的《申报》，最终找到一小段新闻文字。怎样将这样一段简短的文字转化成人物形象？在整个创作过程中，父亲反复斟酌，画了很多草图（图2）。现在画面中呈现的两军对垒形势，是他凭自己的主观推测来勾画的，其中鲁迅的冷峻、宋庆龄的矜持、蔡元培的稳笃、杨杏佛的愤慨，与他们各人后来的命运不无偶合。而室内的环境陈设也是他借鉴了当时一些领导办公室、老板经理室的布置后安排定妥的。

父亲认为，生活本身有它的自身规律，挖掘生活的本原，并且恰如其分地在作品中表现出来，这都是艺术家要做的功课："后来，我偶然见到了有关的新闻图片，但此时我的《抗议》已经问世。令人诧异的是，图片中的德国人形象跟我画面中的人物形象如出一辙。"

我看的那档节目，嘉宾是本世纪曾两度出任德国驻沪总领事的芮悟峰。父亲曾告诉我，当年芮悟峰先生从画廊买画时，说要将这幅画挂在自己办公室里，因为画中的那位领事是他的前任，他要时刻以这张画警示自己。此刻一见，果然如此，也算见识了一把德意志文化的坦荡和幽默。

顺便插一句，1981年5月，北京宋庆龄故居在对外开放时向父亲征集了这幅作品，并予以长期陈列。文物出版社于1982年出版了一本宋庆龄纪念画册，其中用的全都是照片，唯有一幅美术作品，就是《抗议》。收到样书，父亲很欣慰，觉得自己的这幅画经得起历史的审视。

父亲被公认为国内创作鲁迅形象最多的版画家，而《抗议》是他的第一幅鲁迅形象创作。这一年，除了《抗议》，他还创作了另一幅《离家》（图3），表现十八岁的鲁迅第一次离家，“走异路、逃异地，去寻求别样的人生”的特有心情。为此，他第一次去了绍兴。如今的“鲁迅故里”那时还只是一条名叫都昌坊的小巷，满是旧时模样，黑瓦上杂草丛生，高高的山墙斑驳陆离，行人极少的路上铺的都是青石板。父亲在那里画了很多速写，对房屋的结构、道路的走向都做了记录，尽可能地感受现场环境给予人的影响。前不久我从网上觅到一本1956年11月出版的旧书，其中就有父亲在绍兴周家老台门前画的素材（图4）。父亲甚至寻访到一位在周家做过多年杂活的老长工。聊起来，老人还记得鲁迅先生当时是怎样离家出行的：“大先生（鲁迅排行老大）的行李还是我挑咯。”此情此景，使父亲很自然地想起了自己小时候住过的苏州小巷，脑子里浮现出鲁迅提着考篮、背着包袱，同送出台门口的母亲回首告别的画面。这幅作品被绍兴鲁迅纪念馆当作陈列品。“文革”中，有人认为画中的鲁迅回头是眷恋旧家庭，不够革命，便撤下，换上了另一人的作品：鲁迅怒目攥拳，毅然决然迈步而去。“文革”结束，纪念馆又换上了这幅《离家》。

图 1《抗议》，赵延年作于 1956 年，38 × 49 厘米。

图 2 《抗议》草图。

图 3 《离家》，赵延年作于 1956 年。

鲁迅的故居——老台門　　　　趙延年

图 4 赵延年实地考察鲁迅故乡时所作周家老台门速写。

二

1961年，是鲁迅先生诞辰八十周年，上海人民美术出版社准备出版一幅纪念宣传画。任务交给谁呢？因为五年前的创作在社会上有较大影响，大家自然而然地想到了我父亲。因此，当著名版画家、时任上海人民美术出版社副总编辑的杨可扬先生向父亲约稿时，他欣然领命。此时，他已从上海调到浙江美术学院版画系任教。

这是一幅鲁迅先生的木刻肖像（图5），发表时有被称为《鲁迅先生》的，有被叫作《横眉冷对千夫指，俯首甘为孺子牛》的，也有写成《鲁迅肖像》的。父亲说：“我起的原名是《鲁迅像》。”

这幅《鲁迅像》广为人知，尤其是画中那条黑围巾，更是让人难忘。在众多艺术家创作的鲁迅美术作品中，鲁迅戴围巾的极少，有人甚至认为这不真实。但这并不是父亲自已杜撰出来的。1956年，他专程到上海鲁迅纪念馆搜集创作素材时，看见那里陈列着一条许广平女士亲手为鲁迅织就的黑色围巾，给他留下了极深的印象。从一开始勾草图起，这条围巾就被父亲当作一件重要的道具。2005年9月，父亲在北京鲁迅博物馆举办“赵延年1938—2004年木刻作品展”。开幕前一天，周海婴先生独自来到布展现场，父亲同他见面握手后，因为布展事忙，便要我陪同海婴先生转转。在这幅还未挂上墙的原作镜框前，海婴先生蹲下来仔细观看。我跟他讲了围巾的事。他说："你父亲这样处理，是可以的。这条围巾是我母亲亲手织的。因为那时鲁迅有准备去苏联的想法。"

随着对鲁迅生平事迹的不断熟悉，父亲对先生的崇敬与日俱增。父亲生前，我曾问过他："你画中的鲁迅面对的是什么？"父亲回答得很干脆："一切反动的东西！"由此，父亲将画面做了这样的处理：沉重的黑色背景中，道道横线显露出肃杀的时代氛围；鲁迅昂然的头颅在呈十字状的围巾支撑下，连同他顶上不屈的头发，同背景形成了强烈的冲突。简简单单的黑和白，让人看到了一个直面人生的鲁迅，也完成了父亲对一位伟人发自内心的默唱。

黑与白，跟缤纷的五彩相比，似乎显得那么单调，然而对父亲来说，这色彩世界里不能调和的两极之间单纯而强烈的搏杀，是他一生的艺术追求。他说过："黑白是多种色彩的提炼与概括。黑白木刻中如何运用黑与白这两个对比色是很要琢磨的。黑白处理，要掌握分寸，必需使之既符合内涵的需要，又符合一般的客观规律，且具有美感。"这些富含哲理的"黑白论"，在这幅《鲁迅像》中，被他手中的刻刀诠释得淋漓尽致。

初看这幅作品的人们，大多对画中鲁迅额头皱纹的处理手法不会太在意，可熟悉木刻创作技法的人却很惊奇：皱纹竟然是灰色的。

那么，这些灰色有什么可惊奇呢？

千百年来，黑白木刻都只有黑白两色，这是由其技术手段决定的。即使想在其画面中要一点与黑白相近的灰色，也必须通过套色或填彩手法才能得到，更多的则是以刻出排线来获取。然而《鲁迅像》中的灰色既不是套色，也不是填彩，更不是排线，分明是印出来的。

可怎么能印出来呢?

与其说这些灰色是“印”出来的，不如说是“刻”出来的。

当时，父亲正处于他以大平刀刻作见长的独特风格初创期。大平刀是一把较难驾驭的刻刀，多数刻作者只是

父亲常用的木刻刀，中间六把是他喜爱的平刀，有几把是自制的。

在铲刻木板上的大块空白时才用到，可父亲却偏偏喜爱使用大平刀。他认为，大平刀爽直、利落、凶悍，具有爆发力，因此在刻作这幅作品时，根据主题的引导，他能用大刀则坚决不用小刀，奋力地用大平刀刻、铲、切、挑，任木板发出被刻刀撕裂后的“嚓嚓”声，形成事先不可设计的板上刀触即兴效果。当刻到鲁迅先生的额头部分时，父亲将手中的大平刀有力地向前稳稳推进，由浅入深，渐渐形成了一个微妙的斜面。父亲在斜面上继续做文章，略微增强了斜度后，他将油墨滚子轻轻滚过斜面，形成了刀痕处从多到少的着墨状态，试着印了几张，竟然有了些由深入浅的灰色效果。尽管还不够明显，但这宝贵的灰色可是以前没有出现过的。他顺手用手指将这里的油墨轻轻地抹擦了一下，再印出来，真就有了他想要的浅灰色。接着，他又对鲁迅胸前的衣褶部分做了同样的处理。这就是人们当时看到的黑白木刻作品《鲁迅像》。

后来，父亲的这一创新刻作手法被我国现代木刻前辈李桦先生称为“晕刻法”；黑白木刻中出现灰色，也成为父亲对现代木刻创作的一大贡献。在父亲眼中，灰色应该是随着创作主题和画面需要不断变化着的。有时候，它是肮脏的白，也有时候，它是懦弱的黑；有时候，仿佛是白在走向成熟，也有时候，分明是黑在奔向光明。它们是黑白之间互动着的某种过程。从这一点上讲，父亲在他神往的二维空间中创造出的灰色具有了哲学意义。同时，他对在画面中使用灰色有自己严格的原则：宁可少，不可多。因为，黑和白才是他艺术叙述语言中肯定的主角。

那时，父亲白天在版画系担任教学和部分行政领导工作，搞创作基本都是在下班回家晚饭后。他总是习惯将新作的打样稿钉在墙上，反复看，随时改。看着油墨未干的这幅作品，父亲兴奋地喊来我的母亲。母亲不画画，但她是父亲的第一读者。他俩在抗战时期的赣州相识相爱，一个画宣传画，一个演抗敌剧，结婚时都还不满二十岁。父亲晚年曾对我们兄妹多次说过："你们妈妈的欣赏水平很高，她认为好的，就说喜欢、很喜欢；她不喜欢的则说'我不懂'。"

他们决定向《人民日报》投稿。1961年的中国，正值同苏联的关系冰冻期，三年困难尚未过去，大陆周围的反华势力甚嚣尘上，中华民族要有自己的"民族魂"。当年的这种大气候，对父亲创作《鲁迅像》客观上起到了必然的推动作用。1961年8月，上海人民美术出版社出版了四开张的《鲁迅像》单幅宣传画及小开张画片；9月26日，《人民日报》以大篇幅报道北京举行鲁迅诞辰八十周年纪念大会的同时，也刊载了这幅作品；《光明日报》同时发稿；全国许多报刊予以转载，好评如潮。

这一年，父亲三十七岁；这幅画，成了他的代表作。

不久，全国人大代表组团到浙江美院视察，著名电影演员赵丹也来了。出于同样的目的，上海电影制片厂准

1962年4月，三十八岁的父亲在浙江美术学院版画系教学大楼工作照。

2004 年 4 月，八十岁的父亲正在拓印修版后的《鲁迅像》。

备拍摄电影《鲁迅传》，已确定由赵丹扮演鲁迅。在版画系大楼走廊，赵丹看见了挂在镜框里的《鲁迅像》。当他得知作者就是一旁陪同他们的赵延年时，赵丹一下子就激动起来，对父亲说："我有一张小的（画片）。你是怎么把握鲁迅先生'横眉'与'俯首'之间的关系的？"父亲认真地想了想说："鲁迅先生的'横眉'和'俯首'，从表面上看似乎是矛盾的，实质上，对敌人的'横眉'正是对人民的热爱，是一个崇高灵魂的自然反映。鲁迅先生生活在白色恐怖之中，因此表现出来的精神和思想就必然以'横眉'为主。"赵丹听了，也想了一想："你的话我觉得很有道理。"可惜后来风向变了，电影没有拍成，饰演鲁迅先生的渴望也成了赵丹的终生遗憾。

关于如何看待鲁迅先生"横眉"和"俯首"这两种截然不同的人生态度，争论至今仍在继续。有人认为父亲的《鲁迅像》将鲁迅描画得太"凶"了，依据是鲁迅生活中很是幽默。父亲却说："一个人自然会有喜怒哀乐，鲁迅在生活中也不会老是板一副面孔。但是，鲁迅之所以成为鲁迅，首先是因为他疾恶如仇的人格力量。正因为如此，才使得敌人怕他、人民爱他。无论现在有人对鲁迅怎样地'再评价'，我至今一直极其崇敬鲁迅先生，要说的话也都在《鲁迅像》里了。""评论鲁迅的人有很多，以后还会有更多，但鲁迅只有一个，而且他也不会再说什么。鲁迅就是鲁迅。"

1966年“文革”爆发。6月1日，北京大学那张大字报在全国点起了一把疯火；6月3日，浙江美院里即贴出了“揪出反动学术权威”的大字报，潘天寿和我父亲两人成了第一批受冲击的对象。7月的一天，一个身穿军装的学生来到我家，通知父亲去学校开会。不料，一进校门，他就被造反派推上木凳、挂上木牌，往身上泼了一罐墨汁，顷刻间就变成“牛鬼”。造反派来抄了三次家，所有的作品、素材、木刻原版、银行存折及家藏书画（包括董其昌、虚竹、赵之谦的作品）统统被一网打尽。不久，父亲被关进了“牛棚”。荒谬的是，当他天天在写那些写不完的交代材料和挨那些挨不完的批斗时，他的这幅《鲁迅像》却被造反派们不断地临摹、复制，反复出现在“大批判专栏”里、各种“革命”刊物中和大游行的宣传牌上。

终于，父亲被允许回家，家中凡与美术有关的一切却已不见踪影。一日，他在美院劳动，路过一间敞门的房间时，无意间朝屋里瞟了一眼，似乎发现了什么熟悉的东西，便停下脚步。他拐进屋内，看见一大堆杂物下露出一块木板的一角：是《鲁迅像》的原版！

父亲一阵狂喜。他四处张望了一下，校园里静悄悄，小将们都闹革命去了。他立刻蹲下身子，使劲抽出一看，心凉了半截：原版被敲断了，只剩半块！父亲愣了一会儿，抱着试试看的心情，在底下又摸了一阵，终于把那半块也找到了。他把两块残破的原版用报纸包着夹回到家中，真是又喜又惊。喜的是寻回了血汗之作，尽管不算完璧；惊的是造反派会不会发现了，真叫人心有余悸。其实，当时全国大乱，还有谁会在乎这两块破木板。

父亲把原版藏起来，过了好久，开始琢磨怎么修复。原版是横着斜断开的，一分为二，很难再合二而一了。无奈之下，他用白胶粘上，再在两端打上铁钉固定。拼是拼上了，但两块版却不平整，画幅中间总有一道白痕，给拓印带来了很大麻烦。实在没办法，只得在每次拓印后用油墨填补。这倒由此带来了一个“副产品”：后来每有人拿着存疑的《鲁迅像》要父亲替他们辨真伪时，只消看看背面即可。

2001年4月，父亲在上海海莱画廊办个展，埃及驻沪总领事收藏了这幅《鲁迅像》。他问父亲：“你为什么这么喜爱鲁迅？”父亲说：“鲁迅先生1936年逝世，上海文艺界在他遗体上盖了一幅挽幛，上面有三个大字‘民族魂’。那时我很小，只有十二岁。后来我长大了，读了许多鲁迅先生的书，包括他关于美术的论述，使我越来越理解了他真正是我们的‘民族魂’。”从一问世时受到广泛好评，直到六十年后的今天，《鲁迅像》仍然受到人们的喜爱。版画史学家李允经先生曾做过这样的评论：“自有新兴木刻艺术以来，有许多版画家为鲁迅刻像，但是能和赵作《鲁迅像》比肩者，至今罕见。”

随着父亲年事渐高，阅历和艺术感悟的加深，他更

图 5 《鲁迅像》，赵延年作于 1961 年，29.2 × 42 厘米。灰色的皱纹与其说是“印”出来的，不如说是“刻”出来的。

图 6 2004 年修版后的《鲁迅像》，去掉了额头的灰色。浙江美术馆藏。

加看重自己作品画面效果的整体感觉，着意突出人物形象，强化作品主题。上世纪九十年代后，父亲在拓印《鲁迅像》时，开始将鲁迅额头的灰色处理得越来越淡。每次拓印，他都将滚在这里的油墨抹擦去大部分，直至后来全部擦去。有人说这样干净了，好；有人说这样可惜了，不好。作为作者，尽管难舍当年创作时的探索，但父亲更相信自己现时的感觉。画家要说的话总是在自己的画中。2004年2月的一天，已八十岁高龄的父亲重新拿起大平刀，用难比自己当年的手劲，将画版中的鲁迅额头部分铲得一干二净。他试印了几张，觉得很满意：鲁迅先生的面部处理愈发精练，形象更加突出（图6）。父亲很看重这次修版，特意用小三棱刀在原版的侧壁刻下了修改日期。

从没有灰色，到创出灰色，又到去掉灰色，父亲这个“无—有—无”的艺术实践过程，其实是艺术创作规律所致。

2006年3月，这块珍贵的木刻原版连同其他作品共计五百七十五件，由父亲捐赠给了中国美术馆。当北京来人接收时，父亲手捧这块普通而又不平凡的木板，郑重地叫我哥哥拍照留念。

现在，它静静地躺在中国美术馆地下室的馆藏作品库中。

三

1978年，国内发生了许多大事，各界开始松动，对“文革”的反思全面展开。这一年，父亲开始创作他一生中的另一件重要作品——鲁迅小说《阿Q正传》插图。

要从十年前的1968年说起。当时，父亲被拘“牛棚”，红卫兵的看管十分严厉，规定这些昔日的先生老师、如今的牛鬼蛇神除了被强制学习“红宝书”外，只可阅读鲁迅。一天，父亲从理论教研室的一位卢姓“牛友”那里借了一本鲁迅的著作，深夜躺在床上阅读。当翻到《〈阿Q正传〉的成因》一篇时，其中一段话击中了他：“但此后倘再有改革，我相信还会有阿Q似的革命党出现。我也很愿意如人们所说，我只写出了现在以前的或一时期，但我还恐怕我所看见的并非现代的前身，而是其后，或者竟是二三十年之后。”

父亲对我说：“看到这里，我真是五雷轰顶！我一把把书覆在肚子上，心里不知道有多么叹服鲁迅先生，能在几十年之前就预见得这么准！”现代的造反派们比阿Q可厉害得多了：阿Q虽然也到尼姑庵里去“革”过一“命”，却什么也没有“革”到；“文革”中那些造反派却是身体力行，不遗余力地做着阿Q想做而没有做成的事情。我家就来过三次红卫兵，一众物品统统被抄，最后除存折发还外，其他的大都下落不明。这不是发生在我们一家的事，而是近十亿人卷入的一场狂潮。这令父亲永难忘记的丑恶，彻底地暴露出那种卑劣的国民性并没有因为时代的变迁而消亡，相反竟愈演愈烈。

父亲当时就发誓：若有一天我还能拿起木刻刀，一定要把阿Q用绘画形象塑造出来。

1972年，父亲被允许恢复上课，课余就着手准备完成自己在“牛棚”里立下的“宏愿”（他后来在回忆文章里这样说）：刻作一套《阿Q正传》木刻插图。他兴致勃勃地勾出了一批草图，钉在客厅墙上，被一位邻居看到了。那人也曾是造反派，这时似乎已在失意之列。或许是出于好心，冷冷地问了一句：“你搞阿Q？不怕？？”父亲多年后曾对人说：“我怎么不怕？我是怕透了！”一惊之下，父亲将草图收起，夹入纸堆。但是他不甘心，因为很久没刻过木刻了，他对用什么手法来塑造阿Q心中无底，就先从创作鲁迅其他小说插图着手，摸索不同的木刻表现手法。

粉碎“四人帮”时，父亲已经完成了《祝福》《孔乙己》等数十幅鲁迅小说插图，于是，他重新开始创作《阿Q正传》插图。为此，在1977年11月至12月期间，父亲不止一次地到绍兴柯桥等地去写生，目的是收集《阿Q正传》插图的创作素材。那时的柯桥根本不像现在这般神气，只有一条窄窄的老街，古桥小河间是一股久远、浓郁的越地风味。绍兴师专美术系的冯俊臣老师是个热心人，从自己家里挑来两床厚被子，和父亲两人一起住进了柯桥中学的一间空屋子。白天，他俩天天泡在农舍、田头和市集；到了晚上，四下无人，没有广播更没有电视，冯老师喜欢就着卤鸡爪、豆腐干啥的咪点黄酒，父亲不喝酒，就一边同他东扯扯西聊聊，一边复看自己白天的速写，回想那些对象的形态神情。

这期间，父亲画了大量的速写：草屋、石桥、小街、桌椅、板凳、乌篷船，甚至种在地里的萝卜菜，应有尽有，特别着重画了不少农民头像，对有的对象还特意从不同角度画了多幅（图7）。回家以后，他再根据这些速写进行融会、组合、借鉴，创作阿Q头像。早在1961年，父亲曾经刻过一幅阿Q头像，当时为表现阿Q头上的“癞疮疤”，他特意找来一把奶子榔头，对准脑袋部位狠敲一下。后来

1978 年，父亲在家里创作《阿 Q 正传》六十图。

讲给学生们听，大家都留下很深的印象。但用父亲晚年自己的话说，“由于对阿Q品格的实质缺乏理解，刻出来的头像形神俱失”。如今时代不同了，绍兴农民的精神面貌焕然一新，画来画去，很难直接找到与自己心中阿Q形象相符的形神，于是经过在头形、五官、动态上的多次调整处理，他终于刻成了一幅新的阿Q头像（图8）。头像定稿后，其后的作品喷涌而出。

1978年酷暑。父亲每天早晨不到五点就起床，趁着早凉，搬张方凳到院子里当桌子，坐在小板凳上开始刻作。出汗了，用井水绞一把毛巾擦擦，再刻。等到家家户户生煤炉烧早饭时，他的早自修已经结束，准备去学校上班了。后来有藏家出巨资收藏这套作品，并不会知道，父亲当年是坐着一枚小板凳，靠着一张方木凳，就这样沉浸在鲁迅的世界，心安理得、孜孜不倦。

创作这套作品，父亲投入了感性的激情和理性的冷峻：“我国艺术论历来认为‘传神’是绘画语言中最重要的环节，因此，我决定在斟酌阿Q头像的同时，以画出不同神态为第一要素，打破框框，可以夸张，可以变形，可以大胆取舍。”

如第七图（图9），阿Q傲视未庄的闲人们“你还不配……”，父亲有意把阿Q的脖子拉长，硬梗着将头高高抬起；因用力抿嘴而出现了深深的鼻唇沟；身体稍稍后仰，两只手甩得做作又有腔势。但是他所有的设计和表演，都

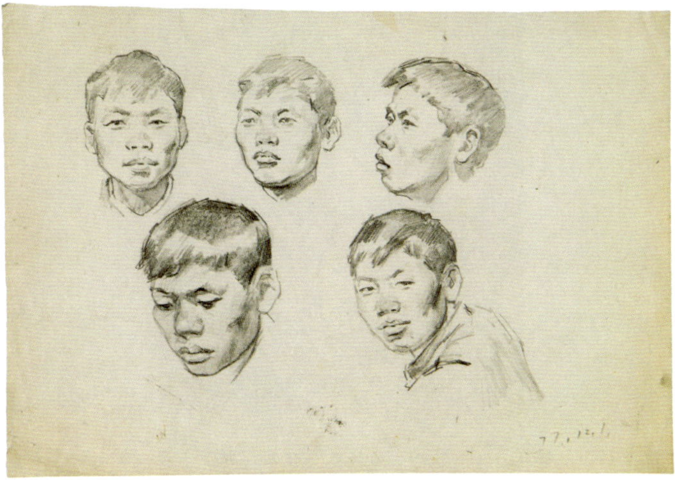
图 7 为创作《阿 Q 正传》，赵延年在 1977 年多次奔赴绍兴写生，速写了许多头像。

图 8 阿 Q 头像。版画《阿 Q 正传》六十图之一，赵延年作于 1978 年，24 × 16.7 厘米，中国美术馆藏。

图 9《阿 Q 正传》六十图之七。赵延年作于 1978 年，24.7 × 18 厘米，中国美术馆藏。

图 10 《阿 Q 正 传》 六 十 图 之 十 九。赵 延 年 作 于 1979 年，24 × 16.7 厘米，中国美术馆藏。

图 11 《阿 Q 正传》六十图之二十。赵延年作于 1979 年，24 × 16.7 厘米，中国美术馆藏。

图 12 《阿 Q 正传》六十图之十二。赵延年作于 1980 年，24 × 16.7 厘米，中国美术馆藏。

图 13 《阿 Q 正传》六十图之五十七。赵延年作于 1978 年，24×16.7 厘米，中国美术馆藏。

在身后那些闲人放肆的哂笑中化为了虚妄。

如第十九图欺负小尼姑（图10）。阿Q毕竟不是职业流氓，在呆笑中几乎癫狂到站不稳步子。父亲勾了几次草图后，特意将小尼姑的年龄表现得较小，以刻画阿Q欺软怕硬，受了假洋鬼子的气不敢反抗，却到弱小者身上肆意大发威风。紧接着的第二十图（图11），阿Q使坏后，那亢奋过度的狂笑里透出一股傻劲，简直不知道自己身在何处。

如第十二图（图12），阿Q自己打自己耳光。这是阿Q性格中最被人们诟病、也是最体现阿Q精神的重头戏之一。父亲勾草图一开始并不顺利，总觉得还差那么些味道。那晚正好我母亲在一旁做针线活，她看了就说“要真打”，说着伸手就往自己脸上猛拍！父亲一下子抓住了感觉：阿Q紧闭双眼，手伸得老远，可以想象他是多么狠地将自己附体在了“别个”身上。

如第五十七图（图13），阿Q在堂上画圈。记得那还是我给父亲做的样子，当时我体重才一百来斤。从阿Q微耸的肩膀和按纸的左手，可以看出他很想做好这件事而付出的努力，可右手的握笔方式又不免让人替他担心完成的效果。

第一批插图刻出后，父亲寄给上海人美的杨可扬先生，请他提意见。杨伯伯回信说很有看头，并告诉他社里正在准备参加全国连环画评奖的作品，鼓励父亲多刻几幅，搞成一套，也去参加。于是，父亲几次加码，最后刻成了五十八幅插图。

1980年，上海人美出版了父亲创作的“《阿Q正传》木刻连环画”，并于次年获全国第二届连环画评奖绘画二等奖。此后，父亲又陆陆续续对其中的一些作品做了调整、修改，甚至重刻，最多的竟刻了四遍，最终定稿为“《阿Q正传》六十图”。1993年，大英博物馆东方艺术部到浙江美院版画系遴选收藏水印木刻作品，一见到父亲的这套黑白木刻，他们马上发生了兴趣，仔细看过一遍后，破例决定全套收藏。

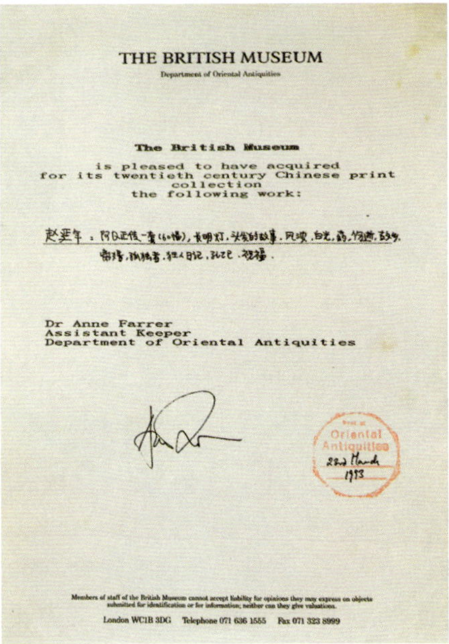

THE BRITISH MUSEUM

Department of Oriental Antiquities

The British Museum

is pleased to have acquired
for its twentieth century Chinese print
collection
the following work:

赵延年：阿Q正传一套(60幅)，长明灯，头发的故事，风波，白光，药，伤逝，故乡，
离婚，孤独者，狂人日记，孔乙己，祝福。

Dr Anne Farrer
Assistant Keeper
Department of Oriental Antiquities

Oriental Antiquities
23rd March
1993

Members of staff of the British Museum cannot accept liability for opinions they may express on objects submitted for identification or for information; neither can they give valuations.

London WC1B 3DG Telephone 071 636 1555 Fax 071 323 8999

大英博物馆收藏证书。

2006年，父亲索性将这套木刻作品连同所有木刻原版也全部捐赠给了中国美术馆。

四

1979年12月，“赵延年木刻创作四十年展”在浙江美院陈列馆举办。这是“文革”后父亲木刻创作的一次集中亮相，来的人很多。凑巧，刚担任中国文联主席职务不久的周扬那几日也在杭州。开幕式还没结束，周扬也赶来了。一开始，他饶有兴致地在展厅里看画，并不时转身与陪同者们说上几句。当一行人来到父亲于六年前创作的那幅鲁迅杂文《死》的插图（图14）画框前时，我看到周扬的脸色一下子就变了，立刻扭头而去。旁人倒也没感到怎么太意外，毕竟大家都是过来人。人在世间走，心病谁没有。

自1973年起，父亲陆陆续续为鲁迅文学作品创作了七十余幅木刻插图，如果算上“《阿Q正传》六十图”和“《狂人日记》三十八图”，以及1963年创作的一幅，总数当在一百七十幅以上。

那时尚处“文革”时期，父亲这样做，固然有题材保险之故，但更多的则是前文所述的原因。既然搞阿Q受阻，他就转向鲁迅其他作品的插图创作，先练练手、练练眼、练练刀，同时也加深理解鲁迅作品的深刻内涵。2001年，父亲在一篇《我怎么会刻了一百三十多幅鲁迅先生作品插图》的文章里写道：“几十年的时间，经历了种种跌宕坎坷，留下了各式各样的烙痕。正因为自己经历得多了，认识也不断提高，才对鲁迅先生的作品有了更进一步的理解。我深深感到，鲁迅先生对我们这个古老民族的观察是如此细微，判断又是如此准确，他的作品不仅在当时有巨大的社会影响，就是到了今天，对许多问题也仍然起着指导作用。”

祥林嫂是家喻户晓的人物，她的人生苦难是一连串的，可插图只是一幅二维的静态图画，该怎么表现？父亲采用了对比手法：冬至清晨风雪交加，鲁家的台门气派威风，送灶的爆竹声响彻遐迩，可祥林嫂茕茕而立，呆滞失神的目光透出了她死寂的绝望。再细看，她的白发是苦难，爆满青筋的双手是苦难，褴褛的衣衫是苦难，破烂空碗是苦难……她无处去了！（图15）而她身后场景里的两个人物，没有脸，可身架、体态和动势讲得分明：老爷肥硕稳当、心满意足，执鞭人腰挺背直、兴致盎然。虽然画幅中的那两人只比拇指盖大一点，但刻得一丝不苟，活灵活现。

说句题外话，现在有不少人喜欢把人物放大了刻，且越放越大，一米、两米，仿佛大了就有气势。其实并不尽然。大的当然需要功力，可小的更加需要功力。我经常喜

图 14《死》，赵延年作于 1973 年，25.8 × 19.9 厘米，中国美术馆藏。

图 15 《祝福》，赵延年作于 1974 年，19.5 × 14 厘米。

图 16 《孔乙己》，赵延年作于 1975 年，20.2×14 厘米，中国美术馆藏。

图 17 《一件小事》，赵延年作于 1977 年，20 × 15 厘米。

图 18 《一件小事》，赵延年作于 1980 年。

图 19 《一件小事》，赵延年作于 2000 年，26 × 14 厘米，中国美术馆藏。

图 20 《伤逝》，赵延年作于 1978 年，18.8 × 13.5 厘米，中国美术馆藏。

图 21 《野草》，赵延年作于 1976 年，24.4 × 17.4 厘米。

欢用放大镜看这幅画，觉得父亲在“不经意处”的用心，正是从反面加深了对祥林嫂所遭遇的同情，表达了他自己心中的不平和悲愤。

父亲对孔乙己赋予了更多的同情。对一个完整人格在被毁灭前的展现，事实上更强化了得知孔乙己后来命运的读者心中的悲惨。父亲没有选择孔氏用手“走”路；没有选择涨红了脸，额上的青筋条条绽出；更没选皱纹间时常夹些伤痕，一部乱蓬蓬的花白的胡子……画面上的孔乙己正认真、入神地对付着一墩子碗冒着热气的老酒，眯着眼，嘬起嘴，美味即将入口（图16）。嗜酒人的美好时刻，看得叫人好难过。老人宽大的额头强说着他残存的聪慧，翘起的兰花指还不愿丢失读书人的矜持。脸部的用刀谨慎细腻，长袍的用刀则松弛放任，是矛盾的一统。父亲出身旧家庭，他情愿保留孔乙己最后的那一点点尊严。他理解鲁迅作品中那冷峻的反跌效果。

《一件小事》的插图，父亲刻了三遍，前两幅分别作于1977年（图17）和1980年（图18），最后一幅作于2000年（图19）。前两幅都是正面视角，远处都有一个“‘小’我”；第三幅则采用背面视角，并去掉了“‘小’我”。这是一个精心构思的角度，这样一来，巧妙地将读者代入了故事，使读者和作者一同看见了高大的“他”。车夫是“下等人”，点出这一身份的是他身上的棉袄。这是一件北方人穿的老棉袄，简练的剪影，富有肌理质感的用刀，甚至能让人感觉出那里面絮着的是板硬的旧棉絮。微微虚曲的双腿表现出这位“下等人”对老者的殷勤，人矮了下去，形象高大了起来。

无力的涓生走在吉兆胡同里，心里一丛杂草（图20）。当然，心里是看不见的，看得见的是他身后墙上的斑驳陆离：还是一把大平刀铲、刻、刮、啄，刀刀留印。假使把《伤逝》的这面墙同《离家》的那面墙放在一起，会很清晰地看出：三十二岁的父亲刀下再现的是高墙，五十四岁的父亲刀下表现的是人心。整幅画的调子是颓废、昏暗的，可归来的阿随似乎带来了些希冀。它动势向上，腿脚有力，虽然只是寥寥几刀。

如果说，为小说作插图有人物、情节可以参考、依赖，那么，作杂文的插图就更需从整体上去领会、把握所作文章的气质、意图。譬如前面提到的《死》。《野草》插图（图21）是父亲自己很喜欢的一幅。这幅作品创作于1976年，正是一个承上启下的当口。画面的处理极其简练，虽只是一株小草，却有一股蓬勃向上的正气。天低云暗也好，沉沉黑土也罢，啥也挡不住这一抹新绿。记得父亲同我们说过，胡风先生晚年要出一本书，工作人员拿来几幅版画让他选用，他选了父亲的这幅《野草》。1991年，父亲将它选入了自己的个人画集，由于印刷条件所限，小草没能套色。这引来了我母亲的埋怨。母亲认为没有了绿色，这幅作品就等于没有了灵魂。她再三责怪父亲，为什么不坚持一下，要求加个套版，或者干脆就不选用这幅作品。1999年，由香港汉雅轩策展的“新中国五十年·赵延年木刻版画回顾”在以色列、美国相继展出，并为此印制了画册。这回父亲同轩主张颂仁先生商量，务请这本黑白画册为《野草》套上绿色。最后终于在彩印的封底印上了这幅作品，而此时母亲已于上年离开了我们。

五

1978年，父亲又创作了一幅鲁迅肖像（图22）。显然，这是根据那张著名的鲁迅照片作为素材发展而成的。事实上，前前后后有许多画家创作过这一角度的鲁迅肖像，木刻的也不少见。父亲在这幅作品的处理中，对人物的外在形象和内在情绪把握是圆润的、松弛的，但所用的刀触却是刚直的。从作品的最终效果来看，这种由意念与手法之间相互抵牾形成的不和谐而达到的和谐，使作品内涵更加含蓄而厚实。

1975年，在全国开展的一场“评《水浒》”运动中，鲁迅又一次被万众瞩目。那时，尽管父亲头上的“紧箍咒”还没完全解脱，却已被下达了任务，要求完成一幅紧跟主题的创作。为此，这年秋天父亲专程到上海鲁迅故居搜集素材。当年我还在插队，趁回家休息的日子，一同

图 22《鲁迅先生》，赵延年作于 1978 年，27 × 20.2 厘米。

跟父亲坐着绿皮火车到了上海。那天下午，我们来到山阴路大陆新邨九号的鲁迅故居。其实，鲁迅当年写那篇关于《水浒》的文章时，并不住这儿，而是在景云里。但那边没有保留为故居。父亲二十年前来过这儿，可此时故居不对外开放。父亲事先请朋友帮忙联系了，这才开门让我们进去。我是第一次，感觉新奇而穆然。走上二楼的书房兼卧室，父亲打开速写本画了起来。其中，他特别将写字台以及上面的台灯、几支“金不换”毛笔和那把椅子一一详细地画了下来。这时，楼下传来轻轻的对话声，接着，又有两人从楼梯走了上来。陪同的工作人员将他们同父亲相互做了介绍，原来是唐弢和曹白两位先生。父亲和他俩虽然都知道对方，但没见过面，便握手交谈了起来。具体谈的啥我没听清楚，话题总是围绕着鲁迅。后来他俩先走，父亲又画了一会儿，窗外便有点暗下来。出门后父亲告诉我，他俩是同鲁迅接触交往过的，所以特意请教了他俩各自对鲁迅的印象及感受。父亲没和我多说，看他若有所思的样子，应该是有了新收获。

回杭后，父亲投入了紧张的创作，可稍有闲余，便同时勾起了这幅鲁迅肖像的小稿，有动势，但看不出表情。很快，“四人帮”倒台，父亲忙了起来。小稿在墙上钉了好久。两年后，父亲完成了这幅作品。

刚刚历经浩劫的父亲，以白亮的额头突出了鲁迅的睿智，浓密的眉毛和胡须则强化了他战士的风貌，那只握香烟的手显得更为有力，双眼中的两点高光，仿佛经意而又不经意地打量抑或凝视着周遭的一切。如果说，父亲1961年的那幅《鲁迅像》里，鲁迅的横眉冷对一览无遗地展示了他敢于直面惨淡的人生、正视淋漓的鲜血，那么，在这幅《鲁迅先生》中，鲁迅那丝浅浅笑意的后面，人们更能感受到的是他犀利剖析社会、深刻透视人性的定力。中国传统书画中，向有“造险”一说。父亲采用的对角线构图，本为大忌，但他巧妙地以黑白处理“破险”，不仅不感突兀，反而增强了静态构图的动势，从而呼应了前述的那种“抵牾”。

2006 年 3 月，中国美术馆举办的赵延年捐赠仪式现场，父亲同我们一家三口（我和妻子沈敏、儿子赵全）合影。

后来，社会上几度出现过关于对鲁迅绘画形象神态的讨论，甚至牵扯到生活中的鲁迅究竟是严肃还是风趣云云。父亲对这种议论颇不以为然，甚至觉得无趣。然而我明白，他创作这幅作品并非一时心血来潮，那天下午与两位先生的交谈，一定引发了他心中某种创作的动机。父亲没有留下相关的文字，他的话都在他的画里。他是画家。

这幅作品受到广泛好评，被人们反复用于书籍封面、文章题图、网页插画等。2006年3月，父亲向中国美术馆捐赠作品仪式上，馆方将这幅《鲁迅先生》放大，用作海报矗立在大门口。父亲同我们兄妹各家一一在那里合影留念。

六

1984年4月，我家搬入浙江美院新建的综合楼居住。初冬的一天，父亲拿出照相机对我说：你给我做几个“样子”，我来拍。

做“样子”，就是给父亲当临时模特。这是我们三兄妹从小就经常被父亲要求做的事。他在家画画或刻木刻时，冷不丁会叫我们过去做个“样子”。这时无论我们是在做功课，或正玩得油头汗出，必须立刻过去，按照他的要求，举一只手，或仰一个头，再抑或摆一个动作姿势。通常很快，三五分钟完成；时间稍长，我们就会不断地

我为父亲创作《狂人日记》插图做模特拍照。

问：有没有好？有没有好？那段日子，父亲正在创作鲁迅先生的《狂人日记》插图，已反反复复不知道画了多少小稿了。他把我叫到阳台，要求我自由发挥，按照我所理解的狂人形象，一个姿势停几秒钟，尽量多摆几个，并特别要我演绎“忘乎所以的大笑”。

当时，浙江话剧团正在杭州胜利剧院演出曹禺的《雷雨》。正巧，该团团长周贤珍女士与父亲同是省政协文艺界别的委员。于是，父亲向她提出要去剧场画速写。获允后，父亲连着去了三四天，前台后台地跑，画了满满一本素材速写，主要是戏中人物的服装，包括人物穿着的动势、衣服的样式、细部的皱褶等等。

父亲搞创作有个习惯：要家人对他的画稿或作品提意见。无论因一时搞不下去而紧锁着眉头，或是突破了一些难点后得意地哼着歌，又如刚刚打出一张大样等，常会把我们叫去说说自己的看法，有啥说啥，百无禁忌。妈妈和哥哥姐姐表达自己的意见都有涵养，只有我口无遮拦。哪怕我瞎说一通，父亲也决不怪罪，哈哈一笑了事。

这回看了父亲第一批刻出的几幅作品，我问他：你刻的狂人看上去好像很理智，看不出是个疯子。父亲听了立即对我说：我就是不想把他处理成那样。他说：鲁迅先生所描写的狂人，其实是那个时代里最清醒的人。如果真是一个疯子，那还有什么意思！

我顿时明白了，鲁迅为啥称他为“狂人”，父亲为啥要创作这套作品。

这一时期，是父亲一生中的又一个创作高峰。从“文革”后期被允许重新画画以来，经过几年复习性的教学与创作，父亲逐渐恢复了他对木刻艺术的驾驭。2010年时，父亲曾谈过他创作这套作品的原因：“从1974年起，我为在被关‘牛棚’时立下的决心刻《阿Q正传》着手构图，到1978年正式动刀。其间，由此陆续涉及创作鲁迅先生文学作品插图的逐渐增多，和对其作品所揭示的人性的认识不断加深，我感到要为鲁迅先生的名著《狂人日记》创作插图的欲望不断在增强、增强。”

父亲最初接触木刻连环画，要追溯到他十七岁时在抗战中的创作。上世纪五十年代初在《华东画报》工作时，他多次利用连环画宣传抗美援朝，还出版过单本连环画。父亲很重视连环画的表现节奏，对人物与场景的画面转换安排极讲究。就拿人物来说，是正面还是背影、是大还是小、是明还是暗、是悲还是喜……他都反复思考，勾过大量的小稿。

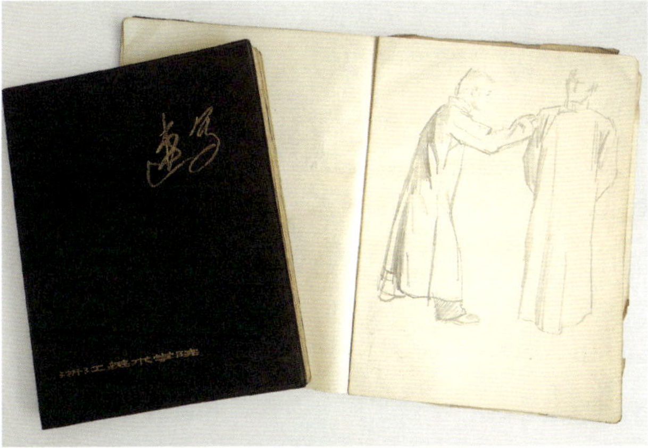

父亲当年画的素材速写。

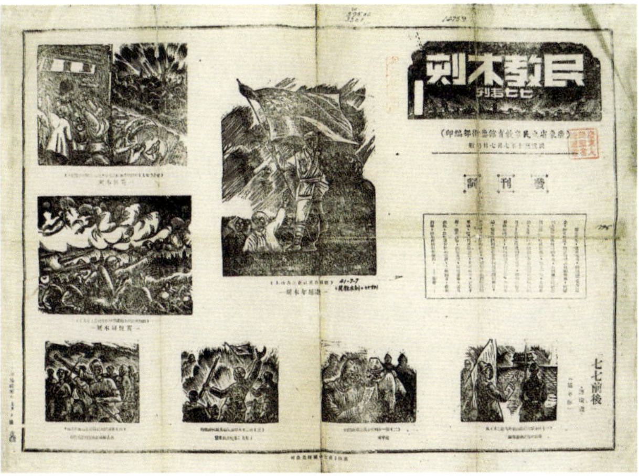

十七岁时，父亲创作了他的第一套木刻连环画《七七前后》。

而且，他勾的小稿一定是双管齐下，一面挖掘作品的人物个性，一面考虑画面的黑白处理。常常是为了一幅作品，铅笔素描稿、墨笔黑白稿贴去了一大块墙面。

父亲喜欢用平刀。刻过木刻的人明白，这是一把难以驾驭的刀。父亲却将一把平刀使唤得出神入化，嫌不过瘾，托人做了几把尺寸大到买不到的大平刀。他历来主张，哪怕刻的是一张小脸，能用大刀触决不用小刀触。如果说，此前创作的那套《阿Q正传》连环画，因父亲在十几年间反复修改、重新刻作过多次，在画幅中传达出他对各种刻刀的偏爱的话，那么，这套《狂人日记》则充分展示了他对大平刀的控制能力，无论块面、线条，常常是一把刀解决，一气呵成。有人不信，觉得细细的线条如何出自宽头大脸的平刀？看过父亲刻作的同事、朋友和学生恍然大悟：把刀侧过来，用平头两边的刀尖。有时，他会在刀尖行进中略微调整刀的角度，这时的线条会出现粗细变化，甚至由刀头受阻而产生的爆裂感。这是他最高兴得到的艺术效果，可遇不可求。

第七图（图23）是一幅只有狂人半张脸的大特写，视觉冲击力非常大。这样的构图，在父亲此前所有的创作中我没有看到过。

鲁迅的原文很短，只十七个字："晚上总是睡不着，凡事总得研究，才会明白。"经过连续几幅中景，父亲想在这里放一幅正面的人物形象，揭示狂人内心世界。但勾了一批小稿，他都不甚满意，便搁了下来，转攻其他的画幅。

上世纪八十年代初，国内电影市场很活跃，不仅拍了许多优秀影片，还进口了许多以前看不到的外国影片，因此，电影广告的创作也大量涌现。父亲在上海工作时画过不少电影海报，因此多次受邀去电影公司的海报培训班上课。我有几次也跟着去，好借机蹭看“内部电影”。当时有一部意大利警匪片，海报上只露出一双眼睛，感觉挺新颖。于是我试着建议：能否用一个电影大特写般的构图，大到突破人们的视觉习惯。父亲听后没说话，但我感觉他好像有点听进去了。于是，后来就有了这幅作品。因失眠所致的眼神呆滞发定，颜面部所有的线条都挤向紧皱的眉心，严重的焦虑呀！一个令人同情的狂人。

如今让我感到很荣幸也很幸福的，是第十八图（图24）。这里很明显有我的贡献。当然，本人那属于傻笑，动势做作、眼神空洞，但也是豁出去后试了几次才拍下来的。要知道，叫儿子在老子面前“忘乎所以”，有多别扭。其实，父亲要的只是人物的一个架势，他早已吃准了人物的内核：狂而不癫。清癯的面庞、深陷的黑眼圈，尤其是额头那似乎是刀触无意间留下的一道黑纹，把狂人笑声中的忧郁、苦恼和无奈，还有随着微微颤动而散乱的长发所透出的单纯、甚至是幼稚，都一一标定得恰到好处。细细看，多少会看到自己。

第二图（图25）的原文更短，九个字：“今天晚上，

图 23 《狂人日记》三十八图之七，赵延年作于 1985 年，25.7 × 17.2 厘米。

图 24 《狂人日记》三十八图之十八，赵延年作于 1985 年，25.7 × 17.2 厘米。

图 25 《狂人日记》三十八图之二，赵延年作于 1985 年，25.7 × 17.5 厘米，中国美术馆藏。

图 26 《起来！饥寒交迫的奴隶……》，赵延年作于 1961 年，47.5 × 46.2 厘米。

图 27 《噩梦》系列之二，赵延年作于 1989 年，60 × 48 厘米。

图 28《狂人日记》三十八图之三十七，赵延年作于 1985 年，25.7 × 17.5 厘米，中国美术馆藏。

图 29《狂人日记》三十八图之三十八。赵延年作于 1985 年，25.7 × 17.5 厘米，中国美术馆藏。

很好的月亮。”父亲的处理很简洁，黑白分明；但读者只要盯着人物的头部看一会儿，真觉得月光如洗、清寒逼人，与前一幅满构图表现出的躁动、繁杂的氛围相对比，顿时拉开了距离。虽然不见人脸，但那种茫然的空落落在人物微微杠起的肩头展现得一览无遗。

手，是最忠实、精准执行主人意志的人体部位。画画的人都知道：“画人难画手，画兽难画狗。”父亲刻手是一绝，如此前的“起来，饥寒交迫的奴隶……”（图26），此后的“噩梦系列（之二）”（图27）等等。《狂人日记》第三十七图中的这双手，从臂肘部一下子发力到指尖的线条精瘦到不见脂肪，分明是狂人的自我熬炼（图28）。顺便带一句，在这幅安排于连环画行将终结时的画面中，读者似乎看到了有些熟悉的人物表情。是的，在第七图。这种呼应，我相信应该不是父亲不经意间的处理。

第三十八图，黑多白少（图29）。无疑，呼天抢地的狂人是如此弱小，画面的基调由强大的黑块敲定。但近年来我心中产生了一个问题：顶部的白色倒三角，在父亲心中，抑或在狂人心中，是将要合拢关闭的黑，还是正在挣扎撕开的白？那黑，后来到底关闭了没？那白，后来真的就被撕开了？

再也问不到父亲了。

不过我想，再过十年，或许我会比今天更多一点理解这不朽中深蕴的内涵。

作为儿子，我没有资格评价自己的父亲。还是借李允经先生在他所著的《中国现代版画史》中的一段话来做个结尾："如果说，赵延年的《鲁迅像》是对以鲁迅为代表的中华民族优秀品质的集中歌颂，那么，他的《阿Q正传》便是对国民劣根性的暴露和鞭笞。从这种意义上说：他的版画艺术将和鲁迅的著作同在，并且能够长久地活在鲁迅的事业中。"

完稿于2021年3月

犯错是常态，而不是例外

克 韩

认知偏差不仅存在，而且广泛存在，甚至可以说是内置于头脑的固有系统缺陷。

请想象以下情景——

我给了你一千块钱，接下来你要在两个选项中选择：一、有50%的机会再赢得一千块钱；二、我再给你五百块钱红包。

这个实验在不同的人群中做过很多很多次，可以说结论通常都一样：大部分的人会选第二种，也就是稳稳的五百块钱，而不是冒险去争取更多的收入。

接下来请再想象一种情况，我先给你两千块钱，接下来你必须选择：一、有50%的机会失去一千块钱；二、你必须还我五百块钱。

也许，你已经猜到了答案：大部分人会做出第一个选择，也就是宁愿冒失去一千块的风险，也不愿意肯定让出五百块钱。

其实，这两个问题是实质等价的。如果你选择冒险，都有50%的机会得到两千块钱；如果选择规避风险，则都有机会得到确定的一千五百块钱。可是，当你把它像第一种情况那样描绘成“获得”时，人们倾向于去回避风险；而如果把它像第二种情况那样描绘成“失去”时，人们则倾向于冒险。原来，人们在面对不确定的选择时，往往依赖于对事物的描绘，而不是事物的实质。换句话说，“怎么说”比“说什么”更重要。

这就是著名的框架效应（Framing Effect），今天无论在经济学领域还是公共政策决策领域，已经可以越来越多地看到这个效应的应用：政府运用框架效应，来减轻对某项公共政策的社会阻力；营销人员在广告和公关中运用框架效应，来增加销售、提高企业形象；老公利用框架效应，来劝说妻子接受某项家庭投资……

BBC著名的政治讽刺剧《是，首相！》里，有一个汉弗莱爵士教导伯纳德的经典段落。当伯纳德提到民意测验结果时，老江湖汉弗莱教会了他如何在有关兵役制度的民意测验中得到自己想要的结果。汉弗莱说，如果你想得到支持恢复全国兵役制的结果，要这么问：“您担心失业青年增多吗？您担心青少年犯罪率上升吗？您觉得学校里缺少纪律吗？您觉得年轻人应该接受更多的权威和领导吗？您觉得他们应该接受挑战吗？您是否支持恢复全国兵役制？”而如果想得到反对全国兵役制的民意测验结果，你就应该这么问：“您担心战争吗？您担心军备竞赛吗？您觉得让年轻人学会持枪杀人是否很危险？您是否同意不应该强迫人拿起武器？您反对恢复全国兵役制吗？”

这就是框架效应在政府管治中的具体应用，而我们今天之所以对框架效应有清晰的概念，要感谢两位以色列心理学家丹尼尔·卡尼曼（Daniel Kahneman）和阿莫斯·特沃斯基（Amos Tversky）。

有一本关于这两位心理学家的书，名叫*The Undoing Project: A Friendship that Changed Our Minds*。这个书名我倾向于翻译成《橡皮擦计划》，国内有其他人翻成《抽丝剥茧》（中文版翻译成了《思维的发现》），有点太文艺了，也没有完全表达出原文undo的这个含义。

这里的undo是什么意思呢？就是橡皮擦。Word软件里有个基本编辑指令：撤销上一个动作，在英文版word里，这个指令就叫undo，即把做过的一件事情像用橡皮擦一样擦掉。这里有两层意思，一层是卡尼曼后来的研究涉及人类心理“悔不当初”的层面，另一层意思是这两个以色列心理学家的研究彻底改变了人类对理性的固有看法。

《橡皮擦计划》这本书能够走红，很大原因是它的作者迈克尔·刘易斯（Michael Lewis）。

迈克尔·刘易斯是美国著名的畅销书写手。因为文笔太好，太会写，他的几乎每一本书都非常畅销，其中有三本被改编成了电影：一本是2003年写棒球队的*Moneyball*

（《点球成金》），2011年拍成电影，布拉德·皮特主演；一本是2006年写的*The Blind Side*（《盲点》），2009年拍成电影，桑德拉·布洛克主演；还有一本是2010年写的*The Big Short*（《大空头》），2015年拍成电影，布拉德·皮特、克里斯蒂安·贝尔、高斯林等一线红星主演。

《橡皮擦计划》是关于两位心理学家的传记。刘易斯是怎么注意到这两个人的呢？是源自他的成名作《点球成金》的书评。

《点球成金》讲的是一个棒球队，摆脱了传统球探对球员选择的主观判断，而是单纯注重统计数据，最终打出很好的成绩，打败了很多比他们更富有的球队。

在关于这本书林林总总的书评中，刘易斯发现有一则特别有意思。这篇来自芝加哥大学两个教授的书评指出：《点球成金》里的奥克兰棒球队之所以能够成功，是因为摆脱了传统球探对球员价值判断的束缚，而人类在判断价值方面存在固有弱点这件事，早就被卡尼曼和特沃斯基这两个人写明白了。换句话说，《点球成金》阐明的道理，早就有人用更系统、更学术的方法说过了，刘易斯算是重新发明了一遍轮子。

谁是卡尼曼和特沃斯基？刘易斯就开始问自己，后来他发现世间事就有这么巧，他恰好当过特沃斯基一个儿子的老师，而卡尼曼的家也离他的家不远。通过特沃斯基儿子的介绍，刘易斯进入当事人的核心家庭圈，从此开始了对两位心理学家生活和学术的研究探索，最终写就了这本书。

卡尼曼和特沃斯基在学术上可谓焦不离孟，孟不离焦，而他们友谊的结晶——一系列独具创见的论文，彻底打破了人类理性选择的一些迷思，为此后公共政策选择、社会学和经济学发展做出了卓越的贡献。卡尼曼因此获得2002年诺贝尔经济学奖，特沃斯基之所以没有获奖，是因为诺贝尔奖只颁给在世的学者，而特沃斯基在1996年就英年早逝了。

丹尼尔·卡尼曼出生在特拉维夫，童年在巴黎度过。其父是个化学家，“二战”期间差点因为犹太人的身份被送往奥斯维辛，幸亏他的雇主，也就是欧莱雅的创始人厄让·舒莱尔救了他。

跟随母亲逃亡到以色列后，卡尼曼长大并成为希伯来大学一名主修心理学的学生。在正常社会，他会顺着学术道路成长为一名学者，但那个时候的以色列很难说是正常社会，大学毕业后的卡尼曼很快被召入军队，并最终进入以军的心理战队。由于他的上司是一个化学家，所以时年二十岁的卡尼曼也成了以军内部最懂心理学的权威专家。

卡尼曼在军队最大的成就是改革了给新兵分兵种的流程。过去，这方面主要靠面试，但就像我们在《点球成金》里看到的一样，面试就是球探用自己的主观眼光来选人，远不如算法科学。卡尼曼就为以军设计了一套算法，这套1955年的算法如此成功，直到今天还在使用（只有微小的调整）。据说军方也曾考虑革新这套算法，结果发现选人的成绩比之前还要糟糕，又赶紧改了回去。

曾经当过以色列国防军首席心理学家的加尔后来回忆说，离开军队后他去美国读书，有一天五角大楼打电话叫他过去交流经验，他们不停地问同一个问题：你们以色列军队用的是和我们一样的枪，开的是一样的坦克，飞的是同样的战机，为毛你们一直在打胜仗而我们没有？加尔说，最后五角大楼花了五个小时来搞清楚卡尼曼的选拔算法。

迈克尔·刘易斯后来随卡尼曼去探访以色列军队，发现此君在军中简直是个神一样的存在，而每个新兵得到的心理评估分数，也被叫作“卡尼曼分数”。

卡尼曼是神，阿莫斯·特沃斯基更神。出身于以色列空降兵部队的他，短暂当过古城杰里科的军事长官。比起文职的卡尼曼，他是一个真正出生入死的战斗英雄，得过以色列最高等级的英勇勋章。在一次以色列国防军总参谋部高层观摩的演习中，他手下的一个士兵拉下爆破筒引信后突然昏倒，当时在场军官要求大家都不要动，眼看这个倒霉鬼只能被二十秒后就会爆炸的爆破筒炸死，特沃斯基此刻冲出掩体，抱起士兵跑出十码，然后将其扔在地上，自己趴在士兵身上，挡了一些弹片。这些弹片至死还留在他身体内。观看了整个过程的独眼战神摩西·达扬在给特沃斯基颁发最高英勇勋章时说：“你做了一件非常愚蠢，但也非常英勇的事情，再来一次你就逃不过了。”

相对来说，卡尼曼和很多学者一样，生性比较淡漠，喜欢远离人群。其助理曾经这么评价他："他有点像伍迪·艾伦，只不过是缺少幽默的那个版本。"他对自己缺乏一定的自信，总是担心自己写的东西不够好，他后来出版的*Thinking, Fast and Slow*（《思考，快与慢》）跻身《纽约时报》畅销书榜，在路上碰到熟人时他把这个当笑话讲："你可能没法相信这个，《纽约时报》工作人员犯了个错误，把我的书放上了畅销书排行榜！"几周后，这本书还在畅销书榜上，他又碰到这个熟人，这次说："太难以置信了，《纽约时报》的那些人因为之前犯的错，将错就错到现在了。"

而特沃斯基则相反，自信，充满战斗精神。虽然外貌和体形都算不上出众，走进屋子的时候也许不会有人立即注意到他，但只要让他说上五到十分钟，人们就会像飞蛾扑火一样被他吸引，他便成为聚会的焦点。这或许也是很长一段时间里卡尼曼的光芒被特沃斯基盖过的原因。

退伍之后，特沃斯基去大学求学，上课从来不记笔记。要考试了，他就借同学的笔记看。只看一遍，就懂得比同学还多。很多话他听人说过一遍后，就能用自己的方式说出来，还远比对方说得更吸引人。他是如此天才，以至于密歇根大学一个心理学家发明了一条智商定律："你越快认识到阿莫斯比你聪明，你就越聪明。"

有一次，特拉维夫大学为一位获得沃尔夫奖（仅次于诺贝尔物理学奖的大奖）的物理学家举行庆功派对。席间，特沃斯基和这个大奖得主随意闲聊了一会儿，因为他当时正好对黑洞有点兴趣。由于当时双方没有通名，第二天这个物理学家到处找人打听，昨天和自己聊天的那个物理学家叫什么，最后校方才搞清楚，他要找的那个人原来是特沃斯基。校方告诉这位物理学家："你是说阿莫斯啊，但他不是物理学家，他是心理学家。"物理学家惊了："不可能！他是我见过的最聪明的物理学家。"

特沃斯基的思路也非常清晰。在他读书的年代，希伯来大学要求学生选择两个领域集中研究。特沃斯基选的是哲学和心理学，不过两年后他就放弃了哲学，他的理由是："哲学已经没啥可做的了。柏拉图解决了太多的问题，我们已经没法再在这个领域有贡献了。这个领域有太多的聪明人，留待解决的问题又太少，而且有些问题是无解的。"

有时候他会和夫人去看电影，通常是夫人来挑片子，但他可能二十分钟后就会回到家里，看他心爱的NBA篮球赛或喜剧节目，他的理由是："只要看开头五分钟，我就知道这部电影是否值得看下去。"等电影结束时间快到，他会开车去电影院把老婆接回来。他解释说："电影院已经拿走了我的钱，难道还要把我的时间也给他们？"

《橡皮擦计划》的副题是"改变了我们想法的友谊"，自然是围绕特沃斯基和卡尼曼这对异性恋者之间超乎寻常的智性友谊展开的。两人就像恋人一样有过亲密无间的时候，从而催生过闪耀人间的夺目成果，但也有过痛苦万分、毅然不回头的决裂时刻。然而，到了特沃斯基生命最后时刻，卡尼曼仍然是那个他最想通话的人。

在卡尼曼和特沃斯基之前，经济学界有一个被认为是公理的基本假设，叫理性选择假设，或者叫理性人假设。可以说，大部分传统经济理论都基于这个假设：人是理性的，他们能够充分理解外部世界，并判断不同的可能性，然后做出符合自己利益的最佳选择；他们当然可能会犯决策错误，但导致犯错误的只是偶发的情绪波动，基本可以忽略。

由两个犹太心理学家来挑战理性选择假设，恐怕和犹太民族特别注意观察人性有关。以色列哲学教授马嘉利特（Avishai Margalit）曾这么说："犹太人骨髓里都是小商贩，他们必须一天二十四小时不间断地判断其他人：谁很危险？谁不那么危险？谁会还账？谁不会还账？什么能够打动眼前这个人？犹太人基本上就是靠心理判断能力生存下来的。"

卡尼曼和特沃斯基通过一系列精妙设计的心理学实验，证明了人类其实并没有我们自己想象的那么理性。就像人的眼睛会受到视错觉的干扰一样，人类的认知偏差不仅存在，而且广泛存在，甚至可以说是内置于头脑的固有系统缺陷。人们在进行某些不确定的选择时，不是偶尔犯错，而是系统地反复犯错。犯错是常态，而不是例外。换句话说，人类并非总是能做出最符合自己利益的最佳选择，原因是他们其实也搞不清哪个是最佳选择。

卡尼曼和特沃斯基提出，人们在进行判断和决策时，经常走一些思维捷径（Heuristic，学术一点的说法叫启发式）。这些思维捷径很多时候对人来说当然是有益的和有效的，利用思维捷径来解决很多日常问题是有好处的，因为可以不用调动太多的脑细胞。这或许也是进化带来的后果：看到疑似猛兽的东西转身就跑的存活几率，肯定要比留在原地仔细核算评估到底是不是猛兽后再决定是否奔跑的存活几率更大，虽然后者要更科学。

思维捷径是人们在信息不完整的情况下短时间内找到解决方案的一种办法，但它确实也会经常性地把人带进坑里。比如，代表性思维捷径（Representative Heuristic），也可以叫相似思维捷径，意思是说人们在判断一个不确定事物时，会第一时间搜索头脑中与之相似的事物，并根据相似事物的特征做出快捷判断和决策。这在大多数时候虽然是正确的，比如一个人看上去很符合NBA球员的条件，很可能就真的是NBA球员，但同样在很多时候，它会带来严重的认知偏差。

这方面最著名的实验就是所谓的“琳达问题”。琳达是一个三十一岁的女性，单身，外向，非常聪明。她主修哲学，在学生时代非常关切歧视和社会正义问题，也参加过反核游行。请问，以下描述按照可能性排序应该是怎样？一、琳达是一个中学教师；二、琳达在书店工作，并参加瑜伽课；三、琳达是个女权运动活跃分子；四、琳达是心理学社工；五、琳达是投票给妇女联盟的选民；六、琳达是一个银行柜姐；七、琳达是一个保险经纪；八、琳达是一个热衷于女权运动的银行柜姐。

其中，其实只有第六和第八条是真正相关的选项，实验者真正要考虑的是：人们是否能意识到八只是六的一个子集，也就是说琳达是一个热衷于女权运动的银行柜姐的概率，肯定要比琳达是一个银行柜姐的概率要小。事实证明，人们根本意识不到这一点，他们都下意识地认为，根据描述，琳达是一个热衷于女权运动的银行柜姐的可能性，要比她单纯是一个柜姐的可能性大！

不管是统计学专业或者逻辑专业的研究生，还是医生，在碰到这个问题时通通大量犯错。事实上，卡尼曼和特沃斯基不断缩小范围，最后甚至只保留了两个选项：一、琳达是一个银行柜姐；二、琳达是一个热衷于女权运动的银行柜姐，但人们还是凭感觉做出了完全有悖于概率逻辑的选择。

代表性思维捷径，只是常见认知偏差的一种。卡尼曼和特沃斯基还研究了好几种类似偏差，比如“可得性思维捷径”（Availability Heuristic）。简单说就是人们在判断一项事物并做出决策时，脑海中越容易想起来的东西（唾手可得的东西）往往会占据不应有的重大比例，也就是说，容易回忆起来的东西被认为更具可能性，这导致人们出现判断和决策的认知偏差。

比如，当我们开车经过车祸现场时，会立即把车速放慢。为什么呢？因为车祸一下子占据了我们大量思维，看上去车祸的可能性增加了，而事实上车祸的概率并没有变。经济学家也观察到，当最近有大地震发生时，地震房屋保险的销售就会有大量提升，然而地震的概率并没有实质改变，改变的是人们对地震可能性的猜测。当你看过一部描绘原子弹战争的电影时，你会更担心世界发生核战争——因为核战争的可能性看起来增加了。

这方面，卡尼曼和特沃斯基是通过一个同样著名的实验来证明的。这个实验的名字叫作“K实验”，问题很简单：英文中，每个字母出现的频率是得到充分研究的。我们选中了一段文字，其中每个单词的第一个字母和第三个字母都进行了统计记录。请你推测一下，首字母是K的单词，和第三个字母是K的单词，比率是多少？

大多数人答，首字母是K的单词，是第三个字母是K的单词的两倍。而实际上这是错的，因为第三个字母是K的单词，大概是首字母是K的单词的三倍。

人们为什么做出如此荒谬的判断呢？因为K开头的单词比较容易想到，king、kill、kitchen、keep，一想一大堆，但第三个字母是K的单词就非常难以想到，所以这些单词的出现概率在人脑海中就被人为调低了。

他们还做过一个实验，给俄勒冈大学的学生读两个人名名单，所有人名都有明显的性别特征（很容易区分男女），第一个名单由十九个男人和二十个女人组成，但其中男性多为名人；第二个名单由二十个男人和十九个女人组成，其中女性多为名人。每个人名只花两秒时间读出，也不许实验对象用笔记录。名单念完后，实验对象要说出他认为名单里男性多还是女性多。

结果，无一例外，他们都中了“可得性思维捷径”的陷阱：听到更多女名人名字的学生，认为听到的名单中女性名字更多（其实正相反，少一个）；而听到更多男名人名字的学生，则认为名单中男性名字更多（其实是少一个）。为什么？因为名人的名字是比较容易引起注意的，因此在记忆中占据了不应有的更重要的位置。

还有一种比较著名的偏差，“锚定效应”（Anchoring Heuristic）。让我们先来看一个实验：卡尼曼和特沃斯基给一群高中学生五秒钟时间，根据算式计算结果，第一组给出的算式是$8\times7\times6\times5\times4\times3\times2\times1$，另一组给出的算式是$1\times2\times3\times4\times5\times6\times7\times8$。正确答案应该是一样的40320，但由于五秒钟并不足以真正完成心算，所以所有人都是靠推测。结果第一组猜测的平均数为2250，远远高于第二组的平均数512。为什么？因为第一组的起始数字是8，第二组的起始数字是1，这显然影响了推测的数值。

锚定效应是如此神奇，以至于人们甚至会“锚定”完全不相干的信息。卡尼曼和特沃斯基做过一个实验：让人在0到100的幸运大转盘中先转出一个数字，然后再让他猜测非洲国家在联合国的比例；结果证明，大转盘转出数字越高的人，猜测的非洲国家比例也越高。

另外一个实验是这样的：首先问实验对象电话号码后三位是啥，然后再问你西罗马帝国灭亡的年份；结果证明，人们通常在自家电话后三位数字附近猜测西罗马帝国灭亡的年份。

为什么呢？因为大多数人其实并不知道西罗马帝国灭亡的年份，既然这样，大脑总要找点头绪，而刚刚说过的三位数字就这样莫名其妙成为某种头绪。

锚定效应在生活中有很多运用。比如我对付女儿时，给她的选项就要闭合，而不能是开放选项。应该问：吃米饭还是吃面？这时她就会在这两个锚定的答案中给出自己的选择。如果你说：“你想吃啥？”这个问题就过于开放了，她的小脑瓜会给我增加很多麻烦。

再比如，销售在拜访客户时，不要说“您看什么时候去拜访您比较合适”，而要给出具体的时间，“那您看周一下午或者周二上午我能否去拜访您一下？”相对来说，后一种问法假设拜访一定会成为现实，只是时间问题，更容易得到你想要的响应。去和淘宝店家砍价时，你的第一次还价也会成为一个锚，会决定卖家怎么和你讨价。

在和老板谈预算时，锚定效应也会有效果。如果你开口就要五十万，也许最终能还到三十万；但如果你开口就照实说要三十万，也许最终给你的只是十五万。当然，这一理论的前提是你判定三十万也在老板的支付范围内，否则就得不偿失了。

总而言之，人类对并不了解的事物，判断起来会缺乏心理预期，这时候任何信息提示都会成为他做判断的锚。

人类当然会犯错，但卡尼曼和特沃斯基的研究证明，人们的犯错是系统性的、可以预测的，几乎是人类本性导致的内生缺陷。这个新奇的结论加上精彩出色的证明，让他们的理论迅速从心理学、经济学蔓延到其他各种学科。

比如，在医学领域，人们发现医生的判断也同样容易受到多种认知偏差误导。受卡尼曼和特沃斯基研究启发的多伦多医生唐·雷德迈尔就说："80%的医生似乎觉得，他的病人不受概率约束，就好像95%的已婚夫妇认为50%的离婚率和他们没啥关系一样，也像95%的醉驾者相信醉驾的高死亡率和自己无关一样。"

雷德迈尔从卡尼曼和特沃斯基的研究中得到启发，研究了人们已经笃信几千年的一个常识：关节炎的发作与天气有关。公元前400年的希波克拉底就已经写道，风和雨会对关节炎造成影响。直到1980年代晚期，医生依然会建议关节炎病人移居到气候较为温暖的地区去。

雷德迈尔与特沃斯基合作的研究跟踪了一大批关节炎

病人，让他们记录自己疾病发作时的疼痛程度，然后与当地的天气状况做关联性研究，结果发现两者并没有实际意义的关联。那为什么病人会认为天气和他的关节炎有关系呢？雷德迈尔认为："这就是选择性匹配。对于关节炎病人来说，选择性匹配意味着当他们的关节疼痛增加时，他们会注意天气的变化，反过来当关节没有啥问题时，他们很少会注意天气变化。只要有极端天气加上关节疼痛，就会让人形成终身的关联印象。"

人类在医学方面的认知偏差意味着，医生的诊断往往还不如他们自己设立的算法模型。比如判断一个人是否得了癌症，医生有很多标准，可以设立一个算法模型，研究证明，算法模型往往能排除很多个人认知误差的干扰，反而比医生的诊断更精准。毕竟，人是会累、会疲倦、会受到情绪影响的，而算法模型不会。

卡尼曼和特沃斯基的研究也被各国政府、国际组织所接受并利用。2008年，两名芝加哥大学教授理查德·塞勒（Richard H. Thaler）和卡斯·桑斯坦（Cass R. Sunstein）——就是给迈克尔·刘易斯写书评，说他在《点球成金》中发现的现象卡尼曼和特沃斯基早就有理论解释的那两位——写了一本叫*Nudge: Improving Decisions About Health, Wealth, and Happiness*（《助推：如何做出有关健康、财富与幸福的最佳决策》）的书，里面就建议政府利用人们的认知偏见，推进良性公共决策。而*Freakonomics: A Rogue Economist*

Explores the Hidden Side of Everything（《魔鬼经济学：揭示隐藏在表象之下的真实世界》）等著名书籍的作者，也都把卡尼曼和特沃斯基的研究视为他们灵感的源泉。

桑斯坦后来还被奥巴马政府任命为信息和管理事务办主任。由于算法被认为比人更加不容易有偏见，目前的美国司法体系在刑期、保释、保释金等问题上，也越来越多地采取算法计算。2010年，英国政府也在内部成立了“助推小组”。

在政治学上，理性选择假设是民主制度的基石之一，理性选择也让人们相信市场是符合理性的，意见市场的自由争鸣会导致真理胜出也被视为公理，但如果我们人类并没有那么理性呢？卡尼曼和特沃斯基的研究，会随着时日的进展越来越被认为重要。当然，他们的一些实验，目前也有反对派的解读，但无论如何，他们的工作是开创性的。

让我们用全书最后迈克尔·刘易斯已臻化境的一段文字，来为本文作结吧——

2002年10月9日，丹尼尔和安妮（卡尼曼和他的妻子）在普林斯顿自己的家中坐着。既在等待，也没有在等待。丹尼尔当时在给自己的一个明星学生特里·奥丁写推荐信……

丹尼尔没有纵容自己去想象如果自己得了诺贝尔奖会怎样。一切没什么差别，因为电话铃声反正也没有响起。偶尔安妮会站起来略带忧伤地说“唉好吧”。每年都有一些人失望。每年都有一些人在等待电话。安妮去健身了，留下丹尼尔独自一个人。他在接受“求不得”这个事情方面，一直自我调适得不错。放到全局来看，不得奖并不是十分沉重的打击。他对自己目前的状态和已经完成的成就没啥不满意的。

现在，他可以安全地想象如果得奖自己会做一些什么了。他会带上阿莫斯（特沃斯基）的妻子和孩子一起出席典礼，他会在颁奖演说上附上自己对阿莫斯的挽词。他会带着阿莫斯一起去斯德哥尔摩。他会为阿莫斯做一切对方永不会为他做的事情。有很多他可以做的事情，但现在丹尼尔还有手头的工作要完成，他重新开始写学生特里·奥丁的推荐信。

然后，电话铃声响了。

本文选自微信公号“克韩冷知识笔记”。

日本人真的很淫荡吗？

张宏杰

日本人对性的态度似乎是很特殊的。

虽然日本在其他方面往往给人以谨慎、保守的印象，可唯独在性的领域非常开放，开放到其AV产业独步世界。“AV产业出口大国的地位坚固。通过AV产业给各个领域所带来的经济利益十分可观。”（邓亚晔、吴之桐《开放、自有与宽容——论日本人的性观念》）

在有些国家，AV业如此发达，也许会被视为“国耻”，日本人却不这样看。在他们眼中，性就像吃饭喝水一样，是件很自然的事情，没有什么值得大惊小怪的。日本AV拍摄大大方方，制作严谨，宣传认真。AV演员像普通影视演员一样受到尊重。秋叶良和所著的《日本地下经济》中说，“日本民族细腻的民族特质充分体现在AV产业的细分化方面。据参加拍摄的人员形容，日本拍摄色情片有一定仪式。开拍前全体人员要对女演员双手合十表示感谢”。

除了AV产业，日本的其他性产业也很发达。他们制定了全球最早的“风俗法案”，情色漫画成为漫画中一个专门的类别，公开摆在各大小书店的显眼位置，因此也产生了像“援助交际”这样在中国令人难以启齿的流行词。

日本人对性的这种态度不是近代才有的。历史上，日本人在性方面就很“开放”。

在古代，近邻朝鲜人就已经被日本人的性习俗惊掉过下巴。江户时代，朝鲜李氏王朝曾经先后派遣十二次“通信使”到访日本。1811年出使的朝鲜使团成员柳相弼后来写下了一本出使记录《东槎录》。一到日本境内与朝鲜距离最近的对马岛，柳相弼马上注意到这里特殊的民风。岛上不单是由女人驾船，而且这些女人还撩起衣襟，露出乳房，来诱惑朝鲜官员。《东槎录》记载使团所到之处，“彼人成群观光，而女人惯于乘舟，或四五船，或七八船，各摇其橹，环绕楼船，或摇手招我人，或披襟示其乳，其俗之无耻如此也”。（复旦大学文史研究院编《朝鲜通信使文献选编》）

在日本境内，女子做出淫荡动作引诱男人的情况也所在多有。金禹彤在《朝鲜通信使眼中的日本婚俗与性观念》一文里，将朝鲜通信使记录于纪行文集《海行总载》中日本江户时代的婚俗和性观念做过分类梳理。1763年出使的金仁谦记录说：“小丘日有倭女聚集，露胸，手指邀

约……拍臀挥手招揽，卷裙摆露下身，招引诱人。不见羞耻，风俗淫乱。”（金仁谦《日东壮游歌》）

不仅下层社会或“特殊行业”的日本女子见了朝鲜使臣会露胸掀裙，拍臀招手，就连上层社会的女子也绝不像中国或朝鲜那样深闭闺中，而是大大方方地公开在社会上露面，并且向朝鲜人招手相邀。1719年的朝鲜使节记载说：“贵家女子出入乘轿，观光则倚绣户而垂帘。其余在外者，或坐或立，手持画帨，言笑琅瑀。见我国人，不胜欣慕，或作招邀之状，或与倭男年少者，按项抚腮，而相悦于稠人广路，少无愧色。”（申维翰《海游录·下·附闻见杂录》）

应该说，江户时代的日本是律令制时代之外受中国儒家思想影响最大的历史时代，也是社会禁锢最严厉的时代。然而，虽然幕府再三提倡儒学，日本人仍然没有培养起儒家式的“羞耻”意识。进入日本境内，朝鲜使臣很快发现，日本男女衣着“不甚秘”，日本境内没有一座贞节牌坊，女人也从来没有缠过足。朝鲜通信使记载，日本社会上的婚外情很容易发生，“其俗以窃人之妻妾为易事”（申维翰《海游录·下·附闻见杂录》），即使上层社会的家庭，不伦恋也是常事，“亦无妨闲之节，多有淫乱之行”；虽良家女，“亦多有所私”（金世濂《海槎录》）。同时，受族内婚观念的影响，虽然至亲之间，可能“亦相私焉”（姜弘重《东槎录》）。

在日本萨摩（约为当今鹿儿岛），甚至还有这样的风俗，如果有他人特别渴慕自己的妻妾，这个人会将妻妾“借”出一夜，以慰其相思之情。“萨摩之人，皆以信为主。人或有其妻妾之美而相思者，则不惜一夜之借，以慰其心。”这种举动，是日本人看来，是“人皆尚义”，够义气。朝鲜通信使则嗤之以“无礼义廉耻”：“此不过一禽兽之行，而传以为美谈，其无礼义廉耻可知，还可笑也。”（姜弘重《东槎录》）

更容易观察到的现象，则是日本性产业特别是娼妓业的发达。中国和朝鲜虽然也有娼妓，但远没有日本这样繁盛。幕府时代的妓女被称为“游女”，这是因为这些女子通常在同一个地方待的时间很短而得名：“此国之俗，女倍于男，故其于别店，淫风大行。游女追半，见人则遮路请宿，以至牵衣入店受其钱，则虽白昼亦从。”（姜弘重《东槎录》）

妓院遍地皆是，自淀浦至大阪城，甚至有“倾城店游女之窟”之称：“自大坂至此，即所谓倾城店游女之窟也。数十成群，往来不绝，皆彩服艳装，或有被发者。”（姜弘重《东槎录》）

在中国和朝鲜，狎妓毕竟不是很光彩的事，因此正人君子通常不会公然进出妓院，而日本人不将男女情欲之事视为可耻，对此并无儒家式的道德焦虑和羞耻意识，而是非常坦然。甚至父子二人共嫖一个妓女，也没人以为有什么不对："沿途地方多有养汉店，倚市邀迎以收雇债，而略无愧耻，甚于天朝之养汉。父子并淫一娼，并无非之者。"（黄慎《日本往还日记》）

这些"淫荡之习"虽然"令人不齿"，但毕竟还属于软弱的人类常犯的错误。更令古代朝鲜人惊讶的是日本人的"禽兽之行"，也就是在他们看来超出人类社会底线的行为，即"同姓为婚"。

中国和李朝朝鲜都是同姓不婚，因此朝鲜使臣对日本近亲结婚的习俗无比惊讶。他们记载，不光日本天皇纳后不避同姓至亲，社会其他阶层也不避伦常禁忌。婚姻不仅不避同姓，而且近到堂兄妹的血缘关系也可以公然结婚："国中男女俱盛，而女比男加多。婚姻不避同姓，从父兄妹，相与嫁娶。兄嫂弟妻寡居，则亦为率畜。淫秽之行，便同禽兽。"

"同姓不婚"是儒家文化最根本的礼法。在儒家看来，它是区别人类和禽兽的一个基本标准。朝鲜人因此认为，日本人至少在这个方面还停留在"禽兽"阶段。朝鲜使臣很自然地将日本人定位为不知羞耻的"禽兽"之民："禽性兽行，丑不忍闻，而畜俗已成，恬不为怪"；"禽犊之行，言之污口"；"婚娶一族，面目虽人，行若狗彘"；"兄嫂弟妻，皆为率畜"（洪禹载《东槎录》）；"四寸娚妹为夫妇，父子并淫一娼，而亦无非之者，真禽兽也"（金世濂《海槎录》）。

他们认为，日本人之所以如此“荒唐无耻”，是因为没有受到“圣王之政教”熏陶所致：“自古情欲之根莫深于男女……所以制礼渐民，而不格于禽兽者，圣王之政教在也。”（申维翰《海游录·上》）

其实，朝鲜使臣可能并不够了解本国的历史。如果多研究一下本民族的历史，他们对日本人的嘲笑也许就不会如此辛辣了：直到李朝之前不久，朝鲜人的婚俗和性观念还处于和日本高度相似的阶段，朝鲜人也曾经被中国人认为“好淫”。

虽然古代朝鲜半岛与中国地缘相接、山水相依，半岛北部又一度为中国郡县，但历史上与中国的文化差异其实相当大。和日本一样，朝鲜历史上“三国时代”中的新罗，有很多母系社会遗风，近亲婚姻很常见[①]，新罗金氏王室也和日本一样实施族内婚制，目的和日本一样，也是为确保金氏龙种纯洁，永不失去王位[②]。

高丽王朝建立后，也实行王族内婚制。高丽王朝的太祖王建生了二十五个儿子和九个女儿，其中六个女儿嫁给了自己的兄弟。945年，惠宗王武把自己的女儿嫁给自己的异母弟、后来继位的光宗王昭。之后五代国王，都是皇室

① 新罗曾由朴、昔、金三姓交替继承王位。
② 据朴延华、李英子《高丽王室族内婚制及其变化》，新罗实行骨品制与族内婚制，王室族内婚制持续到新罗灭亡。

近支兄弟姐妹内婚所生。朝鲜的制度是让第一代同父异母的兄弟姐妹互相通婚，再让第二代的堂兄弟姐妹通婚，进而让第三代的从堂兄弟姐妹继续通婚，通过连续数代王室成员内部的近亲繁育来纯洁血统（秋原《高丽“称帝”幻梦》）。因此高丽王朝初期，王室内婚导致的无嗣和早卒发生频率高。

族内婚在高丽一直持续到蒙古统治时代，前后实行了五百年。此习不仅流行于王室，也存在于贵族之中。由于受中国文化的影响，高丽王朝一度试图禁止同姓婚姻，但因为传统力量的强大，屡禁而不能止。韩国郑麟趾所著《高丽史》卷七十五有载：“宣宗二年（1085年）四月判，同父异母姐妹，犯嫁所产仕路禁锢。”即使是国家法律，也只能试图禁止同父异母兄弟姐妹结婚，堂兄妹的婚姻并不在禁止之列。朝鲜半岛之所以形成族内婚传统，与日本有一个共同的文化背景，就是实行“访妻婚”。

《三国志·高句丽传》有这样的记载：“其民喜歌舞，国中邑落，暮夜男女群聚，相就歌戏。”韩相皓在《高句丽婚俗小考》中说，这就是一到傍晚，村落中的男男女女便聚到一起，对歌，游戏，实际上是挑选配偶的一种方式，如果相互欣赏，晚上男人可能就去敲女人的门。这和日本及中国西南一些少数民族的风俗非常相似[①]。应

① 耿铁华所著《中国高句丽史》一书中提到，瑶族的旧历除夕至正月初二，无论已婚与否，成年人都可以“在山峒间，山岗树林里，互相酬唱民歌，自朝至暮。（转下页）

该说，那个时代的高句丽人和日本人在性风俗性观念方面是高度相似的，所以《太平御览》高句丽条所引《魏略》写道："其俗淫，相奔诱。"《北史·高丽传》也因此评论说：高句丽"风俗尚淫，不以为愧，俗多游女，夫无常人，夜则男女群聚而戏，无有贵贱之节。有婚嫁，取男女相悦即为之"。就是说，高句丽人风俗淫荡，对性不感觉羞耻。女人没有固定的丈夫，男女相悦，即可以在一起过夜。这和江户时代朝鲜人对日本人的评价如出一辙。

随着文明化的进程，访妻婚在朝鲜半岛演变成了进一步的"男归女家婚"，或者叫"婿留妇家婚"。《后汉书·高句丽传·东夷传》和《三国志·高句丽传·东夷传》里有对高句丽婚俗的最初记载："其婚姻皆就妇家，生子长大，然后将还"；"其俗作婚姻，言语已定，女家作小屋于大屋后，名婿屋，婿暮至女家户外，自名跪拜，乞得就女宿，如是者再三，女父母乃听使就小屋中宿，傍顿钱帛，至生子已长大，乃将妇归家……"

也就是说，婚礼仪式要在女方家里举行，男子婚后要在女家居住一段时间，等生了孩子（在有些地区要等孩子长大以后）再带领妻儿一同回男家。直到今天，韩国还将男子结婚称为"入丈家"。这种婚俗的基本要点是"男归

（接上页）唱至情意相投，互相偎依，发生性的关系"。此外，贵州丹溪地区苗族人的"闹冲"，海南岛黎族的"放寮"，青海乐都的"六月六"莲花节，彝族的"吃草烟"，阿细人的"跳月"，仫佬族的"后生节"等，都不同程度地保留了类似风俗。

女家，生子及孙，长于外家，故以外亲见重”（韩《太宗实录》）。

到了高丽（918–1392）时代，朝鲜虽然已经被称为“小中华”，但文化底层仍保留着很多与华夏文化迥异的内容，“民间风俗多自然天性，社会文化少礼法束缚”，比如高丽朝的女性地位较高，女儿可以继承父母的家产，当然也由女儿来祭祀父母。妇女可以随便出游，甚至可以骑马。这些都与儒家文化迥然不同。

到了李朝时代，也就是中国的明朝时期，朝鲜才实现彻底的儒学化，或者说理学化。朝鲜文化人认为过去的婚俗是“以阳从阴”，天地倒置，大逆不道。1435年，朝鲜王室第一次举行了“女归男家”的婚记；1518年，一个叫金致云的平民也迎娶新娘到自己家里，开了平民迎娶女方的先例。十六世纪中期以后，“男归女家婚”才逐渐被“亲迎礼”风俗代替，女性开始嫁到男性家。十七世纪以后，朝鲜才形成以男人为主或以长子为主的继承制，成为名副其实的儒教国家[①]。

朝鲜半岛全盘接受中国儒家思想后，社会风俗为之一变，朝鲜人后来居上，比中国人更加强调对女性的禁

① 章玉钧、郝跃南编著的《孝道文化新探》记载，到十六世纪中期为止，即使没有子女或儿子的家庭也极少领养，最早编撰的族谱上很容易发现因没有子女而断家系的事例。进入十八世纪，领养制变得非常普遍，甚至有庶子也领养儿子。这种情况表示，不管士庶，以嫡长子为中心的家系继承意识开始扩散，领养制成为社会风俗。

锢。朝鲜《家政》一文中提到，士大夫阶层的女孩子，十岁之前活动范围仅限于闺房之内，“十岁处于闺内，不许出外，又不许窥见外客非有父母兄弟之同坐，则勿论同宗异性，不许见从堂族”。《白沙集别集》中李横幅言及其家风时，说“年过十岁，男女不同席，不同施枷。夜行以烛，嫂叔不通问”。成宗八年（1477年，明成化十三年）后，《再嫁女子孙禁锢法》的颁布，使得以后再嫁女的子孙不能录用东西班官职。朝鲜还禁止僧侣与女性交谈，破此戒律者杖臀受罚。

十六世纪，随着朝鲜国家仅对行为特异的节妇进行旌表，朝鲜社会上节妇苦行的情形便日益增多，为表明自己坚守贞节、不改嫁的决心，节妇们不吃荤腥、不脱丧服、不整理仪容、不沐浴，甚至断发、断臂、割耳、毁容，几乎无所不用。司译院前衔朴氏妻“不食盐酱，为亡夫守节，二十余年”；京畿观察使李自华状启“其父招来，犹欲改嫁，乃以刀斫断无名指，矢之死靡他之意”；水军金检同妻，夫死后，“其父欲夺其节，誓死不从，一日缢死于亡夫墓侧”。（《明宗实录卷九》《中宗实录卷三二》《明宗实录卷二五》）

因此，日本使臣到了朝鲜，对朝鲜的社会风貌同样感觉不理解。1876年，当朝鲜通信使来到日本时，日本官员专门发问，“朝鲜女子为什么要回避生人”？朝鲜通信使自豪地答道：“此亦我国异于贵国处也。我国男女之别，元来切严，虽以亲戚言之，五六寸以外，不相往来接面。虽亲姊妹兄弟，十岁以后，坐不同席，语必向门。至于閭巷贱流，亦皆一醮之后，夫死而不嫁者，往往有之，自然成俗，今六百年矣。所以外国之人，尤为羞涩隐避而不见之。”（金绮秀《日东记游》卷二）

也就是说，我国和你们不一样的关键地方，就在这里。我国男女之分很严，即便是亲兄弟和亲姐妹，十岁以后也不能坐在一张席子上，不能面对面说话。虽然最底层的百姓，也不能再嫁。到今天，这样的风俗已经六百年了。所以女子见到外国人，当然更要回避了。

总结来说，从江户时代上溯几百年，朝鲜和日本两国的社会风俗基本类似，两性道德观念都较为自然开放，女性如同璞玉浑金，没有受到更多伦常观念约束。社会上同样存在着大量在儒家观念看来是乱伦的现象。但是到了江户时代，由于朝鲜急遽儒家化，日本人的一些社会习俗在朝鲜人看来，已经完全如同禽兽了。

朝鲜人从中国文化的视角出发，鄙视日本人的性习俗，但是从另一个角度看，中国和朝鲜李朝由于性禁忌过于严厉，男尊女卑意识强烈，女性在社会上受到的束缚和压迫也很深。日本人虽然在性观念上长期“落后”，但对性爱保持着坦率的态度，因此日本女性相对少地被妖魔化，两性关系相对更为平等和自然。（廉德瑰《日本凭什

么与众不同》)

日本复古国学的集大成者本居宣长说:“儒者观日本歌与物语等,虽诬日本风俗男女无防淫乱相甚,但观唐国历史及小说,淫乱之事更甚。尤以鄙俗丑恶者上至贵胄,亦有不堪入目之行径。观日本的歌与物语绝无此污秽之事,皆为优雅香艳之情,怜人之情,催人泪下。”意即儒家学者看日本诗歌和小说,虽然会说日本风俗淫乱,但是如果你读中国的历史和小说,会发现淫乱之事更多。特别是天潢贵胄,也有不堪入目的行径。可你看日本的诗歌和小说,记载的性事并不污秽,而都是优雅香艳之情,读了催人泪下。

江户时代的思想家增穗残口批判从中国传来的男尊女卑说:“祈祷阴阳和谐,男女成双,无尊卑之分。然以女子为男人之仆,凡事应追随男子,皆因惑于中国礼教而失日本道德之故,是以男人高抬自己压迫女子之风流行于世。……蒙蔽妇人,使其愚昧。此事渐成日本风俗,违背神国之教化。”男女成双,本无尊卑之分。但是因为受中国礼教的影响,认为女子以男人仆从,凡事应该追随男子,所以男人高抬自己压迫女子之风流行于世。让女人越来越愚昧,渐成日本的风俗,但这不是日本本来的教化。

不仅是中国化以前的时期,即使在奈良、平安时代,日本男女的恋爱也是相当“自由”的,婚外恋相当常见。男子固然可以偷情,女子红杏出墙也不少见。人们对此似乎并不那么苛责。比如《源氏物语》的主人公源氏的第一个婚外恋的对象是他父亲的宠妃，但他们似乎并没有感受到什么罪恶感，知道这件事的几个人也没把这当成什么大逆不道的事。（杨薇《日本深层文化五题》）

日本人在性爱追求中体现了独特的生命美学意识。平安时期的女作家清少纳言在《枕草子》中曾描写男女情人冬夏欢会的场景：“秘密去会见情人的时候，夏天是特别有情趣，非常短的夜间，真是一下子天就亮了，连一睡也没有睡”；“还有冬天很冷的夜里，同了情人深深缩在被窝里，听撞钟声，仿佛是从什么东西底下传来的响声似的，觉得很有趣”。一个所处时代相当于中国北宋初年的女性作家，能如此直露地在文字中描述与情人欢会的体验，无所顾忌地展示女性在两性关系中的激情，不难想象当时日本社会的“自由”程度。

江户时代古学者山鹿素行认为，日本伦理道德的根本是神道教的“诚”，而不是儒家的“敬”。人们对内心真实的情感乃至情欲不加以制限，任其自然，纵其发展。山鹿素行说：“诚乃天下古今人情不得已之谓也。”也就是说，人们从内心涌出的不可抑制的感情是“诚”，将自己内心真诚的感情付诸行动也是“诚”。中国宋明理学强调“存天理，灭人欲”，日本人却承认人欲的正当性，并不以此为耻。

关于日本的“人情伦理”，美国的人类学家本尼迪克特在《菊与刀》中说，“同性恋”的耽溺也是日本传统“人情”的一部分。在古代日本，这是武士和僧侣等高地位人士的“正当享乐”，虽明治时代为迎合西方法律，禁止了许多风俗，但日本人对“自淫”的享乐也不持严格的道德态度。本尼迪克特说，之所以如此，是因为“在日本人的哲学中，肉体并非罪恶，享乐可能的肉体快乐也不是犯罪，精神与肉体并不是宇宙中针锋相对的势力”。这一“人情伦理”不能不视为日本异于东方民族的“独特之处”。

这样的性观念，导致了日本历史很多侧面与中国不同。

第一个是日本没有太监、小脚和贞节牌坊。

中国文化圈的其他国家，比如朝鲜、越南都有宦官，琉球也曾经向明成祖进献“阉者”，唯日本没有太监制度。

桑原骘藏在1923年（大正十二年）写了一篇《中国的宦官》。他说：“独我国自隋唐以来广泛采用中国的制度文物，但惟有宦官制度不拿来，这不能不说实在是好事。英国的斯坦特曾发表论文《中国的宦官》，一语道破：东洋各国如此普通的宦官制度在西洋却不太流行，这完全托基督教的福。然而，我国丝毫不指望宗教的力量，竟然不沾染此一蛮风，岂不更足以自负。我们就此也必须十分感谢我国当时先觉者的思考辨别。”

为什么中国有宦官而日本没有？桑原骘藏的结论很

肤浅，他认为，这是因为中国人嫉妒心强，而日本人不这样。他写道："中国人是嫉妒心极强的国民。为避免男女嫌疑、慰藉嫉妒心，使唤中性的宦官，或许是顺理成章。"

事实上，日本宫廷一直没有太监，应该是以下三种因素综合促成的：一是日本性禁忌不严格，没有产生严格的贞操观念，即使是天皇的后宫也是如此；二是由于集权制运行的时间短，日本历史上没有来得及建立起成熟的专制制度，日本天皇的后宫人数不多，皇后一人，妃二人，夫人三人，嫔四人，共十人，宫中一直使用尚侍、典侍、掌侍等女官，不必使用大量宦官；三是日本没有阉割技术。文化人类学家石田英一郎说，去势本来是一种畜牧技术，被文明国家应用到宫廷生活中来。而日本历史上畜牧业一直不发达。陈寿《三国志》说："（日本）其地无牛马虎豹羊鹊。"马是四世纪末叶才由外来移民带到日本列岛的。日本古语里也没有表示去势的词语，对阉割的理解也很幼稚。梵语称阴茎为"魔罗"，日本人以为切去阴茎就可以根绝性欲，便叫作"罗切"[①]。

同样因为性观念的影响，日本人想不到要把女人禁锢

① 据李长声所著《哈，日本：二十年零距离观察》，直到1898年，柳泽银藏才著有《去势术》。虽然弥生时代也养过猪，但因为佛教的影响，平安时代以降，直至十七世纪，不再饲养。日本园艺颇发达，对动物品种的改良却大大落后，十八世纪二十年代，德川幕府从中国和荷兰买进马匹，荷兰兽医和中国人沈大成先后来日本传授养马及骟马的知识。

在家中，或者要求她们夫死不嫁，因此自然也没有诞生小脚和贞节牌坊。

第二点是受性观念的影响，日本语中没有与性有关的脏话。

中国性禁忌一直很严，“男女授受不亲”，性包括性器官和性行为，是生活中最为隐私的部分，一般情况下都会避免提及，因此骂人时也最喜欢用性来攻击人，与性相关的骂詈是骂詈语中最为恶毒的一类。

然而日本人不以性为耻，在他们的意识中，性被认为是最自然和最基本的东西，因此自然也就没有以性作为骂詈语的动机，所以在日语中没有与性相关的脏话。

时至今日，日本人也没有建立起中国或者韩国式的贞操观和处女情结。如《日本地下经济》一书中说：“战后的日本女性，把处女之身和没有性吸引力等同起来。如果一个女孩子在升入大学时，还是一名处女，她就会感到耻辱。……对日本人来说，贞操和名誉是两回事。相反，不少日本男性认为：与一个性经验较丰富的女性结合，比手把手地调教什么都不懂的处女要轻松很多。”虽然同属东方文化、同样受到儒家影响，但日本文化体系中，从来没有像华夏文化那样，把女性的处女膜是否完整当回事。

以上这些材料可能会给人一个错觉，就是日本人，特别是日本女人，在性方面是很随便的。这当然也是另一个方向上的误读。

戴季陶在《日本论》中说，许多中国人以为日本女子的贞操观念淡薄，以为日本男女关系差不多形同乱交，这是一个很大的误解。“日本人的贞操观念的确和中国人有很大的不同的地方，然而绝不像中国留学生所说的。”

在戴季陶看来，首先，日本人确实不那么重视处女，“日本人对于处女的贞操观念，绝不如中国那样残酷”。日本人对于寡妇是否守贞操，也没那么在意。对于妓女，也没有那么轻蔑，所以娶妓女做正妻的事是很普遍的。尤其是明治维新志士的夫人，几乎无人不是来自青楼。这些都是与中国迥异的地方。

第二，他认为日本女子还是有明确的贞操观念，或者说是对自己的爱人专一的。“日本的妇人的贞操，在我所晓得的，的确是非常严重，而且一般妇人的贞操观念非常深刻，并不是中国留学生所想象的那样荒淫的社会。一般来说，我觉得日本的社会风纪，比之中国的苏州、上海，只有良好，绝不有腐败。而他们的贞操观念，不是建筑在古代礼教上，而是建筑在现代人情上，也较中国自由妥当得多。”

戴季陶认为日本的男女关系和中国很不一样。他说，中国社会当然是男尊女卑，但是实际上也不这么简单。一方面很多家庭里当然有大男子主义，另一方面，也有很极端的妻管严、河东狮吼，“也就是女子压迫男子的事实”，而日本社会绝不如此。日本是一个男权社会，“女子是绝没有地位的。女子对于她的丈夫，是绝对服从、绝对恭顺。每天丈夫出门回家，必定是跪迎跪送。可是没有像中国那样把女子关锁在后房里，不许与人见面的习惯。女子的言语行动，在一定的制度下面，是有相当的自由的”。

“女子对于男子绝对服从的对面，是男子对于女子的绝对保护。——固然也有例外，然而例外很少。具备威严的保护爱和具备同情的体谅爱在很巧妙的组织下面调和着。我们在日本社会里面很少看见有女子对男子的河东狮吼，更少看见有男子对女子的虐待。爱护弱者这一种武士的道德，尤其在男女间是看得很亲切的。……日本人的家庭比起中国人的家庭来，要圆满得多。我常觉得日本的男子在他的奋斗生活当中，有两个安慰，一个是日本人所最欢喜的热汤沐浴，一个就是很温和的家庭。日本的女子对于她的丈夫，的确可以安慰他、同情他，使在社会上吃一整天苦恼的男子由一夜的安慰而消除他的疲劳的精神。中国男子很普遍的家庭苦，在日本社会是绝不经见的。”

当然，这只是戴季陶的个人观察，不见得全面准确，不过为我们破除对日本社会的“刻板印象”提供了一个很好的材料。

疑似神仙眷侣

王 鹤

这段后人眼中白璧无瑕的爱情神话，其实已有裂纹瑕疵。

花前觅句同联步

十九世纪四五十年代，杭州才媛云集。在她们的诗会、雅集中，经常看见关锳的身影。

关锳性格灵动诙谐，文字清新明澈，有诗词集《三十六芙蓉馆诗存》《梦影楼词》传世。有点好奇，不知这位关锳，有怎样的经历。

有一天突然注意到，关锳字秋芙，禁不住一激灵。秋芙，不就是《秋灯琐忆》的女主人公吗？蒋坦早已将她的闺中韵事、笑语愁容，写得至详至细。

林语堂1937年出版《生活的艺术》，他在第十章《享受大自然》中写道：有一部分中国作家喜欢在文字中回忆自己的婚姻生活，“关于这种著作，冒辟疆的《影梅庵忆语》，沈三白的《浮生六记》，和蒋坦的《秋灯琐忆》是最佳的例子”。上述篇章跟林语堂的口味很吻合，“文人的自传则应该用大部分的篇幅去追忆一个欢乐之夜或与友人同游某山谷的情景”。

这一章里，林语堂专门为秋芙与陈芸写了一节——《两位中国女人》。他觉得芸是“中国文学上最可爱的女人”，因为她与丈夫沈复（三白）“都是朴实而有艺术趣味的人，企图尽情享受每一个获得的欢乐时刻……那种快乐是由灵魂里产生出来的”。林语堂同样十分偏爱秋芙，因为她也是那类有“艺术脾性”的人，具备一种与生俱来的灵性，善于感悟与享受自然之美。林语堂节译了《浮生六记》和《秋灯琐忆》，不无骄傲地将它们介绍给西方世界。

1931年，周瘦鹃已在《秋灯琐忆赘言》中对该书大力推崇。“蒋坦的《秋灯琐忆》虽然也是忆语体的文字，却打破了为悼亡而作的公式，偏是在所爱者生存时作的”，所以不像读别的忆语，笔墨间涕泪纵横，“心中只是艳羡他们的闺中清福……至于情事的隽妙，文字的俊逸，也不在《影梅庵》《香畹楼》之下。更足矜贵的，《影梅》《香畹》都为爱姬而作，而《秋灯琐忆》中的主人，却是正正当当的结发之妻……”

朋友们一向称秋芙和蒋坦为神仙眷侣，说他俩的和美、默契，不亚于李清照赵明诚。自《秋灯琐忆》1852年问世一百多年来，这对佳偶令无数读者艳羡——两人感情甜蜜深厚，才智趣味高度吻合，悠游于琴棋书画、湖光山色……简直享尽人间清福。

秋芙（1822—1857）与蒋坦（1823—1861）是表亲，一对青梅竹马。道光七年（1827年）春节，秋芙随父母来蒋家贺岁，两个孩子在堂前相见。女孩一袭葵绿衣衫，男孩着银红绣袍，并肩而立，看得一位长辈忍不住跟蒋坦的父亲说：这俨然一对佳人啊。

几个月后，蒋父请亲朋来蒋家巢园赏牡丹，设筵花下。筵席散后，秋芙将席上的果脯藏在手帕内。蒋坦去夺，她说：我要带回家去，不给你吃。蒋坦解下汗巾吓她：我把你捆起来，看你回得去不。秋芙吓得大哭，乳母赶紧为她解围。长辈们见状，相视而笑，立刻请蒋坦的老师俞霞轩为媒，给两个孩子订婚。

蒋、关两家本是亲戚，此后蒋坦依旧要随父亲去关家贺岁，他与秋芙则不能见面了。1832年新年，他刚进关家大门，就看见青衣小鬟拥着一个漂亮女孩上车，随后车里传来一阵笑声，他由此知晓，擦肩而过的就是未婚妻秋芙；又过了几年，蒋坦走在街上，突然听见车声阵阵，有辆车上的帷幔快速卷起，车中丽人对他久久注视，最后那辆车上坐着秋芙的母亲，可知卷帘人就是秋芙；结婚前一年，十九岁的蒋坦成为秀才，父母笑逐颜开，亲戚们都来庆贺，父亲命他去拜见岳父，他在庭前喜遇秋芙，她戴着貂茸帽，站在蜜梅花下，可惜一转眼就闪得无影无踪。

订婚后十五六年，他俩仅有过五次邂逅，蒋坦再怎么心心念念，但美人翩若惊鸿，彼此无从交谈。所以，秋芙于道光二十三年（1843年）七夕过门时，一对新人于新婚之夜，在灯花影中聊得不亦乐乎，话题十分宽泛，从追忆童年旧事到谈诗论词。秋芙梳堕马髻，穿红绡衣，笑语盈盈。夜半三更，仆妇丫鬟都睡了，新房里“桂帐虫飞，倦不成寐。盆中素馨，香气滃然，流袭枕簟”，两人竟联起诗来：“翠被鸳鸯夜……花迎纱幔月，人觉枕函秋。”直至丫鬟来催晓妆。

蒋坦揣测，秋芙建议联句，是欲检验他的诗才，而他也想借此试探她的功力，遂欣然答应，结果当然是彼此称心如意。蒋坦之前听闻秋芙写有《初冬》诗，“雪压层檐重，风欺半臂单”，还曾怀疑是阿翘写的，现在才确信肯定是秋芙所吟。

难得他俩这般情趣相投。蒋坦自称花癖，有时与秋芙去虎跑泉那几株桂花树下品茶。每当花时，“黄雪满阶，如游天香国中”，秋芙拈花簪于鬓角，树枝拂乱她的额发，蒋坦用泉水替她掠顺。临回家时，他们折下金桂枝，插于车背，携入城里，为的是能让其他人也得知“新秋消息”。

他俩也在冬日探梅巢园，烹茶夜谈，赏静水斜月。秋芙将梅花插在翠翘上，却被房檐边的梅枝弹掉，蒋坦摘枝上花朵，为她补上。

两人同样温馨雅致，独具慧心。秋芙用金盆将葵叶捣成汁，杂以云母粉，制成蔚绿色诗笺，为蒋坦抄录他的《西湖百咏》，这诗笺不亚于澄心堂所产名品；而蒋坦为秋芙手绘的梅花画衣，她于暮春时节穿上，翠袖凭栏，“香雪满身，望之如绿萼仙人，翩然尘世”。如此情投意合的夫妇，确实难得。

秋芙所种芭蕉，“叶大成荫，荫蔽帘幕”。秋雨淅沥时，在枕上闻听雨打芭蕉，“心与俱碎”。一天，蒋坦戏笔在叶上题诗：“是谁多事种芭蕉，早也潇潇，晚也潇潇。”次日看见芭蕉叶上，添了几行柔媚的字迹，是秋芙打趣他的：“是君心绪太无聊，种了芭蕉，又怨芭蕉。”

桃花被风雨摧残，零落池上。秋芙捡拾花瓣砌字，写成《谒金门》词：“春过半，花命也如春短。一夜落红吹渐满，风狂春不管。”“春”字还未写完，一阵风拂来，花瓣满地飘散。秋芙为之怅然，蒋坦说：“这倒确实是‘风狂春不管’了！”两人相视而笑。

秋芙师从李山樵学琴，“尽得其指法”，她也得到蒋坦指点。两人有时登上家中“夕阳红半楼”弄弦，有时则携琴外出。秋芙的诗《月夜偕蔼卿弹琴孤山梅花下》（蒋坦号蔼卿），写的就是月下的琴声花影。两人还于夏夜游灵隐寺，在石屋洞的石头几案上，秋芙弹起《平沙落雁》，洞外云气蒸腾，“涧水互答，此时相对，几忘我两人犹生尘世间也”。他们也曾放舟西湖，穿行秋月影下、荷叶之间，秋芙的一曲《汉宫秋怨》，在山沉水寒的静夜奏响，“不知天风声环珮声也”。

林语堂特别推崇那一类作家，他们从山川花鸟、从大自然中享受真正的乐趣，“往往会全神贯注地描写一片美丽的雪景或一个春夜的情景”。他对秋芙的赞赏就与此相关，湖上鼓琴，蕉叶题诗，临泉赏桂，何等妙趣横生。“没有一个人应该以写不朽的诗歌为目的”，但是那种自然而然生发的、迷恋造物之美的诗情与艺术天赋，多么难能可贵。

秋芙给人印象最深的，是她的鲜灵活泼、机智俏皮，以及小小的任性。她的诙谐妙语，常常令蒋坦与友人笑得前仰后合。两人游览西溪夜归，“秋芙强余作纪游诗，遂与挑灯命笔，不觉至曙”。她也曾兴之所至，拉着蒋坦下棋吟诗，彻夜不眠。蒋坦说，秋芙卓有见识，辩才胜自己十倍。他因此相信降乩所言，秋芙是昙阳仙子转世之身。

曾祖母与祖母都有诗文集行世，秋芙很骄傲自己生于诗书世家。她有一对篆法精湛的玉鸳鸯印章，印文分别为“四世能文，一门有集；廿年学道，七岁能琴”，“梦影楼夫妇倡和印”。家世如此，秋芙当然也擅长诗词、亲近书画，其书法师从名士魏谦升。秋芙与沈善宝、吴藻等才媛很亲近，有时请她们来巢园聚会。1850年冬沈善宝从京城回家乡探亲，秋芙邀约她与吴藻、魏夫人周琴等赏雪巢园，绘了一幅《冬闺雅集图》。沈善宝对这次雅集记忆深刻，在其《名媛诗话·续集下》里讲述：二十多岁的秋芙，丰神秀美，与蒋坦都多才多艺，被视为金童玉女。女友们读秋芙的诗词，“觉缠绵哀艳，音节凄清”。

咸丰四年（1854年），秋芙在《梦影楼词》自序里说：自从结交了沈善宝等闺友后，越来越多的人熟知自己的诗词。近来填词较多，蒋坦为她集纳了几十首，刊成词集。林语堂先生说，秋芙与陈芸都不是受过特别高深教育的人，也不是优秀的诗人。实际上，秋芙很有学养，诗词不乏佳作。有学者评价，清代中后期的浙派女词人中，以吴藻、秋芙成就最高。

秋芙的词大多清丽闲淡，也有闺秀词人常见的伤春悲秋。几抹青山，一痕烟雨，清溪半绕，寒鸦栖树，都能触发其情思。她多年受肺病折磨，秋冬尤其难熬，晚上必须垫高枕头才能熟睡，故有“算人生、才能妨命，病愁何怪”之叹。面对友人亡妻的画作，则难免惋惜“粉香脂色，零落如许”，“韶华水逝”。

《梦影楼词》里，也有《高阳台·夕阳》等沉郁悲凉之作，写得大气而有力度：

断雁飘愁，盘鸦聚暝，一鞭残梦归鞍。酒醒邮程，岭云陇树漫漫。渡江几点归帆影，近荒林、一带枫斑。最难堪，第一峰前，立马斜看。

而今休说乡关路，剩濛濛野水，瘦柳渔湾。短帽西风，古今无此荒寒。芦笳声里旌旗起，问当年、谁姓江山？有悠悠、几处牛羊，短笛吹还。

秋芙有不少诗词，是夫妻携手踏访名胜，同题唱和，或与魏谦升、周琴等师友读画联句、游赏西湖，也有对沈善宝及其堂妹沈湘卿等女友的依恋。《花朝曲》描述与丈夫春游赏花，有各种惬意，“儿家夫婿最多才，花前觅句同联步”。蒋坦离家赴绍兴、毗陵（今常州）等地时，她魂不守舍，有许多诗词抒发相思。

秋芙还多次应邀为黄燮清、凌祉媛等师友的诗词、剧本作序，常以骈文写成，工丽精雅，文采斐然。公公蒋焜晚年多病，秋芙夫妇结坛修玉皇忏四十九天，蒋坦夸她的骈俪疏文写得“辞义奥艳”。

眼前多少伤心处

蒋坦弱冠时就以诗文、书法饱受夸赞，二十来岁已刊印诗集《花天月地吟》八卷，后来著有《夕阳红半楼词》《红心草》《息影庵诗集》等诗词集。但是科考很不顺，1846年连续患背疽、疟疾，恰逢乡试，他带病登车赶考，途中晕厥，被仆人抬回家后，卧病一个多月。1849年夏又得了恶性痢疾，痛苦不堪地躺了三个多月。秋芙以羸弱之躯，衣不解带地服侍丈夫，也随之大病几场。蒋坦六年中三患重病，加之父亡守丧，1852年再次落第。科举之途坎坷，他也就放弃了。

蒋坦的先辈管理盐务，家境优裕，有庭园之胜，歌伶之欢。父亲蒋焜也是秀才，醉心琴棋书画，“挥霍爱宾客，置园亭台榭，蓄女伶歌儿，以豪侠称于时”。母亲汪玉仙是蒋焜之妾，后来扶正。她能写诗，是名士陈文述的弟子，著名女诗人归佩珊（懋仪）在蒋家当闺塾师，也是汪玉仙的老师。蒋家在西溪有槐眉山庄，1819年，蒋焜又在城东的西湖畔买地数亩，修建巢园，凿水池、垒假山，精心布局花木竹石，筑起染秋亭、扪香馆、种花一隅、修竹吾庐、琴畅轩等楼阁亭台。蒋坦婚后不久也移居巢园，经常在家结社吟咏，春秋佳日更是宾客盈门。

1847年冬，蒋坦的朋友、知县伊少沂要北行考察，他是书画家、诗人，蒋坦为之饯行，二十多位师友赴宴。酒足饭饱后，大家弹琴品茶，拈韵赋诗，挥毫清谈，还有的划拳赌酒，狂饮疾呼，相当尽兴。夜来风清月朗，蒋坦留诸位友人通宵饮酒，点上油灯，洗杯更盏，又是酒过几巡。这时呼唤添酒，却不见动静，蒋坦惊讶地跑去问秋芙，她说：“瓶瓶罐罐里的酒都喝光了，床头余钱不多，我脱下玉钏换酒，但酒家不识真假，只好派人拿玉钏去当铺了，那里离市集远，现在还没有回来呢。”蒋坦为她诵元稹的《遣悲怀》诗句“泥（软缠、央求）他沽酒拔金钗”，两人怅然相对。这次文酒之会，喝尽八九坛酒，集得数十篇诗，盛况空前。

以前，父亲每月都给蒋坦夫妇几十两银子补贴家用，说来已不算少。蒋坦自陈，由于自己大手大脚，往往入不敷出，便去当铺典当衣物，衣箱经常都是空的，所以，他与秋芙的日子，除了吟花赏月的闲雅，也有银钱短缺的烦扰。1849年蒋父去世后，家境更是每况愈下。秋芙喜欢画牡丹，笔下活色生香，后来因为“盐米事烦”，也就搁置了笔墨。

友人朱孝起回忆，蒋家收藏了许多名画古帖，蒋坦每天与朋友吟诗喝酒，游山玩水，他待人豪侠大气，蹋球、下棋、弹琴等都是高手。陈继聪的《蒋文学坦传》讲述，蒋父去世时，遗产还算丰饶。但蒋坦的挥霍、洒脱，也跟父亲相似。家中高朋满座，春秋季节，风和日丽，往往携酒具、乘画舫，游玩孤山；夏天则到西溪别墅避暑。秋芙也有侠气，蒋坦与宾客畅饮、斗诗时，她隐身屏风后面，听到佳句，就让丫头取来诗稿，欣赏品评。她以金玉换酒待客的豪举，使得杭州才子无人不知“秋芙女士”。

从蒋坦那句“盐米事烦”中，不难想见秋芙的心事重重。丈夫花钱如流水，遗产坐吃山空，家中的日常开销渐渐捉襟见肘，自己频频翻箱倒柜，出入当铺……实在没什么闲情再绘牡丹。

当过翰林的戏曲家、画家严保庸为秋芙的《三十六芙蓉馆诗存》作序，他说古今才媛往往福薄，但秋芙与夫婿就像金童玉女，又住在六桥烟柳之间，仿佛神仙中人，“自然福艳”，她的诗神逸态娴，可是笔墨里却不乏愁绪。

严保庸看得精准，秋芙的诗中不乏哀声。

1848年秋，秋芙写那首七古《听风听雨曲》时，情绪非常恶劣。此时蒋父仍在世，她还无需特别为柴米油盐发愁，却是为什么呢？雨打芭蕉，秋声正浓，她只身拥着熏香绣被，愁对孤灯，“独有闺中拥髻听，眼前多少伤心处”。人在当下的苦闷中，最易想起年少的欢乐：还记得十年前待字闺中，与姐妹们亲密聊天或弹琴、游戏、饮酒，多么快意。那时自己刚到及笄之年（十年前秋芙十六周岁），明慧娇小，深得家人怜爱。

在娘家备受娇宠的姑娘，谁知道她出嫁后会遭遇什么？画面转换到十年之后，出嫁已经五年的秋芙，正在为丈夫移情别恋、长久不归而失眠流泪，愁病交加，自伤薄命：

岂料人生多坎坷，离愁莫解双眉锁。
此时形影各天涯，但听风雨应思我。
频年离索泪难干，病卧西风孰劝餐？
入世可怜成薄命，讳愁无奈强寻欢……
一样听风还听雨，红颜不是十年前。

梧桐半凋，雨打珠帘，纱窗湿透，样样都添萧索。深夜在病中独自哭泣的秋芙痛感心灰意冷：“人间自是少知音，从此愁深病亦深……吁嗟乎！人生聚散原无定，缘深缘浅何由证。”既然人生聚散无定，情深缘浅，何妨撒手。

蒋坦在《秋灯琐忆》里，录有一首同样写于1848年秋的七古，从形式、内容到用语，都是对秋芙《听风听雨曲》的回应，但篇幅更长。他没有正面讲述自己情感上有过的背叛，却借这首诗透露了消息，也深切忏悔：因为年少疏狂，曾经有负于秋芙，“六年费汝金钗力，买得萧郎薄幸心”。男人偎红倚翠或心有旁骛，在蒋坦的时代，是名士风流大不羁，但这场新鲜情事似乎动静很大，他另有新欢，乐不思蜀，也惹得众人议论纷纷。

秋芙与蒋坦曾经琴瑟和谐，有旧式夫妻难得的亲密无间。如今，她难抑伤怀，不免滋生离散之意。所谓的神仙眷侣，不过如此，“人间自是少知音”。幸好，她还有可供退却的娘家。

蒋坦后悔不迭，在秋风秋雨中夜不成寐，也晓得妻子在家苦不堪言：“伤心独忆闺中妇，应是残灯拥髻时。”他向秋芙倾吐相思，回忆婚后的甜蜜美满，感念她不嫌弃自己未曾显达，也不在意经济拮据，乞求她宽恕自己的疏狂不检。

蒋坦恨不能马上找上司讨要薪水，赶紧回家。他忙不迭地借诗歌诉衷肠、表深意，百般动之以情，晓之以理。蒋坦知道，秋芙对自己情意深厚，终归难以割舍：

门前但看合欢花，也须各有归根树。
树犹如此我何堪，近信无由绮阁探。
拥到兰衾应忆我，半窗残梦雨声参。
雨声入夜生惆怅，两家红烛昏罗帐。
一例悲欢各自听，楚魂来去芭蕉上。

蒋坦还记得，自己在小荷初绿时离家出门，秋芙为他收拾衣箱。如今秋风生凉，虽然归期难定，但早已归心似箭。他恳请妻子宽恕，期盼自己回家时，秋芙会在门内相迎。

他这一句特别有意思："我似齐纨易弃捐，怀中冷暖仗人怜。"齐纨代指纨扇，从汉代班婕妤开始，秋扇见捐，便是女子遭男子遗弃或冷落后的悲咽。"妾身似秋扇"的哀叹，自古以来连绵不绝。男人写诗作文，除非是沿袭屈原开创的"香草美人"的政治托喻传统，或者故意以歌女思妇的口吻吟咏，通常会比较警觉地避开这种特别柔软的女性口吻。但蒋坦为求得秋芙回心转意，可真是急了，简直"慌不择言"；或者说，他有意将姿态放得很低，语调有点可怜兮兮。

不妒不忌，是古代妻子谨守的本分。不少心胸"宽阔"的女子，在为丈夫张罗纳妾时，也尽力显得高高兴兴的，那是天性遭绑缚、扭曲后表现出的所谓贤行懿范，其中包裹着不言而喻的压抑、隐忍。她们身上，固然有安分随时的沉稳庄重，却也吸附了太多的凝滞古板。在秋芙身上，多少能看到情感的自然流露，高兴与悲愁，都不过分掩饰。但，也仅此而已。也只能如此罢？

不管怎样，他俩度过了这次感情危机。只是，柔情深恩，如此易散易抛，换来的不过是"萧郎薄幸"。"何人会我此时心？"秋芙的内伤，能不深重？

事到如今，这段后人眼中白璧无瑕的爱情神话，其实已有裂纹瑕疵。说来不算稀奇，同样被后人艳羡着津津乐道、与夫婿珠联璧合的李清照等，心底也有一言难尽的隐痛。

秋芙曾对蒋坦说：人生百年，睡眠时间占去一半，愁病时占去一半，幼年懵懂与老年衰颓又各占一半，算起来，剩下的时日仅存十分之一二。何况我们这些体质衰弱者，未必能享百年之寿。庾信所谓“一月欢娱，得四五六日”，想来也是他的自我排解之语吧。

人生几何、譬如朝露的感慨，贯穿古今。这种根柢上的悲观，令所有人都无法逃遁。秋芙特别体弱、易感，来日苦短、欢娱易逝的感伤，就会更浓烈地袭上心头。

秋芙每年冬天受肺病折磨，1850年患肝病后又卧床近半年，诗中频繁出现“愁”“病”二字。她时常叹息愁病损华年，容颜易衰老，心事成蹉跎：“我年未三十，皱面恒自惊。行将谢尘羁，手放扫帚行”（《卧病》）；“韶华自古难留待……莫似深闺薄命人，对花只是泪沾巾”（《花朝曲》）；“我是深闺憔悴质，年来心事易成空”（《病起》）。

还有许多避不开的愁烦。秋芙的《三十初度有感》写道：

补屋牵萝亦可怜，不堪往事忆从前……

偕隐何时容买宅，卖文今日漫言钱。

浮生自是蹉跎甚，一番思量一黯然。

“牵萝补屋”指生活贫困，出自杜甫的诗《佳人》：“侍婢卖珠回，牵萝补茅屋。”日常开销与上交赋税等，让秋芙“典尽金钗”，首饰都进了当铺；他们想偕隐花坞的心愿，也许遥遥无期；自己疾病缠身，膝下无子……秋芙的三十岁生日，过得灰暗萧瑟，她感慨：“命比秋蝉应更薄，心如绛蜡易成灰。”

秋芙不断以诗表露愁绪，多少也是在向蒋坦诉苦吧？但她对他始终是依顺的：怀有哀伤，却愁而不怨；忧心忡忡，又由他任性。蒋坦的优点是特别擅长表情达意，他写有不少诗，全方位赞美秋芙的品格、才学等，为她贺寿的一首诗，还夸她美貌，“玉样精神花样姿”；对家中贫困、未能中举，一再向她流露歉意，感激她的种种承受、承担：“顽钝功名休属望，艰难门户赖担当”；“米盐琐屑误中年，嫁与黔娄只自怜”。这些温言软语，暖和也体贴，还是很能慰藉秋芙吧。

蒋坦恣意消费，他当塾师、卖文等，收入却很微薄，也无别的谋生之计，是“百无一用”的书生。秋芙差不多也是，假如她有三分凤姐、探春的泼辣精明，或许家境不至于垮塌至一败涂地。

当然，秋芙所处的时代，留给女人施展的空间，终究有限。

1855年，她与蒋坦同游贡院，坐在他曾经住过的号舍里，秋芙忍不住叹息：可惜此身不是男儿，不能与你们在考场决一死战。

秋芙与祖母感情深厚，少女时代祖母生病，她割臂上肉为之熬药。在旧时代，那是虔诚孝心的最极致表达。看得出她婉顺恭孝，谨守礼俗妇德，是标准的孝女贤妻。秋芙顺从于命定的角色与日益困顿的处境，又必须消化积郁，承受艰辛，她所能做的，就是乞求来世。秋芙每天五更就起床诵经，声调哀绝。有人问其缘故，她说："尘世最苦，况女人身。愿藉慈悲，早离孽海。"

蒋坦夫妇都笃信佛教。秋芙从十岁起就吃素，持斋二十多年，熟诵《楞严经》《法华经》，她同时也学道十多年。蒋坦说，他俩希望朝夕念经敲钟，将来同登西方极乐世界。假如再堕尘世呢，则愿"世世永为夫妇"。

蒋坦写《秋灯琐忆》时，将近三十岁，"余与秋芙皆鬓有霜色，未知数年而后，更作何状？"父亲在生前就营有生圹，但现在尚未择吉日下葬，弟弟蒋增已经二十岁，还没娶妻。除这些未了之事，蒋坦希望几年后有条件与秋芙在花坞的河渚间，结庐而居。他们的巢园后来卖给徐氏，此时不知是否已经有了什么问题。她三十岁生日写的"偕隐何时容买宅"，也在期盼并担忧，不知何时能在花坞建房？《台城路·花坞纪游同蔼卿赋》下阕，将此心愿写得很详细：

何时买山事了？赁舂终下计，何似耕钓。但近村边，能通船处，细选三间屋料。休嫌地小，任种菜栽梅，春秋都好。不见西风，晚鸦栖树早。

年年赢得病愁增

1855年，妹妹珮琪于十月间病故，秋芙悲痛万分，旧病复发。

1856年九月中旬，秋芙被接回娘家养病。蒋坦对岳母十分不满：“母乃不我告，猝以车来迎。水流亦有壑，叶落当归根。我故不足重，终恐非人情”；“此身已是将离鸟，犹使寒枝两处栖”。秋芙的妹妹去世不久，母亲想竭力保全长女，殷殷之情，不难理解，何况秋芙以前也经常回娘家养病。不过，岳母不跟女婿商量，就突然接走病重的女儿，也看得出她对女婿深刻的失望与不屑。

蒋坦后来在悼亡诗里抱怨，就算自己不需要被尊重，岳母这样拆散即将永别的夫妻，未免太不近人情。这时，他已毫不掩饰与岳家的尖锐矛盾：“投鼠须忌器，射鹤当惜箭……昔以黄金亲，今乃骨肉贱……严寒已可畏，何况对人面！”蒋坦去探视病妻，居然十有九次被岳家拒之门外。天气阴冷，北风凛冽，岳母的满面寒霜更让他身心凉透，认为是自己由优裕富有堕入穷愁潦倒，使得岳母的态度与当年判若两人。

如果站在秋芙母亲的角度，看到昔日明媚娇艳的爱女，婚后十几年忧心劳神，过得日趋惨淡，如今更是病入膏肓，则又不难理解。她对女儿有十分痛惜，对女婿就会有十分嫌憎。

咸丰七年（1857年）正月二十一日，秋芙病故于娘家，生日与忌日在同一天，虚岁三十六岁。她的书斋名为“三十六芙蓉馆”，很多人觉得是一语成谶。

从初春到夏天，蒋坦悲伤成疾，“世事欢成痛，孱躯病过春”，“别来今百日，愁病未离床”。他将一百余首悼亡诗辑为《愁鸾集》，这年七月付印。“愁鸾”源自秋芙诗句“中夜揽明镜，愁此双青鸾”。此时家境极差，负债愈多，衣食难以为继，祭奠秋芙的香烛钱纸之类，只能从简，所需花销，依然要靠典当她的旧衣裳。

悼亡诗情辞哀伤，其中一首为：

凉月空斋不化烟，鳏鱼泪尽未成眠。

伤心谁复知元九，贫贱夫妻十五年。

蒋坦的《秋灯琐忆》侧重于讲述他与秋芙在花间湖畔、琴棋书画中的沉迷陶醉，恍若一对神仙，飘飞于彩云青霞之侧；这组悼亡诗则回忆了秋芙作为主妇的操劳和不易，是尘世凡间的日常，看得到她的醇厚性情与生存的沉重辛酸，“辛苦持家还学道，年年赢得病愁增”。

蒋坦说，秋芙生于望族，门第清贵，嫁给自己后却困于蓬蒿，“井臼艰难手独操”。1843年夏，蒋坦之母病逝，父亲茶饭不思，流泪不止。七月初七日秋芙过门后，马上为婆母营葬，精心服侍公公，能干周全地操持家事，蒋焜十分欣慰，夸媳妇贤惠多才；秋芙还擅长刺绣，绣品精美，喜欢绣寓意吉祥的葫芦花样；她不恋罗绮，克己待人，主动将新嫁衣送给亲友，后来困窘时“典尽金钗不讳贫，从不悭吝及交亲”，宁可典当首饰，也对“交亲”（亲戚朋友）特别大方周到，在人口众多的蒋氏家族，获得交口称赞，“族大贤名岂易称”；秋芙乐善好施，对仆人丫鬟也宽厚体贴，从来不说一句重话，她去世后，大家难过得痛哭失声；父亲亡后，蒋坦渐渐缺钱出门旅游，有一次远方老友出路费，邀约他出游，秋芙体贴地鼓励他前往，让他“勿念家人艰”。蒋坦曾著有《溪山游识》，详述1855年秋与几位朋友在西溪、九锁山、大涤山等地的畅游，其间秋芙不时派人寄信寄诗，送来点心和寒衣。

蒋坦几次参加乡试不顺，秋芙总是对他多方宽慰。他心存感激：像这般与自己默契知心、和睦亲密又漠视富贵的人，难得一遇。

他俩的几位朋友都讲述，秋芙一直劝丈夫早些纳妾。蒋坦的悼亡诗写到她精心为他置妾：

豆蔻花梢月似钩，迎来桃叶暨阳舟。

几曾少费檀奴力，自拔金钗替上头。

完全不需要丈夫劳神费力，秋芙已为他迎回豆蔻年华的美人彩姬，还拿出自己的首饰装扮她。彩姬生的儿子体弱，发育迟缓，秋芙精心抚育，视同己出。她去世后好几个月，四岁的孩子仍每天啼哭着呼唤嫡母。算来，彩姬入门，最迟在1852年前后，即秋芙三十岁左右。

蒋坦在诗里还透露，秋芙去世后，朋友给他介绍了一位不满二十岁、有文采的“东邻美人”。美人的哥哥身居高位，“勋华耀闾里”，因为看重其才华而有意将妹妹许配给他。蒋坦婉拒，表示“鸟有比翼，树有连理”，绝不可能为着贪恋鲜衣美食而有愧于心。他确实没有再娶，不过有“贱妾病持家”。

旧时文人爱写书生遇仙遇狐，他们碰到的绝代佳人都主动投怀送抱，来无影去无踪，毫无牵累和麻烦，唯有灯边枕畔说不尽的缠绵销魂……多多少少算落魄文人在寂寞伤怀时的意淫吧？而送上蒋坦门前这位正当华年的富贵美才女，不仅是现实中人，还有显赫、骄人的背景，条件比仙姑狐女更为优越。只是不晓得，被他拒绝的这桩飞来艳福，可信度有多高？其间有没有夸大、矫饰的成分？假如完全属实，说明东邻美人与她的高官哥哥，确实爱才，也很无畏。毕竟，蒋坦的诗酒风流跟他的败家子身份同样闻名杭城。

不过，虽然已有彩姬，蒋坦表示不愿意续弦，是以“比翼”“连理”为理由，在古代男子中，也属难能可贵。

《秋灯琐忆》初刊于1852年，纪念他们夫妇结缡十周年。1857年秋芙去世那年再次刊印，改动不大。我们无法从中知晓，蒋坦后来还遭遇了什么。

陈继聪的《蒋文学坦传》，对后者的晚期经历讲述得很详细。陈是通过好友王广文认识蒋坦的。1859年秋，王广文去省城应乡试，住在蒋坦家。陈继聪经常登门拜访，王广文都留他饮酒。那天蒋坦也在座，王广文夸陈擅长古文，蒋坦就请他为秋芙写传，赠他《秋灯琐忆》与两人的诗词集。待到张榜，陈继聪名落孙山，心绪恶劣，哪还有心思写文章。《蒋文学坦传》写于蒋坦去世之后，行文有意识地叙及秋芙。

秋芙去世后，蒋坦更加落拓潦倒，经常混迹歌场。过了些日子，遗产已被他变卖干净，家中空空荡荡。他与一子一妾栖身园中，吃了上顿没下顿，还经常在荒畦老树边吟诗。伊少沂、朱述之两位知县一向看重其才华，有时让他代笔撰稿，勉强以卖文钱糊口。

科举考试不顺无法登上仕途，不算稀罕，“文章憎命达”的例子，古往今来太多了；由于外力或时间导致家道中落，乃时运使然，也无须太遗憾，清淡守素亦是不错的活法。然而，蒋坦因耽于享乐、过度挥霍而迅速败落，置家人与自身于窘境甚至绝境，确实可厌可叹。秋芙过早离世，固然由于从前肺病乃不治之症，但是生计艰难，忧心饥寒，无疑也进一步摧折了她的身心。

陈继聪说蒋坦博览群书，才思敏捷，写骈体文一挥而就，不过相貌很丑陋。后一点颇让人意外。倒不是说，才子就理当长得像潘安宋玉，著名爱情故事的男主人公，更应该面如冠玉、眉清目朗，与他曾经的风花雪月配套。但哪里有那么多旷世美男呢？潘、宋之流被后人津津乐道，很大原因也是物以稀为贵。人人都夸秋芙秀丽有姿致，这么说来，朋友们给他俩贴上的“金童玉女”标签，“金童”的成色，要大打折扣。

似乎是林肯说的，一个人四十岁以前的长相，取决于父母，四十岁以后的外貌，则应该由自己负责。阅历、修为、学养，会慢慢浸润并修饰五官。人到中年，如果内心笃定、丰饶，自然而然呈现的气质气度，往往会给某些年轻时其貌不扬的男子，镀上柔润、顺眼的釉色。让人意外甚至失望的是，陈继聪1859年认识蒋坦时，后者已经三十六岁，却既没有为自己的相貌负起责任，也欠缺正当盛年的蓬勃之气。岂止于此，他甚至是相当衰朽、邋遢的。

马芸台1858年见到的蒋坦，已经十分狼狈，“困顿之色溢于眉睫”，成天躺着抽鸦片，灯下堆满诗稿。他不修边幅，胡须上虱子爬来爬去，旁人对他十分唾弃。1859年秋，马芸台再访巢园，蒋坦愈发不堪——四处墙壁倒塌，还剩两间破房，没有床帐，缺乏厨灶，支一张木板睡觉，一个又老又丑的赤脚女佣，在地上埋锅煮饭。儿子似乎三四岁，蓬头垢面光脚板，面无人色。算来这孩子应该六岁了，看来确实发育不良。

1860年，太平军猛攻杭州，烽火危城，朝不保夕，城中居民心惊胆战。不久杭州城破，很多人死于兵火，蒋坦一家侥幸死里逃生。待太平军撤走，城中残败，街巷不宁，难以安居。这年四月，他带着儿子、彩姬与亲戚数人，投奔慈溪黄山（今宁波市慈城镇）友人王广文。王家是当地望族，王广文的先辈很富有，他“高才能诗，豪宕自喜”，此时已家道衰落。王广文十分豪爽义气，腾出房子给蒋坦一大家子居住，供应他们的日常需求，毫无吝色。蒋坦在那里还写过一本《黄山小志》，记当地风景名胜等。然而慈溪也并不太平，蒋、王经常痛饮流泪，叹息自身潦倒，又遭遇天下大乱，苦海无边，不知未来是何下场。

后来，听说官府整顿军备，杭州城中秩序大有起色，蒋坦有心归去。王广文诚心留客，蒋坦思念故乡，去意已决，只是没有路费。战乱刚歇，物价依然居高不下，王广文也很拮据，仍设法筹措了几百两银子送他。蒋坦回到杭州后数月，年长他一岁的王广文于1861年四月下旬去世。陈继聪感慨，蒋坦广交朋友，危难时还能够周济、关照他的，仅王广文一人。

咸丰十一年（1861年）九月，太平军再次进军浙江，围攻杭城，西子湖上泊满炮船。围城两月后，城门被攻破，市民惊慌失措，藏身烂街败巷，大部分死于饥寒交迫，蒋坦一家也于当年岁末相继冻饿而亡，他未满四十岁。魏谦升、周琴、吴藻等许多杭州师友，跟他差不多先后遇难。

秋芙夫妇都未能尽享天年，不过，他们毕竟曾经体验过诸多美好，《秋灯琐忆》描述了蒋坦与秋芙家常日子的妙不可言，那是青春的欢愉与新婚的甜蜜。只是，良辰美景，赏心乐事，往往要被雨打风吹去。

银河系宜居报告

卢昌海

在宇宙的什么地方和什么时间段最有可能出现智慧生物?

宇宙中有没有其他智慧生物？有的话会是什么样子的？这是很多人都想知道答案的迷人问题。不过，连“有没有”都没搞清就问“什么样子”，显得有些冒进，不如转而问一个更务实的问题：在宇宙的什么地方最有可能找到其他智慧生物?

这个问题的本质，是探究宇宙中什么地方最有可能满足智慧生物的生存条件。而为回答这个问题，首先当然得知道智慧生物的生存条件是什么，对此，一般认为有两个条件必须满足：一是必须有表面存在液态水的行星环境，二是行星环境必须有以十亿年计的非常长期的稳定性。

当然，这两个条件都是从地球生物及其演化历程归纳出来的。由于我们迄今只有地球生物这一个样本，由此归纳出的条件是否会因为样本太小而陷入某种以偏概全的误区，当然是可以商榷的。不过，这两个条件虽是从地球生物及其演化中归纳出来，却并非只依赖于归纳。事实上，生物及其演化的某些性质是可以从物理上进行分析，且在一定程度上具有物理上的必然性或合理性的，比如液态水的作用、生物演化的快慢等等，都会受到物理规律的某种支持或制约，因此，这两个条件可以说是经过物理规律的辅助而归纳出来的。由于物理规律的普适性远远高于地球生物这一样本的普适性，经其辅助而归纳出的条件也就具有了额外的可靠性，虽不足以摈弃其他可能性，却也不能纯以样本大小为衡量。

无论如何，探究离不开前提，本文姑且以这两个条件为前提。若哪天发现这两个条件需要修正，本文自然也需要修正，但那样的修正背后将是非常激动人心的科学进展，与之相比，本文需要修正这点小事不仅微不足道，甚至是值得庆贺的。

在那一天到来之前，我们且言归正传。

既然明确了智慧生物的生存条件，那么就可以探究宇宙中什么地方最有可能满足那些生存条件了。由于宇宙——确切说是可观测宇宙——由上千亿个星系组成，星系间的平均距离极其遥远，一个星系里的智慧生物极不可能依赖于其他星系。因此，探究时可将空间范围由宇宙缩减为星系，即缩减为我们生活于其中的银河系，以之为代表。

因此，我们将以银河系为范围，来探究什么地方最有可能满足智慧生物的生存条件。

有人也许会问：依照这样的逻辑，是否可将探究范围进一步缩减为某个具体的恒星及环绕该恒星的行星系统呢？初看起来，这似乎是可以的，因为除去智慧生物所处的行星系统及其所环绕的恒星之外，任何其他恒星都不过是夜空中的一些美丽亮点，诗情画意上的启迪容或有之，却似乎并不会对智慧生物的生存产生影响①。我们在地球上的经验似乎也佐证了这一点：除去源自蒙昧时代的某些迷信外，从未有任何其他恒星对人类的生活产生过哪怕最微不足道的影响，遑论对生存产生影响。

但人类在地球上的经验跟生物演化所需的漫长时间相比，实在太短暂了，参考价值也就极为有限。若将时间拉长到智慧生物的第二个生存条件所要求的以十亿年计的漫长尺度上，情况就完全不同了。

因为在那样的漫长尺度上，恒星除了作为夜空中的美丽亮点稳定发光之外，还可以发生非常剧烈的变化。事实上，那样的变化不仅可以发生，而且必然发生，因为任何恒星都会死亡，而恒星的死亡并不是“安乐死”，在死前会发生某种相对于平时而言非常剧烈的变化。

① 这里必须排除智慧生物所处的行星系统所环绕的恒星是双星或多星系统之一员的特殊情形，因为，双星或多星系统里的其他恒星会对智慧生物的生存产生重大影响。事实上，一般认为，这种情形下的行星轨道——从而也包括行星环境——将不太可能维持智慧生物的第二个生存条件所要求的以十亿年计的非常长期的稳定性。

这种变化说白了就是爆炸，恒星越大，爆炸就越剧烈。其中最剧烈的是超新星（supernovae）和伽马射线暴（gamma ray burst）。需要顺便指出的是，超新星和伽马射线暴并不是两个“互斥”的类别。一般认为，持续时间在两秒以上，释放能量及破坏力最大的所谓“长伽马射线暴”（long gamma ray burst）往往源自超大规模的超新星。而持续时间在两秒以下，释放能量也小得多的所谓“短暂伽马射线暴”（short gamma ray burst）则很可能源自中子星合并或中子星与黑洞的合并。本文感兴趣的是“长伽马射线暴”，下面提到的“伽马射线暴”也是指这一类。

超新星和伽马射线暴是如此剧烈，其短时间内释放的能量甚至能超过整个星系。相应的，影响范围也绝不限于特定的恒星及环绕该恒星的行星系统，而会对一个巨大天域内的所有行星造成影响。以破坏力最大的伽马射线暴为例，它是一种可在宇宙学尺度上被观测到的现象，短时间内释放的能量甚至比普通超新星还要高出若干个数量级。这样的伽马射线暴一旦发生，哪怕远在几千光年之外，也足以对像地球这样的行星造成巨大影响[①]。比如它所带来的大流量伽马射线，会在近乎瞬息之间就对地球臭氧层造成毁灭性破坏，而臭氧层一旦被破坏，太阳紫外线就能长

① 当然，影响要滞后几千年才会抵达地球。但这并没有什么安慰价值，相反，倒是一种额外的恐怖，因为这意味着从理论上讲，那样的伽马射线暴有可能已经发生了，只不过影响还在“路上”。

驱直入，对很多生物造成危害。同时，在臭氧层遭破坏的过程中，会生成诸如二氧化氮（NO_2）之类的有色气体，这种气体会阻隔一部分阳光，使地球陷入“全球冷化”（global cooling）。这些效应的综合结果，被认为足以引发大规模的生物灭绝。事实上，有些研究者认为，发生在距今约四亿四千万年前的地球历史上五大生物灭绝事件之一的“奥陶纪大灭绝”（Ordovician mass extinction），就有可能是距地球几千光年的某次伽马射线暴造成的。

几千光年虽比星系之间的平均距离小得多，在星系之内却不是一个小范围。因此，以智慧生物的第二个生存条件所要求的漫长时间尺度来衡量，星系之外的影响确如前文所述可以忽略，星系本身则会在一定程度上参与缔造智慧生物的生存环境。也因此，探究宇宙中什么地方最有可能满足智慧生物的生存条件时，可以如前文所述将空间范围缩减为星系，譬如银河系，却不能进一步缩减为某个具体的恒星及环绕该恒星的行星系统。

既然这样，我们就来介绍一份简略的“宜居报告”，以银河系为例，看看智慧生物究竟适合生活在哪里。

这份报告——乃至其他同类报告——本质上是通过两方面的因素来确定宜居范围。

一者可称为“环境因素”，这一因素得高分的条件是像伽马射线暴和超新星那样的灾难性事件，在几千光年的范围内最好是稀有的。之所以说“最好是稀有的”而不要求完全没有，是因为那样的灾难性事件虽会造成生物的大规模灭绝，却不一定是彻底灭绝。就好比“奥陶纪大灭绝”若确如某些研究者认为的那样是伽马射线暴造成的，它终究也未曾彻底灭绝地球上的生物。但灾难性事件一旦多了，每次都幸存毕竟是小概率的，因此“最好是稀有的”①。

另一者可戏称为“房源因素”，它得高分的条件是在环境因素好的区域，即所谓的宜居区域里必须有较多的宜居行星及适合宜居行星环绕的恒星。因为那样的行星和恒星越多，智慧生物出现的土壤才越丰厚；反之，哪怕环境因素再好，若宜居行星及适合宜居行星环绕的恒星太少，依然会大大降低智慧生物出现的可能性。这就好比一个再好的地段，若住宅稀少一房难求，也终究算不上宜居。至于宜居行星及适合宜居行星环绕的恒星该是什么样子的，我们最熟悉的地球和太阳自然是“样板房”，但可以有一定程度的偏离，比如恒星和行星的质量稍大些或稍小些，行星与恒星的距离稍远些或稍近些等等，都是可以的。

在综合考虑这两个因素的基础之上，很多研究者对银河系里什么区域最适合智慧生物生活进行了研究，其中较

① 以地球而论，有研究者甚至认为，某些灾难性事件对人类的出现可能产生过有益的影响。比如发生在距今约六千五百万年前导致恐龙灭绝的灾难性事件，有可能是包括人类在内的哺乳动物崛起的“历史机遇”。不过这种机遇是高度偶然的，因为平均而言，灾难性事件对物种造成不利影响的概率要远大于造成有利影响。将智慧生物的出现和壮大建立在灾难性事件造成的有利影响上，是概率分析的歧途，也是没有普遍性的。

新进的一项研究于2021年3月发表在《天文学与天体物理学》（*Astronomy & Astrophysics*）杂志上。这项研究由一个意大利研究组完成，它通过分析银河系中恒星的形成和演化（这跟环境因素有直接关系，因为伽马射线暴和超新星主要源自大质量恒星的死亡，从而跟恒星的形成和演化密切相关），以及重元素的演化（这跟“房源因素”有直接关系，因为构成宜居行星的质料多为重元素，从而跟重元素的演化密切相关；同时，这跟环境因素也有某种微妙关系），得出了一份“宜居报告”。

这份报告不仅提供空间信息，而且包含了时间信息。也就是说，它不仅告诉我们银河系里哪里最宜居，还告知了什么时段最宜居。银河系演化的早期（具体地说，是从距今约一百三十五亿年的银河系形成之初到距今约六十亿年前），核心及中间区域的恒星形成远比外围频繁，相应的，恒星的死亡也多，像伽马射线暴和超新星那样的灾难性事件也远为频繁，因此从环境因素上讲，那时候银河系的宜居区域是在外围。但不利的是，银河系外围区域的物质密度和恒星密度都很稀疏，作为宜居行星质料的重元素比例也很低，从而导致宜居行星及适合宜居行星环绕的恒星都很少，在“房源因素”方面得分很低。因此综合地讲，在银河系演化的早期，整个银河系都不“宜居”。

这一状况自距今约六十亿年前开始出现转变。

该宜居报告显示，自距今约六十亿年前开始，像伽马射线暴和超新星那样的灾难性事件，其发生频率在银河系的核心及中间区域都开始下降，在外围则开始升高[①]。具体地说，报告显示，在距银河系中心约六千五百至两万六千光年的区域里，伽马射线暴和超新星那样的灾难性事件逐渐下降到了平均每五亿年不超过一次的频率，是整个银河系里最低的。这一区域也因此成为该阶段银河系里环境因素最好的区域。同时，跟外围区域不同的是，这一区域的恒星密度及作为宜居行星质料的重元素的比例都较高，从而令宜居行星及适合宜居行星环绕的恒星都较多，即在“房源因素”方面也可以得高分。这两个因素合在一起，就缔造出了银河系历史上迄今唯一的宜居区域及时段：即距银河系中心约六千五百至两万六千光年的区域，以及最近六十亿年的时段。

由于这一宜居区域和时段是银河系历史上迄今唯一的，因此意大利研究组干脆将宜居报告的标题取为“在银河系生活的最佳地点及时间”（“The best place and time to live in the Milky Way”）。

① 造成这种此消彼长的原因之一是：破坏力最大的伽马射线暴——即所谓“长伽马射线暴”——往往发生在重元素比例较低的区域（这一点并非毫无争议，但受到了一些观测证据及理论模型的支持），而在经过了数十亿年的恒星演化（从元素的角度讲，恒星演化其实就是一个将轻元素合成为重元素的过程）后，核心和中间区域的重元素比例逐步增大，从而抑制了那些伽马射线暴。外围区域的情况则正好相反，由于物质密度低，恒星的形成较为缓慢，故而延后了数十亿年才开始形成规模，灾难性事件的发生频率也相应比较高。另外顺便提一下，核心和中间区域重元素比例的增大，也恰好为宜居行星的形成提供了质料。

那我们的太阳系处在什么位置呢？太阳系距银河系中心约有两万七千光年，比报告里定义的宜居区域外边界略远。这是不是说太阳系没有处在宜居区域里呢？不是的。因为宜居区域的边界是渐变而不是截然的，离银河系中心比六千五百光年略近或比两万六千光年略远的区域，其宜居程度也并不差。而且，对宜居区域的估计有无可避免的粗略性，对边界的估计更是马虎，往往采取简单取整（即将数据简化为整数）的做法，比如六千五百至两万六千光年这一边界估计，乃是来自两千至八千秒差距这一简单取整的数据（一秒差距约合三点二六光年），细致的范围其实是将太阳系包含在当前的宜居区域之内的。更何况，不同研究者对宜居区域的估计往往彼此略有不同，比如有些研究者给出的银河系宜居区域的外边界距银河系中心约为三万三千光年，就稳稳地将太阳系包含在内了。因此，太阳系的位置跟宜居区域是完全相容的。这一点，再加上太阳系形成于过去六十亿年之内，从而时间上也在宜居时段之内，使我们可以并不浮夸地宣称，我们的太阳系也位于“在银河系生活的最佳地点及时间”[①]。

① 前文提到，在意大利研究组给出的宜居区域里，像伽马射线暴和超新星那样的灾难性事件平均每五亿年不超过一次。由于这种灾难性事件的发生频率是越接近宜居区域的中间部分越低，越接近边缘部分则越高，因此，接近边缘部分的太阳系附近的灾难性事件发生频率几乎恰好是平均每五亿年一次，跟某些研究者认为的距今约四亿四千万年前的“奥陶纪大灭绝”由伽马射线暴造成的观点基本相容。当然，这种个案上的相容并无实质的重要性。

当然，这是毫不意外的。因为抚育了人类这一智慧生物的太阳系当然是宜居的，它位于范围并不狭小的“在银河系生活的最佳地点及时间”的可能性，肯定会远远高于位于一个不宜居的区域和时段的可能性，因为后者意味着太阳系必须是那个区域和时段里的另类——一种偶然现象，从而按定义就是小概率的。

太阳系位于“在银河系生活的最佳地点及时间”，倒是恰巧暗合了十七、十八世纪的哲学家戈特弗里德·莱布尼茨（Gottfried Leibniz）及诗人亚历山大·蒲柏（Alexander Pope）的观点。他们认为，一切都是上帝创造的，而上帝是全知、全能并且至善的，因此我们的世界必定是所有可能的世界里最好的。然而当时的莱布尼茨和蒲柏并不知道宇宙有多浩瀚，我们的世界有多渺小，他们也不会知道，在那样浩瀚的宇宙中，凭概率就会出现我们的世界。

2021年3月28日完稿

图书在版编目 (CIP) 数据

读库. 2105 / 张立宪主编. -- 北京 : 新星出版社, 2021.9
ISBN 978-7-5133-4614-6
Ⅰ. ①读… Ⅱ. ①张… Ⅲ. ①中国文学 - 当代文学 - 作品综合集 Ⅳ. ①I217.61
中国版本图书馆CIP数据核字(2021)第163089号

读库 2105

主　　编：张立宪
责任编辑：汪　欣
责任印制：李珊珊

出版发行：新星出版社
出 版 人：马汝军
社　　址：北京市西城区车公庄大街丙3号楼　100044
网　　址：www.newstarpress.com
电　　话：010-88310888
传　　真：010-65270449
法律顾问：北京市岳成律师事务所
经销电话：010-57268861
官方网站：www.duku.cn
邮购地址：北京市海淀区万寿路邮局67号信箱　100036
印　　刷：北京雅昌艺术印刷有限公司
开　　本：770mm × 1092mm　1 / 32
印　　张：11
字　　数：220千字
版　　次：2021年9月第一版　2021年9月第一次印刷
书　　号：ISBN 978-7-5133-4614-6
定　　价：42.00元